徳間文庫

ふたり女房

京都鷹ヶ峰御薬園日録

澤田瞳子

徳間書店

目次

人待ちの冬

人待ちの冬

比叡《ひえい》の山嶺《さんれい》が西陽を受けて赤く輝いている。

先程まで舞っていた小雪もやみ、冬枯れの始まった鷹ヶ峰御薬園《たかがみねおやくえん》から一望する京の町並みは、夕闇にぼんやりかすみ始めていた。時折耳を突く甲高《かんだか》い声は、鵯《ひよどり》の鳴き声であろう。ちょうど今が盛りの椿の花の蜜でも、吸いに来たのに違いない。

「真葛《まくず》さまぁ、どちらでございます。そろそろ日も暮れまするぞ」

両手に息を吹きかけながら女貞子《じょていし》の実を摘《つ》み取っていた元岡《もとおか》真葛は、荒子頭《あらしこがしら》の吉左《きちざ》のだみ声に、屈《かが》めていた腰を大きく伸ばした。

京都の北西、鷹ヶ峰——市中を見下ろすその高台に、千坪余りの広さを有する薬草園のあちこちには、高く茂った杉や竹が目隠しのように植えられている。びっしりと薬草が植えられた畝《うね》を区切るとともに、山の風から作物を守るためである。

足元の籠《かご》は、女貞子の実ですでにいっぱいになっている。河内《かわち》木綿の前掛けを外し、膝《ひざ》までからげていた袷《あわせ》の裾《すそ》を下ろすと、真葛は籠を背に杉木立の向こうへ駆《か》け出した。

「吉左、わたくしはここです」

藁囲いを済ませた畝の傍できょろきょろ辺りを見回していた吉左は、真葛の姿にほっと頬《ほお》を緩《ゆる》めた。白い鬢《びん》が、夕陽のために銀色の光を放っている。

「やれやれ、荒子たちがみな早々に引き上げたというに、まだ御薬園においでとは。これではわしらが怠《なま》けてるようで、匡《ただす》さまに申し訳がたちませぬわい」

そう言うものの彼自身、今まで草木の手入れをしていたのだろう。背中の籠には真葛同様、薬草が山盛りになっていた。

荒子とは薬園の手入れから生薬《しょうやく》の精製までこなす小者をいい、吉左は十一人いる荒子の中で最古参。先々代の御薬園預《あずかり》・藤林道寿守之《ふじばやしどうじゅもりゆき》の代から鷹ヶ峰御薬園に仕え、歳が改まれば六十になる。三歳の冬から藤林家に養われてきた真葛には、祖父とも頼む老僕であった。

「つい夢中になり、時刻に気付きませんでした。ですが見てください、吉左。夏のあの暑さのせいでしょうか。女貞子の実りのよさといったら、ここ数年になかったほどです」

背の籠を揺すり上げる真葛に、筒袖に裁《た》っつけ袴《ばかま》姿の吉左はほくほくとうなずいた。

「それは精を出して育てた甲斐《かい》がありました。わしは当帰《とうき》の根を掘ってまいりました。先程雪が舞いましたが、この分では明日も上天気。後で陰干しの支度をいたしましょう」

女貞子は鼠黐《ねずみもち》とも呼ばれる常緑樹。黒く熟した実は内臓諸器官を丈夫にするとともに、強壮に役立つ薬となる。また当帰はセリ科の多年草。血の巡りを良くする働きがあり、主に婦人病に用いられた。

「そうですね。義兄上《あにうえ》も、きっとお喜びくださるでしょう」

日焼けした顔に笑みを浮かべ、二十一歳の真葛は小さくうなずいた。

京都七口の一つである長坂口の北、丹波街道沿いに広大な敷地を持つ京都・鷹ヶ峰御薬園は、江戸の小石川御薬園、長崎の十善師郷《じゅうぜんしごう》御薬園などと並ぶ幕府直轄《ちょっかつ》の薬草園である。

栽培される薬草は約二百種。中には長崎からもたらされたカミツレや人参など、国内に自生しない貴重な植物も多く含まれていた。

御薬園の仕事には休みなどないため、毎日、荒子たちとともに働く真葛の手足は、およそ白粉《おしろい》とは無縁に日焼けしている。だが化粧っ気こそ皆無だが、小刀で彫ったような目鼻立ちが芯《しん》の強さをうかがわせる、凜然《りんぜん》たる風情《ふぜい》の娘であった。

「年頃の女子《おなご》が、朝から晩まで庭仕事では、嫁の貰《もら》い手がなくなってしまうわい。そろそろ御薬園のことから手を引かせ、娘らしい技も身につけさせねばのう」

二十九歳の藤林家当主・匡は、妻の初音《はつね》に常々そう愚痴《ぐち》っている。しかし幼い頃から着物や人形には見向きもせず薬園を駆け回ってきた彼女は、匡が最後には言葉を濁《にご》すほど、卓越した調薬と薬草栽培の腕の持ち主でもあった。

七年前に逝去《せいきょ》した真葛や匡の養父、藤林家先代の信太夫《のぶだゆう》もまた、生前、折ごとにそんな彼女に苦笑していたものである。

「真葛の父、元岡玄巳《げんい》はわし以上に和漢薬に造詣《ぞうけい》が深い医師であった。生死不明となって十余年が経《た》つが、真葛は奴の一粒種。かように薬種に親しみ、荒子どもが舌を巻くほどの才を示すのも、血筋と思えば納得が参る。なればわしは真葛を託《たく》された責任上、その資質を伸ばしてやらねばならぬ。嫁に行き、子を産み育てるだけが女子の幸せではないでなあ」

藤林家は代々、幕府より御薬園預を仰《おお》せ付けられた一族。初代綱久は徳川家康に取り立てられ、関ヶ原の戦や大坂攻めにも参陣した侍。後年、医学を志して曲直瀬玄朔《まなせげんさく》に学び、寛永十七年（一六四〇）、医師・土岐茅庵《ときちあん》とともに幕府より鷹ヶ峰における薬園支配を命じられた。

だが土岐家は、わずか三代で廃絶。以来藤林家は土岐家管理下にあった薬園の管理も兼任し、六代にわたって同職を世襲してきたのである。

江戸幕府による薬園経営は、家康・秀忠による文教政策の一環。日本固有の薬種苗のみならず大陸産の植物も栽培し、国内医学の発達を主目的としていた。

鷹ヶ峰御薬園開設の二年前には、江戸・大塚と麻布にも薬園が開かれたが、大塚のそれは天和元年（一六八一）に廃止。麻布薬園も貞享元年（一六八四）に小石川の地に移され、「小石川御薬園」と改名した。

幕府はこの他、長崎や駒場、駿府《すんぷ》などでも薬草園を経営したが、鷹ヶ峰御薬園はそれらの中で最古参。当時の京都は江戸をも凌駕《りょうが》する医学の興隆地だっただけに、鷹ヶ峰御薬園には多くの医師・本草学者《ほんぞうがくしゃ》たちが出入りし、藤林家の歴代が蓄積してきた学識は、国内のどこにも引けを取らぬ広範なものであった。

千四百坪の敷地のほぼ中央に役宅が建てられ、玄関を挟《はさ》んで東棟が薬倉と薬種製納所、西棟が藤林一家の住居として用いられている。荒子長屋はもちろん、薬師如来を安置する念持堂までそなえたこの薬草園は、洛中の賑《にぎ》わいから遠く隔ってはいるものの、都の医師たちが一目置く地だったのである。

役宅に戻った真葛は、表の井戸でざっと手足を清めた。籠を吉左に預け、勝手口へと回る背に向かって、吉左が「おお、そうやそうや」とつぶやいた。

「うっかりしてましたが真葛さま、棚倉《たなくら》の御前《ごぜん》さまの元から、雑掌《ざっしょう》はんがお越しどす」

「──お祖父《じい》さまの元から、ですか」

足を止めて振り返る彼女に、吉左はへえと小腰をかがめた。

棚倉の御前、すなわち半家《はんけ》・棚倉家当主である従四位下左兵衛佐《さひょうえのすけ》・棚倉静晟《しずあきら》は、真葛の母・倫子《のりこ》の父。真葛の祖父に当たる男である。

もっとも真葛はこれまで、静晟と顔を合わせたことがない。雑掌とは公家屋敷の雑用に当たる下働きだが、静晟は彼らに命じて年に一度、米一俵と味噌一樽《ひとたる》の食い扶持《ぶち》を一方的に届けてくる、ただそれだけの血縁。実の祖父とはいえ、出来れば生涯無縁に過ごしたいと願っているが、それは彼とて同じはずだった。

「吉左、わたくしは棚倉家のお人になど、会いたくありませんが──」

なにしろ捨て扶持を送ってくるのみで、信太夫の葬儀にも弔使《ちょうし》一人寄越《よこ》さなかった祖父である。いまさら何の用か、警戒する思いもあった。

しかし吉左は当帰の根を笊《ざる》に移しながら、そんな真葛をなだめるように首を振った。

「身構えはるのは当然どす。けど、お使いといってもたかが雑掌はん。もし御前さまが無理難題を吹っかけるおつもりどしたら、もっと世慣れた家令《かれい》はんを寄越さはりますやろ。気軽にお会いになられたらええのと違いますか。しかもその雑掌はん、お一人やあらしまへん。八つくらいの男の子も一緒どす」

「子連れですか。この寒空、わざわざ鷹ヶ峰までどういうわけでしょう」

「さあ、わしにはわかりまへん。とりあえず東の調薬室に、お通りいただいてます」

まったくわけがわからない。もやもやとした当惑を抱えつつ、真葛は庭先に回り込んだ。

見上げれば、比叡の山嶺は燃えるような輝きを失い、薬草園には湿気を帯びた冷えが宵闇《よいやみ》とともに這《は》い始めている。今夜はきっと、霜が降りるだろう。

薬草園に面して広縁を持つ調薬室は軒《のき》が深く、昼間でも常に薄暗い三十畳あまりの板間。養父の信太夫によれば、鷹ヶ峰に預けられたばかりの頃、幼い真葛はこの部屋を怖がり、なかなか足を踏み入れようとしなかったという。

この屋敷で実の子同様に育てられたが、もともと真葛は藤林家と一滴の血の繋《つな》がりもない。信太夫の友人であった御門跡《もんぜき》医師・元岡玄已が、北嵯峨《きたさが》の曇華院《どんげいん》門跡に出仕していた棚倉倫子との間に儲《もう》けたのが彼女である。

玄已は南山城の農家の出。生来の秀才ぶりから古医方《こいほう》の医師・香川南洋《かがわなんよう》に見出されてその門に学び、師の推挙で曇華院に御医師として召抱えられた男であった。

一方、棚倉家は公家家格で言えば摂家・清華家はもちろん、三大臣家・五十八羽林《うりん》家《け》・二十五名家にも及ばぬ家柄だが、その血統は藤原北家にまで遡《さかのぼ》る。また静晟の姉が宮中で典侍《てんじ》職にあるため、家格こそ低いが宮中ではそれなりの立場を有する新興公家であった。

このため静晟は二人の仲に激怒し、倫子を義絶した。玄已も門跡の勤めを離れざるをえなくなり、同門たちの助けを借りて下京《しもぎょう》松原《まつばら》東《ひがしの》洞院《とういん》で医院を開業。出奔《しゅっぽん》同然に棚倉家を飛び出した倫子を迎え、細々とした夫婦水入らずの暮しを始めたのであった。

真葛が生まれたのはその翌年、年号が天明と改まった年の夏である。

「息子や娘は憎くとも、孫は思案の他と申す。棚倉の御前は多くの娘御や御子息をお持ちなれど、孫はいまだ真葛どの一人とか。これを機に、ご勘気が解ければいいがのう」

玄已の朋友たちはそう囁《ささや》き交わしたが、娘夫婦の現状を承知しておろうに、棚倉家からは何の便りもなかった。

父と和解せぬままに倫子が没したのは、真葛が三歳の初冬。旧友の藤林信太夫に誘われた玄已が、美濃《みの》へ薬草採取に赴《おもむ》いた半月ほどの間に、流行風邪《はやりかぜ》をこじらせた末の死であった。

「わしが玄已を連れ出しさえせねば、かような仕儀にはならなんだであろう。倫子どのには、いくら詫《わ》びても詫び足りぬ」

急病の知らせを受け、取るものもとりあえず帰洛した玄已と信太夫を待ち受けていたのは、数刻の差で息を引き取った倫子の亡骸《なきがら》と、その枕元で泣きしきる幼い真葛であった。

「いや、信太夫。公家育ちの倫子を市中へ連れ出し、不慣れな町医者女房の務めを強いたのはこのわしじゃ。幼い娘を置いて行く心残りはあれど、倫子はこれで楽になれたのかもしれぬ」

慙愧《ざんき》する信太夫を、玄已は低く押し殺した声で留めた。

農家の生まれでありながら、学問によって獲得した御門跡医師の職。それを擲《なげう》った果てに結ばれた倫子の死は、彼に大きな寂莫感《せきばくかん》を与えていた。

ここ数年の全国的な水害と旱魃《かんばつ》のため、東北では大飢饉《ききん》が発生し、米価は急騰《きゅうとう》。秋には信濃《しなの》で浅間山が噴火し、流民《るみん》は洛中にも溢《あふ》れていた。さりながら病人の数はうなぎ登りなのに、医者にかかる者はむしろ激減。町医者の妻として、倫子は毎日、我が身を削《けず》るほどのやりくりに追われていたのである。

玄已が信太夫の誘いに応じて美濃へ向かったのは、医師としての学究心もさることながら、採取した薬草を薬種問屋に買い取らせ、幾《いく》ばくかの金を得んとの目算ゆえであった。

「医術が、薬が何じゃ。わしは医者でありながら、己《おのれ》の妻一人救えなんだではないか」

医師の妻が風邪ごときで他の医師にかかれば、夫の評判が落ちる。倫子はそう考え、ひたすら己の帰りを待っていたに違いない。もし自分が医者でなかったなら、彼女は何の憂《うれ》いもなく、町医に診立《みた》てを請えたはずだ。

泣きじゃくる真葛を腕に抱えたまま、妻の亡骸の側から動かぬ玄已に代わり、倫子の葬儀は信太夫が中心となってひっそりと営まれた。

しかしそこに思いがけず、静晟の代理として棚倉家の家令が現れたとき、玄已の自責と怒りの念が暴発した。

「死者の供養など、どんな阿呆《あほ》でもできるわい。むしろ生きている者に手を差し伸べるのが、人の道ではないか。倫子は、父親のおぬしと夫たるわしが、二人がかりで殺したも同然じゃ。よいか、棚倉の御前にさよう伝えよ」

居合わせた人々が懸命に引き分けてその場は収まったものの、これを境に玄已は医院を閉め、書物に埋没して鬱々《うつうつ》と日を過ごすようになった。近在の同門に真葛を預けて大坂に赴き、新しい書物を山のように抱えて戻ってくる事もあれば、地図をにらんで夜を迎える事もあった。

そして妻の忌明《きあ》けの翌日、旅装に身を固めた彼は真葛を伴って鷹ヶ峰に赴《おもむ》き、信太夫に暫時《ざんじ》、娘を預かってくれと頼んだのである。

「それはかまわぬが、おぬし、かような旅支度でいったいいずこへ参るつもりじゃ」

雲の垂れこめた冬空の下、荒子たちとともに薬草の雪囲いをしていた信太夫は、友人の旅装をまじまじと眺めた。

藤林家当主は代々、禁裏《きんり》御典医を兼ねる。だが綾小路家や小森家など古い医家ほどの格式はないため、主な患家は低位の公家や町衆たち。内裏《だいり》への出仕こそ許されているが、帝《みかど》への近侍など望むべくもない。

そのせいか藤林家には歴代、気さくな人物が多く、医術についても学派を問わず交わる傾向があった。信太夫が玄巳と親しくなったのも、彼が香川南洋や産科の医師・賀川玄悦《かがわげんえつ》の門へ出入りしていたのがきっかけであった。

視線を落とせば、霜でぬかるんだ畦《あぜ》の泥が、玄巳の脚絆《きゃはん》に飛んでいる。厳重な足ごしらえからも、数日で戻る旅とは考えがたかった。

「うむ、長崎へ参ろうと思うておる」

「なんじゃと。娘御を置いてそのような長旅、おぬし正気か」

京から長崎までは、西国街道を経て一月《ひとつき》弱の行程。しかも娘を預けて行く以上、それが物見遊山の旅でないのは明らかであった。

「おお、正気じゃ。わしはな、信太夫、倫子を死なせて以来、己の学んできた医が信じがたくてならぬのじゃ。確かにわしはこれまで、幾人もの病を治してまいった。されどもっとも身近な妻の命すら救えぬ自分に、医師を名乗る資格があるのだろうか。のう、我々はただ治療を施《ほどこ》した気でいるだけで、まことは人の命など、何一つ救えておらぬのではないか」

少し離れた桑畑では、真葛が遊び相手を命じられた小女《こおんな》のお槙《まき》とともに、桑の実を摘んでいる。薄い冬日を受け、ぼんやりと霞をまとったように見える娘の姿に、玄已は暗い眼を投げた。

「されどわしには真葛がおる。娘の身を思えば、医学を捨て、一人で野放図に生きることは出来ぬ。さりとてこのまま、のうのうと、町医者として暮らす真似もしがたいのじゃ」

京都は国内屈指の医学興隆の地として、長崎からもたらされる洋学や漢方医学が交じり合った、独特の学風を形成している。

特に宝暦四年（一七五四）、六角獄舎前で古医方の医師・山脇東洋《やまわきとうよう》たちが行った国内初の人体解剖は、漢方医学の誤りを糺《ただ》し、洋書の正しさを証明した画期的事跡。だからこそなお、西洋医学への更なる近接を望み、京都から長崎へ遊学する医師は後を絶たなかった。

「わしは洋学は南洋先生のもとで、わずかにかじったきり。初心に戻って長崎でそれを真剣に学び、医者がまことに人の死に対して無力かどうか、考えてこようと思うておる」

わずかの間にずいぶん頬がこけた玄巳は、鋭い目つきでこう語った。

長くとも一年で戻る。これはわしがこれから生きて行く上で必要なのじゃ、と頭を下げられると、信太夫には返す言葉がなかった。

しかし師走《しわす》の寒風を背に西へ去った玄巳は、盆が過ぎ、再び新しい年が巡っても帰洛しなかった。当初こそ、信太夫も便り一つ寄越さぬ彼について、

「さように申しておったものの、長崎の地で学問に邁進《まいしん》し、京のことなど忘れ果てておるのであろう」

と苦笑していた。だが無沙汰のまま丸一年が過ぎると、さすがにその胸にも重い不安が兆《きざ》してきた。

長崎の御薬園で薬目利《くすりめきき》を勤める知己《ちき》に書状を送り、玄巳の消息を問い合わせたが、戻ってきたのは、長崎に数多《あまた》ある医学塾のいずれにも玄巳は入門していないとの返事であった。

「あやつはあれで存外、生真面目《きまじめ》な奴。実の娘を放り出し、逐電《ちくでん》致すような真似はすまい。長崎までの道中で、何事かあったのじゃ」

そう言って荒子の中から吉左とまだ二十歳過ぎの小兵衛を選び、西国街道を訪ね歩かせたが、玄巳の消息は杳《よう》として知れなかった。

なにしろ天明の飢饉の余燼《よじん》はいまだ燻《くすぶ》り、街道には浮浪民が溢れていた。田を捨てて遠国《おんごく》まで流れて来たものの、結局食い詰めた者たちが追いはぎと化し、旅人を襲う事件も頻発している。玄巳もそんな輩《やから》の手にかかったのではとの想像が、彼らの胸を暗くふさいだ。

何の手がかりもないまま一年、また一年と日が過ぎた。鷹ヶ峰の誰もが、玄巳の安否に諦《あきら》めをつける中、真葛は子のいない信太夫夫妻の愛情を受け、すくすくと成長していった。

さりながら信太夫は真葛を慈《いつく》しみながらも、情愛に溺れる愚は決して冒《おか》さなかった。

「そなたの父御《ててご》は学問のため長崎に発たれたまま、いまだ戻られぬ。我々は養い親として、そなたを立派に育て上げる責務を負うておるが、まことの父母は玄巳と倫子どのじゃ」

真葛が五歳の春、信太夫は書をしたため、今までの経緯を棚倉家に伝えたが、それに対する静晟からの回答はなかった。その代わり以後、年に一度、真葛の食い扶持が鷹ヶ峰に届けられ、信太夫と妻のお民は複雑な顔でそれを受け取った。

幼い頃から薬草園を駆け回って育った真葛は、六、七歳になる頃には荒子たちを手伝い、彼らから薬草や生薬に関する実学を吸収し始めた。

「せっかくこの御薬園におるのじゃ。医者にならずとも、最低限の知識は身につけておいてもよかろう」

そう言って信太夫は真葛に、本草学はもちろん、自らの得意分野である本道（内科）・外科を教授した。専門外の産科、児科や鍼灸《しんきゅう》は、それぞれ知友である賀川満郷《まんごう》、岡朔定《おかさくじょう》、御薗常斌《みそのつねあき》の元へ通わせ、教えを受けさせた。

「真葛どのは何事にもじっくり腰を据《す》えて取り組もうとなさる。教える側として、こちらも身がひきしまりますわい。なにしろ朝は誰より早く教場へ来られ、退去なさるのは一番最後でございますからなあ」

三人の天皇・上皇に仕え、従四位玄蕃頭《げんばのかみ》の職にある御薗常斌は、宮中で信太夫と会った折、そう言って皺《しわ》だらけの頰をゆるめた。

京の医師・医官で、その教えを受けぬ者はいないとされる常斌の言は、真葛の本質を的確についていた。なにせ薬草の栽培は天候に左右されるため、根気が不可欠。そんな作業に物心つく前から携わってきた真葛は、何事にもこつこつと取り組む手堅い娘に育っていたのであった。

「あの娘御なら、どんな医師の妻にもなれよう。藤林どのにはお子がない。将来は夫婦養子として、藤林家を継がせるご所存であろう」

しかし真葛が十三歳の夏、信太夫は周囲の思惑をあっさり裏切り、遠縁の本道医・月岡匡をその妻子ぐるみで養子に迎え、惟親《これちか》の名を与えて藤林家六代を継がせた。

「万一、玄巳がひょっこりと戻り、わしの娘をろくでもない男に妻《めあ》わせおってと怒られてはかなわぬからのう。長らく音信不通であっても、あやつはそれぐらいの無茶を言いかねぬ。それに真葛は薬園の娘じゃが、公儀薬園預などという堅苦しい役職を背負って生きるのは、気性に合うまい」

匡は二十一歳。妻の初音は十九歳。二人ともに真葛の境遇に理解を示し、実の血縁以上に彼女を可愛がった。

真葛もまた、そんな彼らによく馴染《なじ》んだ。生まれて半年足らずの二人の息子・辰之助も加わり、御役宅は一度ににぎやかになった。

「やれやれ、子のおらなんだわしに、ひと時に孫までできたわい」

信太夫はそう笑い、御役を退いて隠居の身となったが、それから一年余り後、突然の心の臓の病で五十二歳の生涯を終えた。

更にその二月《ふたつき》後、お民が夫の後を追うかのように、ほんの数日寝込んだだけで没すると、真葛は十四歳にして、実の親以上に親しんだ養父母を失った。

夫妻の死後、真葛は御薬園を出て一人で暮らすことを考えた。幸い、自分には本草の知識がある。どこかの医家に奉公すれば、己一人の口ぐらい養えようとの自信があった。

だがその決意を聞かされるや、匡は目を丸くして異を唱えた。

「そなたにはこの御役宅こそ生家であろうに、何を申す。それにそなたの如《ごと》くこの御薬園を知り尽くした者は、そうそうおらぬ。わしらを嫌《きろ》うて言い出したのでなければ、今後ともこれまで通り、鷹ヶ峰で暮らしてはくれぬか」

これ以上、藤林家の懸人《かかりうど》として過ごすのは心苦しいが、反面、彼らの思いやりが嬉《うれ》しくもある。若夫婦の説得に加え、片言を口にし始めた辰之助にまとわりつかれた結果、真葛は引き続き、鷹ヶ峰に残ることとなった。

棚倉家からは相変わらず、年末ごとに食い扶持が届く。初音はその都度、かつてお民がしていたように礼状をしたため、静晟に真葛の近況を報告しているが、それに対する返書は一度としてない。

突然の使いに、真葛が不快よりも当惑を隠せないのは至極当然だったのである。

調薬室の壁には、飴《あめ》色に光る巨大な百味簞笥《ひゃくみだんす》が巡らされ、小さな抽斗《ひきだし》一つ一つに、薬草の名を記した紙片が貼られている。その前に端座《たんざ》していた男が真葛に気付き、あわてて両手をついた。

「突然おうかがい致し、申し訳ありませぬ。それがし、棚倉の御前さまにお仕え致す、山根平馬《やまねへいま》と申します」

年は二十代半ば、眉間の開いた面差しが何ともおっとりした青年だが、真葛を見る眼差しには妙に緊張したものが含まれていた。

吉左は彼が子連れと話したものの、初音が気を利かせたのか、少年の姿は見当たらなかった。

「元岡真葛でございます。お祖父さまのお使いとうかがいました。いったい、何の御用でしょうか」

袖についた泥を気にしながら尋ねるや、平馬はいきなり後ずさり、がばっと平伏した。

「申し訳ございませぬ。御前さまのお使いと名乗りましたのは、偽《いつわ》りでございます」

「なに、偽りですと。ではそなたさまは、わたくしに何用があるのですか」

驚いて真葛が聞き返したとき、傍《かたわ》らの障子がからりと開き、膝切り姿の少年が部屋に駆け込んできた。更にその背を追い、初音が狼狽《ろうばい》した顔をのぞかせた。

「これ、御用が済むまでは、あたくしとこちらでおとなしくしている約束でしょう。太吉《たきち》とやら、こちらにおいでなさい」

だが太吉は初音の言葉を無視して平馬の隣に座ると、真葛に向かって小さな頭を下げた。

「平馬の兄ちゃんを怒らんといて。うちを飛び出したんは、わし一人の考えなんや」

「家を飛び出して来たですと――」

どうやら平馬が平伏しているのを、叱責《しっせき》されていると勘違いしたらしい。あまりに意外な少年の言葉に、真葛は思わず鸚鵡《おうむ》返しに呟《つぶや》いた。

「山根どのとやら、これはどういう次第です。棚倉家のお使いといわれましたが、何か隠し事のある様子ですね」

丸顔に餅肌が実に愛嬌《あいきょう》のある初音は、下京《しもぎょう》の商家の出。日頃は誰にも笑顔を絶やさぬ彼女が、珍しく警戒の表情をあらわに詰め寄った。

「重ね重ねの御無礼、お詫びの言葉もありませぬ。この太吉は、それがしの幼馴染の弟。先程申しました通り、それがしは棚倉さまにお仕えする平侍ですが、実は本日、真葛さまにお願いがあり、参上した次第でございます」

「わたくしに頼みですと」

真葛は信じられぬ思いで聞き返した。

「はい、かような非礼を重ねましたゆえ、到底信じていただけぬかもしれませぬ。ですがどうか話だけでも聞いていただけぬでしょうか」

平馬の表情は真剣であった。それと同じものが、傍らの太吉の顔にも浮かんでいる。何か複雑な事情があるらしいと看取し、真葛は腹を決めた。

「わかりました、おうかがいいたしましょう」

「真葛さん――」

しきりに袖を引く初音の手を、彼女はやんわりと押さえた。

「大丈夫、どうぞご心配なさらないで下さい。ただ申し訳ありませんが、これは義兄《あに》さまにもご内密に」

「でも――」

もしこの男が真葛に害意を抱いていたらどうするのだ、と言いたげな初音に、真葛は薄く微笑《ほほえ》んだ。

確かに自分は棚倉家の異端児だが、それで危害を加えられる道理はない。しかもここは幕府直轄の御薬園。初音に堂々と己の身分を告げた平馬が、狼藉《ろうぜき》を働くとも考え難かった。

渋々部屋を出る初音を低頭して見送り、平馬は居住《いず》まいを正して真葛に向き直った。

「早速でございますが、真葛さまは上京《かみぎょう》の薬種屋、成田屋をご存知でしょうか」

「もちろん、存じています。とはいえご当代に代替わりなさってから、御薬園との付き合いは疎遠になりましたが」

御薬園で収穫された薬種は、生薬に加工後、幕府や禁裏に上納するのが原則。だが御典医を兼ねる藤林家当主には、職務上必要な範囲に限り、それらを自由に用いることが許されていた。

とはいえ薬園で収穫できぬ動物性生薬や鉱物などは、他の医家同様、薬種屋から購入せざるをえない。このため藤林家は常時二、三軒の薬種屋を役宅に出入りさせていた。

二条柳馬場《やなぎのばんば》の成田屋は、代々孝右衛門を襲名し、三代前から鷹ヶ峰出入りを許されていた薬種屋。しかし今年の春に先代が病没し、手代から取り立てられた娘婿《むすめむこ》が跡を継いで以降、藤林家はこの店を避けるようになっていた。

それというのも、

「最近、成田屋の納める薬種の質が落ちておる。代替わりを機に、値を下げさせていただきましたと申していたが、本日届いた牛黄《ごおう》なぞ、水に入れるとすぐ溶け崩れてしもうたわい」

との匡の言葉通り、わずか半年で、生薬の質が明らかに低下したからである。

牛黄は、牛の胆嚢《たんのう》に生じる結石で、鎮静や滋養強壮に有効な生薬。ただその値は生薬の中でも飛び抜けて高いため、市場には偽物や粗悪品も多く出回っている。それをいかにして見分け、上物を商うかが、薬種屋の腕の見せ所であった。

一般に水に溶けにくく、口に含むと次第に甘みを増すものが上質の牛黄の特徴。しかし主《あるじ》が代わってからというもの、成田屋が届けてくるのは、いずれも生臭みのある粗悪品ばかりであった。

「小僧の頃から薬種を扱っておる主が、かような品を見逃すはずがない。悪質な品を安く仕入れ、中身は以前と変わりませぬ、むしろお値段を見直しましたと調子のいいことを言って、商いをする腹であろう。物堅さで知られた先代とは異なり、今の孝右衛門はなかなかの道楽者じゃとか。その遊びの付けが、店の商いに影を落としておるのであろうよ。娘可愛さから取った婿であろうが、先代も人を見る眼がなかったものじゃ。それはさておき、以後、成田屋の出入りは考えねばならぬな」

苦々しげに吐き捨てた匡の顔を、真葛ははっきりと覚えている。

「この太吉の姉はお雪と申し、十二の年からもう八年余り、成田屋に奉公しております。父御は伏見の御香宮《ごこうぐう》の下働きをしておられ、それがしとは家ぐるみの幼馴染。それがこの半年、まったく音信不通の上、それがしや太吉が店を訪《おとの》うても、のらりくらりと追い返されるばかりなのでございます」

神功《じんぐう》皇后を主祭神とする伏見の御香宮神社は、かつては御諸《みもろ》神社と呼ばれていた古社。近辺の住人はもちろん、豊臣秀吉・徳川家康ら歴代権力者からも、伏見城の鎮護神として厚い信仰を受けた名社である。

それまでは盆暮れの藪入《やぶい》りはもちろん、外出の折にこっそりと平馬と会っていたお雪からの連絡が絶えたのは今年の初夏。当初こそ平馬も、先代の没後、店内が何かと忙しいのだろうと考えていたが、彼女は盆の藪入りにも実家に戻らなかった。さすがに心配になった平馬が成田屋に赴くと、手代らしき男が、

「実はお雪はんはここしばらく、悪い夏風邪で寝込んではりますのや。おうちにお教

えせんかったのはすまんこっちゃ。けど外聞きが悪いよって、あまり他のお人には言わんといとくれやす」

と打ち明けてきた。

だがその後も、お雪からの便りは絶えたまま。平馬が重ねて成田屋を訪れても、同じ男が同じ言い訳を繰り返すばかりだった。

「そない言わはっても、病人に無理にお会わせするわけにも行きまへんやろ。それでもし万一のことがあったら、あんたはんがお雪の親父はんに死んで詫びてくれはるんどすか」

老獪《ろうかい》な目つきですごまれると、おだやかな気性の平馬には返す言葉がなかった。

そうこうしている間に、夏の暑さが悪かったのか、姉弟の父親の正造が病に臥《ふ》した。しかし彼の病を知らせても、音信は一向になかった。

不安に駆られた太吉が家を飛び出したのは、昨日の朝。伏見からの知らせを受けた平馬が、あるいはと成田屋へ駆けつけると、襟首《えりくび》をつかまれて店先から放り出された太吉が、それでもなお手代の脛《すね》にしがみついているところだった。

「町方が飛んで来かねぬ騒動でしたが、大事になるのは望まなかったのでしょう。手代どもはそれがしの姿を見留めるや、太吉を無理やり蹴放し、店へ戻っていきました」

泥だらけの太吉を棚倉家の長屋に連れ帰った平馬は、丸一日考えた末、藤林家の真葛を訪ねようと決めたのだった。

「真葛さまのお名前は以前より、家令の田倉隆秀さまよりお聞きしていました。しかも実はこの三年ほど、こちらに米と味噌をお届けしたのもそれがし。遠目にお姿を拝見したこともございました」

田倉隆秀は棚倉家の老家令。倫子の葬儀の席で玄已が暴行を加えた相手と、信太夫から聞いている。

「実の弟の訪いに、さような振舞いは不審ですね。お雪どのを人に会わせたくない理由が、成田屋にあるのではないですか」

真葛の言葉に、平馬は我が意を得たりとばかりに幾度もうなずいた。

「それがしも同様に思いまする。されどそれがしには、薬種屋の内情など知りようもございませぬ。そこで御薬園の真葛さまであれば、成田屋の内実をご存知ではと考えた次第。いったい成田屋が何のためにお雪を隠しているのか、思い当たる節はありませぬか」

平馬にとって、お雪はただの幼馴染以上の女性に違いない。自分が失踪《しっそう》したとして、誰がこれほどに身を案じてくれるだろう。顔も知らぬ彼女が、真葛はふとうらやましくなった。

「確かに成田屋は、藤林家とは長い付き合い。最近は出入りを禁じていますが、わたくしと当代の孝右衛門とは知らぬ仲ではなし、それとなくお雪どののことを尋ねは出来ましょうが――」

「何卒《なにとぞ》、何卒よろしくお願いいたします」

畳に額を押し付ける平馬の物言いは、すでに女主《おんなあるじ》に対するそれとなっていた。

「お姉ちゃん、わしからもお願いするわ」

再びぴょこんと頭を下げた太吉は、すぐに顔を上げ、よく光る眼で真葛を見つめた。真っ直ぐな瞳といい強く引き結ばれた口元といい、年よりも賢《さか》しらな面差しであった。

「成田屋の奴ら、わしや平馬の兄ちゃんを強請《ゆす》りたかりみたいに追い払いおるねん。そらご奉公はつらいもんやし、姉ちゃんは若奥さまのお気に入りやさかい、かえって思う通りにならへんのはわかったる。そやけど藪入りもさせてもらえへん上、わしらが訪ねていっても追い返す、そんなお店《たな》はおかしいのんと違うか。なあ、わしが言うてんのは道理やろ」

匡は秋口から成田屋の出入りを差し止め、代わりに二条衣棚《ころものたな》の薬種屋・亀甲屋《きっこうや》を御薬園の主たる出入り商人に任じた。

いくら医師の腕がよくても、患者はそれだけでは救えない。人の命を保つのはその者本来の生命力、それが様々な外的要因によって削《そ》がれるため、人間は病にかかるのだ。

医師が為すべき第一は、弱った人体に必要な要素の見極め。その次が、治療としての投薬である。医者はあくまで治療の方向を決める存在に過ぎず、実際に働きかけるのは薬。つまり薬種屋は医者同様、人の生命に深く関与する職であった。

しかしながら洛中には、今の成田屋のような商いを厭《いと》わぬ医師も多かった。

「大声では言えまへんが、生薬の値が安くなったことだけを喜び、以後、生薬はすべて成田屋に任せるというお医者もおいでとか。そら確かに質が悪うても牛黄は牛黄、人参は人参。けどそないな生薬から作られた薬なぞ、ろくに効くかも分からしまへんのになあ」

亀甲屋の若旦那・定次郎の愚痴は、劣悪でも安価な生薬を求める医師への批判であった。

投薬を受ける側は、生薬の質など判断できない。倫理観に乏《とぼ》しい医者の中には、わざわざ低品質で廉価《れんか》な生薬を求める者もおり、成田屋の今の商いは、こうした者たちの欺瞞《ぎまん》を煽《あお》る行為ともいえた。

しかもその成田屋が一人の女性を隠し、目の前の二人の心を痛めさせている。熱いものが、胸の奥からこみ上げてきた。

「平馬どの、そなたの話、よく分かりました。どれほどの力になれるかは分かりませぬが、明日、成田屋に赴き、店の様子をうかがって参りましょう」

医師は本当に人を救えるのかと自問し、西へ旅立った父。彼であれば、劣悪な生薬が届いたその場で成田屋の手代を締め上げ、商いの性根を詰問したかもしれない。そしてお雪の話を聞けば、己一人でも店に乗り込んだことだろう。そんな父に及ばぬまでも、御薬園で育った娘として、彼らの力にならねばとの思いが、真葛の口を突いて出たのである。

「お姉ちゃん、おおきに――」

平馬よりも早く、太吉が叫ぶように礼を述べ、小さな頭をぺこりと下げた。慌《あわ》てて平馬がそれに続く。

百味簞笥が蠟燭《ろうそく》の灯りを受け、鈍い光を放っている。顔も見忘れた父が、自分の背中を押してくれたような気がした。

吉左の言葉通り、翌日は上天気となった。薄い雲が空高くたなびき、風こそ冷たいが日差しはひどく暖かだった。

早朝のうちに昨日収穫した薬草の陰干しの手はずを整えた真葛は、寒さ防ぎの被布《ひふ》をまとい、鷹ヶ峰街道を南に下った。

冬枯れた野面の向こうに、御土居《おどい》の盛り上がりが緩やかに続いている。千本通を北風に背を押されつつ南に進み、所司代下屋敷と二条城の甍《いらか》を望《のぞ》みながら道を東に折れると、いつしか界隈《かいわい》は繁華な町筋に一変していた。

二条通は平安時代、「二条大路」と称された大路。中世に荒廃したが、豊臣秀吉による都市開発で整備され、慶長八年（一六〇三）の二条城造営後は、大手筋的な性格を帯びて発展した。通り沿いには多くの職人が同業者町を形成したが、中でも二条通の新町・烏丸《からすま》間を中心とする二条薬種街は、二条烏丸東の伊勢屋、烏丸西の木瓜屋《もっこうや》という薬種問屋二軒を筆頭に、約八十軒の薬屋が二条薬種仲間（組合）を形成し、江戸本町・大坂道修町《どしょうまち》と並ぶ和漢薬の集散地であった。

「これは藤林さまの――」

杏葉牡丹《ぎょうようぼたん》を染め抜いた暖簾《のれん》をかき分けて成田屋の三和土《たたき》に踏み込むと、三十過ぎの男が帳場で眼を見張った。当主の孝右衛門であった。

「ご無沙汰致していますが、近くまで参りましたので、お寄りさせていただきました」

匡による出入り差し止めなど知らぬ顔で、真葛は淑《しと》やかに一礼した。

帳場の後ろには、藤林家のそれよりも古びた百味箪笥が置かれている。しかし小僧が勧める円坐《わろうだ》に腰を下ろしながら、真葛はそこから漂う匂いに思わず眉《まゆ》をしかめた。

薬草の保管には、採取後の乾燥が不可欠。これが不十分だと保存中に黴《かび》が生じたり成分が変質するため、薬草採りにはある程度の技術が必要である。下手な採薬者の手にかかり、せっかくの薬草が使い物にならなくなることは珍しくなかったが、いま成田屋の百味箪笥から漂ってくるのは、湿気を帯び、埃《ほこり》を吸った薬種の匂い。よほど手際の悪い薬草採りから、生薬を仕入れているに違いなかった。

「今日はわたくしの入用な分だけですので、黄連《おうれん》と藍実《らんじつ》を五分ずつお願い致します」

黄連は山陰や北陸で採れ、主に健胃や整腸に用いられる多年草。藍実はその名の通り藍の実、解毒や解熱剤の効がある。共に御薬園では栽培していない薬草であった。

「かしこまりました、すぐに調《ととの》えさせていただきます」

主の言葉に、板間に控えていた目つきの鋭いやせた男がのっそりと立ち上がった。因州和紙の包み紙を片手に、百味箪笥に手をかけた。

手代とおぼしき男の動きを眼で追っていた真葛は、店と奥の間を区切る中暖簾が静かにかき上げられたのに気付かなかった。

「お前さま、ちょっと出かけて参ります」

遠慮がちな声に振り返れば、二十五、六歳の小柄な女が、暖簾の陰から半身をのぞかせていた。青白い顔色といい、暖簾をかかげる指の細さといい、どこか病んでいるのではと疑いたくなる陰気さである。孝右衛門をお前さまと呼んだところからして、彼の妻である先代の娘、お香津《かつ》であろう。

「ちょっと失礼いたします」

真葛に会釈した孝右衛門は、小さく舌打ちしてお香津に近づいた。中暖簾が下ろされ、夫婦の姿がその向こうに隠れた。

「いったいどこに行かはりますのや」

「一昨日《おとどい》も言いましたけど、今日はお父っつぁまの祥月《しょうつき》命日。黒谷の永運院さまにお参りに行ってきます」

「その話やったら、こっちから行かんかて、院主さまに来てもろうたらええと言うたやないか」

遠慮がちなお香津の声に対し、孝右衛門の口調は投げやりであった。

生薬が包まれるのを待ちながら、真葛はそのやり取りに懸命に耳を澄ませた。

「それがさっき、急なお弔《とむら》いが出来て院主さまの都合が悪うならはったと、お小僧はんが知らせてきはりましたのや。そやさかいお雪を連れ、うちだけでもお参りに行ってきます」

お雪の名に真葛は背筋を硬くしたが、なぜか孝右衛門はひどく強引に、お香津の言葉をさえぎった。

「まったくお前はいつもお雪お雪言うて、他の女子衆《おなごし》では気に入らへんのかいな。お雪には店でしてもらう仕事が仰山《ぎょうさん》あります。清助を付けてあげますさかい、早《はよ》う行ってきなはれ」

「お雪はもともと、うちの小間使いどす。いくらお前さまでも、勝手を言わんといておくれやす」

「なんやて。お前、わしの言葉が聞けへんのかいな」

甲走った声に続き、何かを打つ音が響いた。わずかな沈黙の後、板敷きの廊下を小走りに去る足音が続く。さすがに気まずくなったのか、生薬を量り終えた手代が軽く咳払《せきばら》いした。

真葛は知らぬ顔で包みを受け取り、頬に小さな痙攣《けいれん》を残した孝右衛門に代金を払った。

「またどうぞお越しやす――」

投げやりな彼の愛想を背に、暖簾をくぐる。急いで周囲を見回せば、勝手口がそちらにあるのだろう。成田屋と隣の晒屋《さらしや》の間の路地から、お香津が小走りに出てくるところであった。行き交う人々の奇異の目にも構わず、裾を乱しながら早足で二条通を東に向かう。結局誰にも供を命じなかったらしく、一人であった。

一瞬の躊躇《ちゅうちょ》の後、真葛はこっそりお香津の後をつけた。幸い、お香津は前を見つめたまま、後ろを振り返ろうともしない。

寺町通を折れて北に進み、御所の築地塀《ついじべい》を左に見ながら丸太町の橋を渡る。どうやら黒谷に向かうらしい。

東へ進むにつれ、辺りからは次第に人家が減っていった。竹垣を巡らした内側に、根を菰包《こもづつ》みした大木を幾本も立ち並べているのは、どこかの庭屋の作業場だろう。その向こうに鬱蒼《うっそう》とした聖護院の森を見つけ、さてどうしたものかと真葛は自問した。

先程のやりとりから推《お》し量るに、成田屋の店内にはかなり険悪な空気が満ちている様子である。とはいえここで声をかけても、見ず知らずの自分に事情を打ち明けてくれるはずがない。

このときお香津が突然、道の真ん中で立ち止まった。歩く速度を落としながらうかがう目の前で、彼女は竹垣に歩み寄り、その内側で松の苗の根に菰を巻いていた中年男に声をかけた。

「これは、成田屋のお嬢様――」

植木職人であろう。膝切りに脚絆姿の男は、あわてて首の手拭《てぬぐ》いを外して腰を屈めた。

「何か御用でもございましたか。使いを下されば、こちらからうかがいましたのに」

「いいえ、今日はお父っつぁまの祥月命日で永運院さままで行くついでなんどす。それより、万蔵はん――」

万蔵と呼んだ彼と垣根越しに向かい合ったお香津は、二人の側を通りすぎようとした真葛にちらりと眼を走らせた。

しかし成田屋の店先にいた真葛の顔は見覚えていないらしく、彼女はすぐに視線を外し、万蔵に向かって言葉を続けた。

「前にお預けした元日草《がんじつそう》どすけど、ずいぶん大きくなりましたやろか」

「へえ、ご心配には及びまへん。ご先代さまが大事にされてた鉢どすさかい、わしらも精魂込めてお世話させていただきました。そろそろ蕾《つぼみ》をつけそうやさかい、あと半月ほどしたら、お店にお戻ししようと思うてたところどす」

元日草は俗に福寿草と呼ばれ、北国に自生する多年草。ちょうど元日あたりに黄金色の花を咲かせる点が喜ばれ、商家などではこれを鉢植えとして育てることが多かった。

ただ京大坂の夏は、本来寒冷地に生える福寿草には暑すぎ、素人の栽培は困難。それゆえ商家はどこでも、夏の間は出入りの植木屋に鉢を預け、冬、花をつけてからまた手許に戻すようにしていた。

「そうどすか、おおきに。お父っつぁまも喜んではりますやろ。そやけど年の瀬は植《うえ》北《きた》はんも忙しおすやろし、先に鉢を返してもらいます。あとで店の者を寄越しますさかい、渡してやっておくれやす」

「わかりました。お待ちしております」

真葛は背後のやりとりに耳をそばだてながら、聖護院の門前を曲がった。物陰から振り返れば、お香津が万蔵に鷹揚《おうよう》にうなずき、来た道を洛中へと戻っていく。

（孝右衛門に祥月命日と言っていたのは、偽《いつわ》りなのだろうか――）

まるで植木屋を訪れるのが目的だったかのようなお香津に、真葛は首をひねった。

とはいえ、もしそうであれば、何も嘘をつかなくても、ここまで使いを走らせればよい話だ。

そういえば万蔵は「先代が大事にしていた鉢」と言っていた。彼女は不仲な夫には黙って、父親の形見を手元に引き取ろうとしているのか。

姿を現さないお雪、苛立《いらだ》たしげな孝右衛門、そして先程のお香津——。成田屋のすべてが何やらきな臭いものを帯びている。

日が翳《かげ》ったのか、まだ昼前というのに急に冷えが増してきた。見上げれば比叡の山は暗い雲に覆われ、今にもそこから雪雲が降りて来そうである。

真葛はしばらく無言で東の空を見つめていたが、やがて肩をすぼめて踵《きびす》を返した。

下駄に踏みしだかれた枯れ葉が、かさりと音を立てて崩れる。

次に向かった先は、二条衣棚の薬種屋・亀甲屋。ちょうど荷が届いたところなのだろう。他の店に比べ小狭《こぜま》な土間の片隅には薬種を入れた俵が積まれ、丁稚《でっち》たちが総出でそれを奥に運び込んでいるところだった。

「これは忙しいところに来てしまいました。定次郎、ちょっとよろしいですか——」

真葛の声に、台帳を手に俵を数えていた亀甲屋の総領息子、定次郎が驚き顔を向けた。

「これは真葛さま。突然のお越しとは、先日お納めした品物に、なにか間違いでもございましたか」

亀甲屋は加賀藩御典医であった主・宗平が、三十年ほど前、何を思ったのか突如賜暇《しか》を願い出、仲間株を得て開いた店。二条界隈では新参ながらも、元医師の目で商う薬種は、極めて質がよいとの評判であった。

もっともここ数年、宗平は息子の定次郎に店を任せ、自身はもっぱら生薬の買い付けに諸国を渡り歩いている。このため真葛は長らく、宗平と顔を合わせていなかった。現在店の采配《さいはい》をふっている定次郎は二十三歳。薬種に関しては父以上に確かな目を持つ、実直な人物と噂されていた。

「いいえ、そうではありません。ちょっとお尋ねしたいのですが、成田屋のお内儀とはいかなるお方なのでございます」

二条薬種街で生まれ育った男だけに、定次郎は町内の噂によく通じている。不思議そうに首をひねりながら、彼は真葛に座布団を勧めて口を開いた。

「さて、いかなるお方と言わはりましても――お香津はんはご先代の一粒種。先代はお内儀を早くに亡くさはり、お香津はんを風にも当てんと、それは大事に育てはったそうどす。手前とは似た年頃でございますが、一緒に遊んだ覚えなんかほとんどあらしまへん」

宗平が武家の出のためか、定次郎の言葉遣いには京なまりの中にも、どこか武張《ぶば》ったものが含まれていた。

「ご当代は、もとは成田屋の手代と聞きましたが」

「はい、元の名は喜助はんと申し、確か嵯峨《さが》の出のはずでございます。真葛さまもご存知の通り、なかなか苦味走ったよい男。ちと遊びがすぎる点が、昔から番頭たちににらまれていたようですが、お香津はんにはそんなところも魅力に映らはったのでしょうなあ。愛娘にせがまれ、番頭たちの反対を押し切って婿に据えたのが、今思えばご先代の最大の過ちと申せましょう」

家督《かとく》を譲られた直後こそ、喜助こと当代孝右衛門は真面目に商いに励んでいた。しかし、先代が没するやその態度は急変……。商う薬種の質を落とし、相場にまで手を出すありさまに、主な奉公人は次々と暇を取っていった。

「遊び仲間たちを、手代として雇い入れてはるとの噂も耳にしたことがあります。残った番頭たちの忠告に耳を貸さへんばかりか、反対に難癖《なんくせ》をつけて暇を出す有様では、まともな商売はできしまへんやろなあ」

「さような夫を、お内儀はどう考えておいでなのでしょう」

「生まれ育った成田屋を、かように食い荒らされてはるのどす。いくら自ら望んだ婿どのというても、さすがに己の過ちを悔いてはるんと違いまっしゃろか。上賀茂に女子を囲ってはるとの噂もありますさかい、けっして夫婦仲も円満とは言えしまへんのやろ」

彼自身いまだ独り身にもかかわらず、定次郎は妙に年寄りめいた推測を口にした。

二条界隈の薬種屋は薬価統一のため、伊勢屋と木瓜屋からしか仕入れを許されていない。もっともこれは建前で、実際にはどの店も、これら二軒の問屋と並行して独自の仕入れ先を確保しているが、それはあくまで内々の話だ。

だが成田屋は近頃この定めを公然と無視し、新規に開拓した仕入れ先とばかり取引をしているという。それがみな粗悪な薬種であることは確認するまでもない。

「ああも質の悪い薬種を売り、それをまたわざわざ買わはるお医師がおいでなんどすから、まともに商いをしている身としてはほとほと嫌気が差します。まったく世の中には、どうしようもない一面があるものどすな」

(お雪が姿を見せなくなったのは、孝右衛門の今の商いと関係があるに違いない)

腹立たしげな定次郎を見つめながら、真葛はこう確信した。

藤林家では毎年十二月、百味簞笥の薬種を全て焼き、新しい品に入れ替える習わしがあった。薬草はいずれもよく乾燥させて保管するが、中には日月を経る間に変質し、薬効を失う品もあるからである。

しかし成田屋で嗅《か》いだ匂いから察するに、今あの店に置かれている薬種は皆、乾燥が不十分。しかもかなり古いものだと思われる。

薬の販売は、公儀によって厳しく管理されている。伊勢屋・木瓜屋のどちらからも仕入れを行わず、劣悪な薬種ばかりを商っている事実が明るみに出れば、成田屋の商いが差し止められるのは確実。そうならずに済んでいるのは、禁裏御医師たちの中にも成田屋を贔屓《ひいき》にしている者がおり、周囲の店が見て見ぬふりをしているからだ。だが町奉行所に現状を知られれば、たちまち店は取り潰《つぶ》しとなるだろう。

先程の成田屋夫婦の会話から推量するに、お雪はお香津の腹心らしい。夫の乱行に心を痛める女主に成り代わり、なんらかの形で店の悪事を世に知らしめようとしたのだろうか。その動きを当代たちに気取られ、店の奥に軟禁でもされているとすれば、姿を見せない事実には説明がつくが、その推測は、「お雪にはしてもらうことがあります」という孝右衛門の言葉と合致しない。あれではまるで、お雪もまた孝右衛門の仲間であるかのようだ。

定次郎に礼を述べて亀甲屋を辞した真葛は、すっかり葉を落とした柳の木が立ち並ぶ堀川沿いの道を歩きながら思案を巡らせた。

川風は刺すように冷たいが、いったいどこに咲いているのか、かすかに蠟梅《ろうばい》の香りが含まれている。あと数日で臘月《ろうげつ》。そのためか歳末までまだ一月《ひとつき》あまりあるというのに、行き交う人々は早くも皆、気ぜわしげであった。

父は年の瀬も押し迫ったある日、真葛を御薬園に置いて西に発ったという。信太夫からそう聞かされて育ったためか、真葛は物心ついて以来、暮れが近づくとなにか胸騒ぎめいたものを覚えるようになっていた。

玄巳が姿を消してから、すでに十八年が過ぎようとしている。今年もまた父は戻ってこないのだろう。

そんなことを考えているうち、いつしか真葛は大報恩寺近くまで来ていた。そのまま北に歩けば、四半刻（三十分）ほどで御薬園に戻り着く。すでに日は頭上をすぎ、西へと傾き始めている。今日はこれで引き上げようかと考えた真葛はしかし、「正月まではまだ一月あまりもある」とつぶやき、はたと立ちすくんだ。

先程聖護院近くで耳にしたお香津と万蔵のやり取りが耳の底によみがえった。考えるも恐ろしい想像が、なぜか明るい黄金色を帯びて胸の中で大きく膨《ふく》らんだ。

（よもや、まさかそんなことは――）

いつもの癖で唇をかみ締めた真葛は、わずかの間ためらった後、身をひるがえして千本通を駆け出した。

荷の片付いた亀甲屋の店先は、普段の落ち着きを取り戻していた。

息を切らして走り込んできた真葛に、帳場に座っていた亀甲屋定次郎はおろおろと腰を浮かせた。

「ど、どうなさいました、真葛さま。だれか、水をお持ちしなはれ」

「さ、定次郎、一つ、教えてください」

上がり框《かまち》によろよろと腰を下ろした真葛は、荒い息をつきながら途切れ途切れに口を開いた。寒風の中を走ってきたために、両の頬は真っ赤に染まっている。

「成田屋のお香津どの、あのお内儀は薬草についてお詳しいのですか」

門前の小僧は習わぬ経を読むという。御薬園で成長した自分が、自然と薬草の知識を蓄えたように、薬種屋の娘なら薬草生薬についてそれなりの見聞を有しているのではあるまいか。

問われた定次郎は一瞬、なんだそんなことかと言いたげな、拍子抜けした顔を見せた。

丁稚が汲んできた水をこくこくと飲み干す真葛に、あっさりとうなずいた。

「それは当然どす。いずれこの娘に婿をと考えてはった以上、ご先代は店の商いの手法はもちろん、薬種の知識もかなりしっかり叩《たた》き込まはったはず。けどそれがなにか――」

その言葉を聞くや、真葛は手にしていた湯呑みを、音を立てて上がり框に置いた。土間に跳ね立ち、板間の端にちょこんと正座している丁稚を振り返った。

「そなた、これから言う生薬をすぐに出してください。まず升麻《しょうま》を五分、それから呉茱萸《ごしゅゆ》と大棗《たいそう》を二分ずつ、生干芍薬《しょうかんしゃくやく》を三分――」

「吾市《ごいち》、早う仰《おっしゃ》る通りにしなはれ」

真葛の様子からただならぬ事態と察した定次郎が、呆気に取られている丁稚を叱咤《しった》した。

「へ、へえっ」

吾市と呼ばれた少年と、それよりもう少し年嵩《としかさ》の丁稚が百味箪笥に飛びついた。

道具を店の板間に広げさせ、幾種類かの生薬をあわただしく調合して、薬研《やげん》で磨《す》る。

完成した薬を手早く薬包紙に包み、真葛は帳場を振り返った。

「誰か人を御所東の棚倉家まで走らせ、山根平馬と申す平仕えの侍を呼んでくださいませ」

「かしこまりました。山根平馬さまでございますな」

「家令がつべこべ申すでしょうが、元岡真葛の申し付けと言えば黙るはずです。それからまことにお手数ですが定次郎、これからわたくしとともに成田屋に行ってください。本来なら平馬が来るまで待つべきでしょうが、事は一刻を争うかもしれませぬ」

「わかりました。お供させていただきます」

年下の真葛の剣幕に押され、何が何やらわからぬまま、定次郎は幾度も大きくうなずいた。

だが二条通を一散に駆けて成田屋に飛び込んだ二人は、奥から響いてくるこの世のものとは思われぬ呻《うめ》きに、土間に愕然《がくぜん》と立ちすくんだ。

店先に人影はなく、冬の日差しだけが土間を斜めに照らし付けている。中暖簾を隔てた店の奥から、嘔吐物《おうとぶつ》の臭《にお》いが濃く漂い出していた。

「しまった、遅うございました」

店の奥に駆け込む真葛に続き、定次郎もあわてて雪駄《せった》を脱いだ。

人気の絶えた店内を、呻き声だけを頼りに奥へ踏み込む。行き着いた部屋で彼らが眼にしたのは、昼餉《ひるげ》の膳《ぜん》を蹴散らし、胸をかきむしって倒れている十人ほどの男たちであった。その壁際には二人の女がひしと抱き合いながらも、呻吟《しんぎん》する彼らに冷ややかな眼差しを向けていた。

想像以上に凄惨《せいさん》な光景に、真葛は思わず敷居際でたたらを踏み、息を呑んだ。苦し紛《まぎ》れにかきむしったのか、畳にはあちこちに深い爪痕が残されていた。折り重なりあった男たちのほぼ中央で、成田屋孝右衛門が自らの嘔吐物に片頬を浸し、すでに息絶えている。彼らが吐き戻した汚物が一面に飛び散り、室内には息をするのもためらわれる臭いが立ち込めていた。

女の一人が、突然闖入《ちんにゅう》してきた真葛と定次郎を、感情のない眼で見上げた。血の気の失せた唇を真一文字に結んだお香津であった。

「お、お香津はん、これはどういうことどす」

真葛を守るかのように、定次郎が先に立って部屋に踏み込んだ。

するとお香津と身を寄せ合っていたもう一人の女が、お香津を後ろ手にかばって立ち上がった。粗末な木綿の着物に前掛け姿。店の女子衆らしき彼女の真っ直ぐな瞳には見覚えがある。

「お雪どの、ですね」

真葛から名を呼ばれ、弟と面差しの似通った白い顔に動揺が走った。

「わたくしはあなたの弟御と山根平馬から頼まれ、あなたを探していました。このありさまはどうしたわけか、わたくしにはよく分かっています。ですが事の仔細《しさい》はどうあれ、人が苦しんでいるのを見過ごすわけには参りません。この者たちの手当てをさせてもらいます。よろしいですね」

真葛の硬い口調に、お雪は今にも泣き出しそうに顔を歪《ゆが》めた。

壊れた人形のように幾度もうなずくその足元で、お香津が白い頬につと涙を伝わらせた。

固く結ばれていたその唇が弱々しく動き、お前さま、という声のない呼びかけをもらした。

真葛の懸命の手当てのかいもなく、既《すで》に事切れていた成田屋孝右衛門を含めた七人が、その日の夕刻までに息を引き取った。

いずれも激しい嘔吐や痙攣《けいれん》を繰り返した末、心の臓が弱っての衰弱死。昼餉の汁に混ぜられていた毒が原因であった。

知らせを受けて棚倉家から駆けつけてきた平馬は、お雪の姿に一瞬顔を輝かせた。だがその場の地獄図から事態を悟ったのだろう。すぐに眉を翳《かげ》らせ、ぎりっと歯を食いしばった。

真葛の指図に従って成田屋の表戸を閉め、息絶えた男たちを土間に運び出す。そんな平馬の姿を、お雪は自失した面持ちで眺め続けていた。

かろうじて息の残っている三人はとりあえず隣の六畳に移したが、いずれも眼の周りにどす黒い隈《くま》を浮かせ、手足には浮腫《ふしゅ》が出ていた。

「できる限りの処置は致しました。明日まで持てば助かるでしょう」

亀甲屋で調薬させた薬を煎《せん》じ、口をこじ開けて無理やりに飲ませはした。しかし毒はすでに、全身に回っている。あとは彼ら自身の体力と運次第であった。

「平馬さま、ごめんなさい」

横たえられた男たちの荒い息だけが耳につく六畳間で、彼ら同様、板間から移されたお雪が、ひどくしゃがれた声でとぎれとぎれに言った。

その傍らではお香津が、お前さま、お前さまと呟きながら泣き続けている。

「ごめんなさい、平馬さま。どうか許しとくれやす」

「なにを謝っている、お雪。いったいどうしたというのだ」

頰を強張《こわば》らせつつもかろうじて穏やかさを取り繕う平馬に、お雪はしゃくりあげながら謝り続けた。

「だ、旦那《だんな》さまたちの昼餉に毒を入れたんはうちどす。どうかお役人に突き出しとくれやす」

「なにを言いますのや、お雪」

それまでただ泣き続けているだけだったお香津が不意に涙をぬぐい、強い口調で彼女をさえぎった。

「毒を入れたんはあんたでも、それを命じたんはこのうちどす。どこのどなたか存じまへんけど、お役人にはうちを突き出しておくれやす」

「汁に混ぜたのは、やはりあなたの元日草なのですね」

先程までが嘘のような険《けわ》しい形相になったお香津に、真葛は静かに問いただした。

「わたくしは今朝方お香津どのをつけ、聖護院近くの庭屋まで参りました。あのときあなたが庭師に申していた先代の形見の元日草、あなたはあれを昼餉に入れさせたのでしょう」

「元日草――真葛さまが仰《おっしゃ》っているのは、正月に咲くあの福寿草でございますか」

平馬が驚いた声を上げた。

「さようです。定次郎は存じておりましょうが、あの花は猛毒を持っております。一般には知られておらぬとはいえ、我々はなんとも恐ろしげなものを春の寿《ことほ》ぎとして愛《め》でているのです」

福寿草は可憐《かれん》な花姿に似合わず、全草に毒がある。福寿草が自生する北国では、その蕾《つぼみ》をフキノトウと間違えて食べ、死人が出ることも珍しくない。汁の実に刻んで入れたなら、五、六株もあれば事足りたであろう。希釈《きしゃく》して強心剤に使うこともあるが、素人にはとうてい手におえぬ危険な毒草なのである。

まだ蕾すら付けていない福寿草を、なぜお香津は手元に引き取ろうとしたのか。その謎《なぞ》から導き出し得る真実に、もっと早く気付いていれば、この惨事は防げたかもしれない。そう考えると、真葛は自分の鈍さに舌打ちしたい思いであった。

「これから申す話はすべてわたくしの推測ですが、お香津どの、あなたは己の夫が店を継ぐや否や、商人としての道を踏み外されたことを、ひどく憂《うれ》えておられたのではないですか。されど孝右衛門どのは周りの忠告に耳を貸さぬばかりか、外に女子を囲い、古くからの奉公人を追い出すありさま。先代の手堅い商いを見て来られたあなたさまには、さぞ耐え難い日々だったに違いありますまい」

お香津とお雪主従は無言であった。それがかえって、真葛の推論の正しさを裏付けていた。

「薬種屋は人の命に関わる商い。性根の腐った医者と意を通じ、粗悪な品ばかり売るようになっては、もはや薬種屋の看板を掲げる資格はありませぬ。お香津どのはご自分が選ばれた婿がなした悪行を無に帰すおつもりで、孝右衛門どのたちに毒を盛られたのでしょう」

さりながら彼ら全員に一度に毒を飲ませるのは、お香津一人では困難。普段から彼らの食事の世話をしている者の協力が必要である。そのために選ばれたのがお雪だったのだ。

「お雪どのはご先代以来の奉公人。お香津どのの企みに加わられたことから察するに、やはりご当代に不満を抱いていたのでしょう。夏以来、平馬たちと音信を絶ったのは、孝右衛門どのたちに仲間として信用されるための策だったのではありますまいか」

藪入りもせず不埒《ふらち》な商いをかいがいしく手伝い、お雪は孝右衛門たちの信頼を得たのだろう。平馬が訪ねてきても手代に追い払ってもらうことで、家族や恋人よりも主を選んだと、彼らに印象付けたのだ。

お雪が顔をおおって、再び小さくすすり泣き始めた。

「この平馬はそなたの身を案じ、わたくしに相談を持ちかけて参ったのです。それが平馬の思い過ごしであったのは幸い。されどかような悪事に手を染める前にあなたを止められなかったのが、わたくしは残念でなりません」

そう、あと半日早く自分が彼女たちの思惑に気付いていたなら、事態は全く異なっていたはずだ。仮にそれが無理だったとしても、せめて半刻早く成田屋に駆けつけていれば、もっと多くの命を救えたかもしれない。

いくら悪人とはいえ、夫であり主である男をも手にかけ、これから人殺しとして罪を負っていかねばならない女たちが哀れであった。平馬と定次郎が側にいなければ、ほかに手立てはなかったのか、と二人に詰め寄っていただろう。

「真葛さま、町方を呼んで参りまする——」

部屋に満ちた重苦しい沈黙を硬い口調で破り、平馬が立ち上がった。

その後ろ背を、お雪のか細い歔欷《きょき》が追う。しかし彼はそのまま振り返らず、中暖簾を掲げて店先へ出て行った。怒りと悲しみの入り混じった混乱を、必死に押し留めているかのような背を、真葛は言葉もなく見送った。

気の早い西日が、障子越しに六畳間に差し込み、残された者たちを地獄の業火のように赤く染め上げた。

お香津とお雪は駆けつけてきた京都東町奉行所の同心たちに捕縛《ほばく》され、六角牢屋敷の女牢に収監された。

成田屋殺しの噂はすぐさま洛中に広まったが、間もなく孝右衛門のあくどい商いを知る同業者を中心に、不憫《ふびん》との声があちこちで上がった。

あの日、お香津は罪のない丁稚や女子衆たちを巻き添えにすまいと、昼前から暇を与え、彼らを実家に戻らせていた。逃げるつもりは端《はな》からなく、毒を盛った全員が息絶えたのを見届けた後、自分たちも残りの汁を飲んで死ぬつもりだったという。

騒ぎの翌々日、真葛は鷹ヶ峰御薬園を訪ねてきた亀甲屋定次郎から、二条薬種仲間の店々が連名で、奉行所に嘆願書を提出すると聞かされた。

「とはいえ店の主に手代、合わせて八人を死なせたのでございます。いくら世間がお香津はんたちに同情的とはいえ、まず遠島《えんとう》は免《まぬが》れますまい」

「わたくしの元にも、奉行所からご詮議《せんぎ》の呼び立てが来ております。ここしばらくの成田屋の商いの非道ぶりについて、御薬園を代表してとくと語って参りましょう」

しかし当然予想できていた話ではあるが、その数日後、真葛は匡の自室に呼ばれ、彼からこってりと油を絞られた。普段が温厚なだけに、彼はいったん怒るといささか説教がねちっこい。

「いくら棚倉家の者の頼みとはいえ、さような揉《も》め事にそなたが首を突っ込むべきではあるまい。万が一のことがあったら、わしは信太夫さまはもちろん、そなたの父上に対してお詫びのしようがないわい」

抗弁のしようもなくうなだれる真葛をちらりと見やり、されど、と匡は言葉を継いだ。

「お香津の悪事を見抜き、的確な調剤をしてのけたのは見事じゃ。わずか二人とはいえ命を取り留めたのはそなたの処置の確かさがあればこそと、六角牢医の多田勝宜《ただかつよし》どのが感心しておいでじゃ」

一命を取り留めた彼らは回復後、お香津たち同様、六角牢屋敷に収監されている。成田屋の悪商いに加担していたとして、それ相応の罪を問われることになるだろう。

意外な匡の言葉に、真葛は思わず「はあ」と間のぬけた相槌《あいづち》を打った。

なぜか気まずげな顔で、匡は横を向いて軽く咳払いをした。

「それでつかぬことを聞くが真葛、そなた、その折いったいどんな調剤を致した。あ、いや、決してそなたの診立てに誤りがあったと思うておるわけではない。されどその、福寿草の毒をいったいなにをもって制したのだ」

「はあ、何分あわてていましたのでよく覚えておりませんが、確か升麻に呉茱萸、それに大棗と――」

「ま、待て。升麻と呉茱萸、大棗じゃな。なるほど、呉茱萸を用いたのか。それは思いもせなんだ」

「はい、それに生干芎薬を加えました。配分は――」

急いで真葛の言葉を書き留めた匡は、なるほどなるほどと幾度も繰り返した。

「この調薬であれば福寿草といわず、附子《ぶす》、穂躑躅《ほつつじ》、翁草《おきなぐさ》といった毒草すべてに効能があろう。いやはや、とっさにこのような配分を思いつくとは、さすが真葛じゃ」

いつの間にか匡の面上からは、先までの険しい気配が消えていた。どうやら今回の件は、この解毒剤一つで帳消しにしてもらえるらしい。やれやれ、ようやくご放免かと肩の力を抜いた真葛はしかし、

「そうそう、これは山根とやらには内密じゃが」

と努めて何気なく言葉を続けた匡に、再び居住まいを正した。

「多田どのの診立てによれば、お雪は身重だそうな。父御が誰なのかは尋ねても答えぬが、平馬にこの旨を告げていいのかと聞いたところ、それだけは許してくださいませと泣きながら懇願したと申す」

匡は真葛とは目を合わさず、手元の書き付けに目を落としたままでいる。うつむいたその頬が硬く強張っているのを見て、真葛の全身からさっと血の気が引いた。

「多田どのによれば、腹の子は間もなく四月になるという。父親はおそらく店におった男どものいずれか。孝右衛門の信頼を得んと、商いの助けをしている間に不埒を働

かれてであろうな」

平馬の後ろ背に向かって泣きしきるお雪の姿が、真葛の脳裏に痛ましくよみがえった。

「――男たちの昼餉に毒を盛ったのは、お雪自身の意思でもあったのですね」

訪れてきた平馬に会わなかったのも、男たちの信用獲得だけが目的ではなかった。お雪は本当に、彼と訣別《けつべつ》するつもりだったのだ。いや、訣別せねばならぬと思いつめたというのが正しいのか。

やはり自分は、何も出来なかったのだ。

真葛はうつむき、唇を強くかみ締めた。苦い血の味が、微《かす》かに口の中に広がった。

「お雪は子を産みたいと申しておるそうな。身二つになるのは、お裁きが下った後であろうな」

生まれてくる子に罪はない。おそらくは配流《はいる》先から奉行所を経て、お雪の父に預けられることになろう。そうなれば今は隠していたところで、この件はやがて平馬の耳に届く。

成田屋の店奥からお雪を振り返らぬまま奉行所へ走った平馬。彼はどんな思いで、お雪の子供の話を聞くのだろう。

「お雪がどのようなお裁きを受けるかはわからぬが、なるべく早く己の子を抱けるようになればよいのう」

帳面から顔を上げ、遠くを見る眼差しで、匡は真葛に聞かせるともなく呟いた。

張り替えたばかりの障子の向こうで、今日も鵯《ひよどり》が盛んに鳴き交わしている。

——ひょっとしたら、平馬はお雪の子を引き取るかもしれない。

それがいったい何年先のことになるのかはわからない。だがいつかお仕置きを終えて戻ってきたお雪を、平馬は幼子《おさなご》の手を引いて迎えるのではないだろうか。

もしそうなれば人を待つ長い長い冬も、雪解けを待って耐え忍ぶことができるのではなかろうか。

やがて来る春を請け合うかのように、鵯がまた高い鳴き声を上げた。

春愁悲仏

降りしきる雨に打たれ、薬草園の松がかすかな音を立てている。ここ数日続く雨のため、鷹《たか》ヶ峰《みね》の高台から遠望する洛中の桜は、盛時より随分色褪《いろあ》せていた。山際の冷涼な気候のため、鷹ヶ峰御薬園への季節の訪れは、市中より十日ほど遅い。井戸の傍《かたわ》らに植えられた桜木は柔らかな春雨に叩《たた》かれ、今まさに蕾《つぼみ》を膨《ふく》らませつつあった。

——それにしても、いつまで降り続くのやら。

調薬室で楤根《そうこん》を刻んでいた真葛《まくず》は、灰色の空を見上げて溜息をついた。

「真葛さま、その次は茅根《ぼうこん》をお願いします」

竈《かまど》にかけた焙烙《ほうろく》で生薬を黒焼きにしていた荒子頭《あらしこがしら》の吉左《きちざ》が、そんな真葛に遠慮がちな声を投げた。

鷹ヶ峰の台地に千四百坪余りの敷地を有する、公儀直轄《ちょっかつ》の御薬園。その園内に建てられた役宅の東棟、薬草園に臨《のぞ》む広い縁側を持つ調薬室では、十一人の荒子が薬研《やげん》や石臼《いしうす》、両手切りなどの道具を手に、薬作りに励んでいた。

楤根は新芽が出る直前の楤木《たらのき》の根皮。胃腸を整え、利尿作用がある。また茅根はむくみや黄疸《おうだん》に効く茅《ちがや》の根で、どちらも早春に収穫し、陰干しにしていた生薬であった。

「わかりました、少し待ってください」

うんざり顔のまま吉左にうなずき、真葛は笊《ざる》に盛られた茅根に目を投げた。

本来、春は野良働きが忙しく、どれだけ働き詰めても手が足りぬほど。しかしこの長雨のため、彼らはここ数日、普段後回しにしている生薬の貯蔵準備や調薬作業に当たり詰めであった。

和漢薬の調剤を得意とする真葛は、生薬を刻んだり、焙烙でそれを根気強く炒《い》る作業も嫌いではない。だが何日も小寒い雨に降りこめられ、薄暗い調薬室で単調な作業を続けていては、嫌気が差してくるのも当然。何やらこの数日で、身体までが鈍《なま》ってきた気がする。

「ああ、真葛さま。すんまへんけど、先に五加皮《ごかひ》を刻んでもらえしまへんやろか。吉左はん、かましまへんやろ」

台帳片手に、百味箪笥《ひゃくみだんす》と隣の納戸を行き来していた又七《またしち》が、二人のやり取りに割って入った。

かつて大津の酒屋で手代をしていた又七は、四十五歳。奉公先が火事を出して廃業したため、知る辺の伝手《つて》で御薬園の荒子となった男で、算盤《そろばん》の確かさから生薬の在庫管理を一手に委《ゆだ》ねられている。

「そらええけど、又七はん。もう五加皮がないんどすか」

「へえ、一月《ひとつき》ほど前には二斤《きん》あまりあったのが、今見てみると残りは半斤足らず。いつの間にこない減ったのやら。帳面には何も記されてしまへんし、おかしおすわ」

――しまった。すっかり忘れておりました。

又七の言葉に、真葛ははっと手を止めた。己《おのれ》の迂闊《うかつ》さに舌打ちしそうになるのを、あわててかみ殺す。

五加皮は春先に採れる五加木《うこぎ》の皮。関節痛やリウマチに効く生薬で、紙屋「菱屋」の隠居・お勝の足の痛みには、何よりの薬であった。

「病人とは心細いもの。お医者さまとこう話をしているだけで、随分安心するんどすえ」

かつて真葛にそう語ったお勝は、吉左の連れ合いの従妹《いとこ》。片手の数ほどしかいない、真葛の患者の一人である。

どこで聞きつけたのか、鷹ヶ峰には二、三年前から時折、真葛に診立《みた》てを請う病人が、訪れるようになっていた。

「確かに医術を学びはしましたが、わたくしは医師ではありませぬ」

藤林家当主である匡《ただす》への気兼ねもあり、当初、彼女は診察を拒んだ。それでも断りきれずに数人を診ると、真葛の評判は瞬く間に洛中に広まった。

何せ代々禁裏《きんり》御医師を兼ねる藤林家の懸人《かかりうど》。しかも本道・外科は無論、賀川満郷《かがわまんごう》や御薗常斌《みそのつねあき》ら一流の医師について産科や鍼灸《しんきゅう》までを学んだだけに、彼女の診立ては並みの町医者よりはるかに正確だったのである。

思いがけぬ噂に困惑する彼女を他所《よそ》に、義兄の匡はどこか嬉《うれ》しげだった。

「亡くなられた義父上は、そなたが望めば診療所の一つぐらい建ててやるおつもりだったはず。わしへの遠慮ならば無用じゃ」

とはいえ真葛からすれば、町医と張り合うなど真っ平御免。薬草の手入れや生薬作りのほうが、はるかに性に合っている。

幸か不幸か鷹ヶ峰は、病人が足を運ぶにはあまりに辺鄙《へんぴ》な地。それゆえ評判のわりに通って来る者は少ないが、数人でも患者がいる以上は医師の務めを果たさねばならぬ。

かくして真葛は彼らのために一通りの生薬を調《ととの》えることになったのだが、昨年末、お勝に薬を出すうち、手持ちの五加皮が尽きてしまった。

冬は生薬の在庫が減る時期だけに、出入りの薬種屋・亀甲屋でも五加皮は在庫切れ。そこで仕方なく、義兄の匡に調薬室の五加皮の借用を頼んだのだが、これは周囲には内密であった。

なぜなら江戸・小石川御薬園に次ぐ規模を誇るこの御薬園の生薬は、本来、禁裏や江戸に上納するためのもの。藤林家当主が用いる分のみが御薬園に残され、第三者の利用は原則、許可されていないからだ。

「この件は吉左にも、他言無用じゃぞ。春になったらすぐ、亀甲屋に持って来させよ」

事情を聞いた匡は、五加皮の流用を快諾した。だがその後、忙しさにかまけ、補塡《ほてん》を失念したのは真葛の失態。匡が知れば、今度はひどく怒るに違いない。

「帳簿には何も書いてあらへんのかいな」

「へえ、けど匡さまが忘れてはるのかもしれまへん。後でお尋ねしてみます」

元お店者《たなもの》らしい実直さで答える又七の肩越しに、吉左は真葛にちらりと目を投げた。

「そやな。ただ匡さまは最近、お忙しおす。伺うのはお暇《ひま》を見てにしなはれ。五加皮はこないだ収穫が終わったばかり、すぐに補充出来ますやろ」

お店で言えば大番頭にあたる吉左の言葉に、又七は分かりましたと大きくうなずいた。

「ほな真葛さま、干し終わった五加皮が納戸にありますさかい、とりあえず半斤ほど刻んでおいとくれやす」

吉左の言葉に、真葛は救われた思いで調薬室から次の間に出た。板戸を後ろ手に閉め、大きな息を吐く。

三歳から藤林家で暮らす真葛にとって、吉左は祖父同然。それだけに彼は真葛の表情の小さな変化で、大体の事情を汲《く》んだのだろう。

――御薬園と医師の仕事、これでは頭が二つなくては間に合いませぬ。

なかなか好転せぬお勝の病状を思い、真葛はまた溜息をついた。

今年還暦を迎えたお勝は、幼少時の怪我が元で、若い頃から右足に軽い不自由があった。加えて昨春、土間で転んで骨を折って以降、歩行も困難な痛みに苦しんでいた。真葛の診立てでは、原因は関節と筋の歪《ゆが》み。元々正常に伸びていなかった腱《けん》が、骨折で更《さら》に萎縮《いしゅく》したのである。

「このまま寝たきりになりますのやろか――」

気弱ばかりこぼすお勝に五加皮を調剤し始め、早五ヶ月が過ぎようとしている。

それでも春の訪れに合わせ、少しは痛みが和《やわ》らいだのか。この一月ほど、お勝は鷹ヶ峰を訪れず、薬を取りに来る者もいない。多忙とあいまってそれが、真葛に補塡を失念させていたのだ。

この雨ではどうせ、今日も薬草園には出られまい。二条衣棚の亀甲屋で五加皮を注文し、ついでに菱屋を覗《のぞ》こうと思い立ち、真葛は西の棟の自室に戻った。

河内《かわち》木綿の前掛けを外し、手早く帯を締め替える。化粧をしないので身支度は早い。

「ちょっと出かけさせていただきます」

匡は宮中に出仕して留守であった。義姉の初音《はつね》に一言断り、真葛は鷹ヶ峰街道を南に下った。

洛中に近付くにつれ雨は小降りとなり、亀甲屋に着く頃には、微《かす》かな霧雨に変わっていた。

「おや、真葛どのではありませぬか」

藍染《あいぞめ》の暖簾《のれん》をかき分けて店の土間に踏み込んだ途端、上がり框《かまち》に腰かけていた男が振り返って破顔した。年は二十代後半。えらの張った顎《あご》が、意志の強さを感じさせる人物であった。

「これは延島《のべしま》さま――」

思いがけぬ男の姿に、真葛は眼を丸くして立ちすくんだ。帳場にいた亀甲屋の若主・定次郎が二人を見比べ、不思議そうに首を傾《かし》げた。

「おや、延島さまは真葛さまをご存知どしたか」

「本草《ほんぞう》学者たる者、鷹ヶ峰御薬園を知らぬはずはなかろう。在京の頃、蘭山《らんざん》先生のお供でしばしばお邪魔したにもかかわらず、参府以来とんとご無沙汰《ぶさた》を致し、申し訳ありませぬ」

にこやかに話す男に、真葛は驚きを隠せぬまま幾度もうなずいた。

彼の名は延島杏山《ようざん》。当代きっての本草学者・小野蘭山の愛弟子で、二年前、蘭山が幕府より医学館教授方に任ぜられて江戸に下った際、千人を超える弟子の中から唯一供を命じられた逸材《いつざい》であった。

杏山はもともと儒学者の家の出。齢《よわい》十二で蘭山に入門し、今年で二十八歳になるはずだ。蘭山の不在を守る同門・山本亡羊《ぼうよう》とともに、本邦本草学の泰斗《たいと》の一人であった。

「いつ京にお戻りになられたのですか」

胸当て前掛け姿の丁稚《でっち》から藺草編《いぐさあみ》の円坐《まろうだ》を勧められ、真葛は杏山と隣り合うように、上がり框に斜めにかけた。

「一月ほど前でございます。実はこの夏、先生が京に戻られることとなり、それがしはいわばその露払い役でござる」

「では、先生は再び、大津町に住まわれるのですか」

大津町とは丸太町《まるたまち》間之町《あいのまち》下ル付近。蘭山の私邸兼学塾である衆芳軒《しゅうほうけん》が構えられていた。

「いえ、そうではありません。採薬のため紀伊や木曾界隈《かいわい》を巡られるついでに、暫時《ざんじ》立ち寄られるだけでございます。おそらく初秋には再び、江戸にご下向なさいましょう」

　長らく京都本草学を主導していた蘭山が参府したのは、彼が七十一歳の時。真葛の養い親の藤林家先代・信太夫と親しかった彼は、信太夫在世の頃は、ほぼ数日おきに鷹ヶ峰を訪れていた。

　山歩きのついでだったのか、いつも半合羽を着込み、手には細竹の杖。匡に代替わりしてからは、若い当主が歯がゆくてならなかったのだろう。荒子に交じって野良働きまでしていた蘭山の小柄な姿が、懐かしく思い出された。

「お忙しゅうございましょうが、是非御薬園にもお寄り下さい。義兄《あに》も喜びましょう」

「かたじけのうございます。亡羊からもさよう勧められていたのですが、この二年、何の便りも差し上げませなんだほどに、少々敷居が高《たこ》うございました。ここで真葛どのにお会いしたのは幸い。近い内に必ずお伺い致しまする」

折り目正しく一礼され、真葛は耳たぶを赤らめた。

「それで真葛さま、今日は何の御用どすか」

はにかむ彼女に、帳場から出て来た定次郎が、いつになく急《せ》いた態度で促《うなが》した。

その言葉で真葛ははたと目的を思い出し、背筋を伸ばした。しかし五加皮二斤もの注文に、定次郎は整った顔に不審を浮かべた。

「えらいいきなりのお話どすなあ。そらご用意はできますけど、二斤の五加皮というたら大荷物。ほな、後でお届け致しまひょ」

「いいえ、それでは困るのです。仔細《しさい》があり、わたくしが持ち帰らねばなりませぬ。それにこの後、他用もありますゆえ」

「お供もなしで、そら無茶どすわ。そもそも真葛さまに風呂敷包みを背負わせてお帰ししたりしたら、私が後から匡さまに叱《しか》られます」

定次郎が困惑顔になったとき、杏山が話に割り込んできた。

「真葛どの、他用とは遠方でござるか」

「いいえ、わたくしの患家である、寺町蛸薬師《たこやくし》の紙屋に寄るだけでございます」

「ならばそれがしが荷物持ちを兼ね、お供させていただきましょう」

患家に寄った後、藤林家まで回り、匡が帰邸していれば挨拶《あいさつ》をさせていただきたいと言われ、真葛は目をしばたたいた。

「延島さまに荷物持ちなどさせては、小野先生に申し訳が立ちませぬ」

だが杏山は、是非同道させて欲しいと譲らなかった。

「真葛どのには何やら事情がおありのご様子。見聞きしたことは決して口外致しませぬ」

遠慮を繰り返しながらも、真葛はほんのりと頰《ほお》を上気させていた。そんな自分を定次郎が複雑な顔で眺めていることなど、気付くよしもなかった。

真葛が巨大な風呂敷包みを担った杏山と亀甲屋を後にしたとき、雨は上がり、空には薄い雲がたなびくのみとなっていた。

往来の盛んな二条通は方々がぬかるみ、歩きにくいことこの上ない。木綿の長合羽の上に包みを担いだ杏山を、真葛は気遣わしげに見上げた。

「延島さま、申し訳ございませぬ」

「お気遣いくださいますな。蘭山門下は皆、この何倍もの荷を持たされ、諸国の山野を幾月も歩き回るものでござる」

なるほど山歩きで鍛《きた》えられたのか、杏山は肩も胸も分厚く、学者というより武士を思わせる体格であった。

　薬種街を抜け、二条通をそのまま東に進むと、界隈《かいわい》には書肆《しょし》や筆屋が増え始める。どこからともなく芳《かんば》しい墨の香が漂う町筋に、硯屋《すずりや》がひときわ目立つ奇石を模した看板を掲げている。その隣で春風にゆらゆらと揺れるのは、巨大な筆の形をした筆屋の看板。二年ぶりの京が懐かしいのか、杏山は興味に満ちた眼差しをそれらの店々に向けていた。

　やがて見えて来た三条大橋は、東海道の西の起点。それだけに橋を渡る者の中には、旅装の男女も多い。行く者、来る者、それに数日ぶりの晴れ間に誘われた人々で、道筋はごった返している。その足元を、気の早い燕《つばめ》がついとかすめた。

「さあ、この御像をご覧あれ。海の彼方より、人々を救わんがために出現された観音さまじゃ。ありがたやありがたや――」

　このとき、周囲の騒擾《そうじょう》を圧して響き渡った大声に、真葛はふと足を止めた。

「病者に御身を削《けず》り与え、その辛苦を和らげられるお奈美観音さまじゃぞよ」

　男の声に、幾つもの声が「ありがたや」と唱和する。

　見回せば一軒の旅籠《はたご》の前で、中年の僧が辻説法をしている。黒光りする笈《おい》の上に置かれた三尺ほどの立像が、彼を取り巻く人垣の間からのぞいた。

両臂《りょうひじ》や体の随所に欠き削ったような跡のある、何とも奇妙な仏像であった。

「ああ、お奈美観音でござるな」

上洛したばかりにしては、杳山は妙に詳しげだった。鹿爪《しかつめ》らしい顔で立像の功徳《くどく》を説く僧に、わずかな苦笑を浮かべた。

「桑名からそれがしと道中を前後して参った、説法師でござる。途中の宿場でもあのように観音の霊力を吹聴し、喜捨《きしゃ》を巻き上げておりましたわい」

仏の功徳など信じていないのか、ひどく罰当たりな言い様であった。

「なにやら痛々しい仏像でございますな。あのあちこち削ったような跡はなんでございます」

「さよう、それこそがあの観音のありがたいところだそうで――」

彼は小腰をかがめ、声をひそめた。

「あの僧は出羽の羽黒山におったとの触れ込みで、忍栄《にんえい》と申しまする。数年前、あ奴《やつ》が奥州のとある海辺を歩いていた際、突然、海から眩《まばゆ》き光が差してきたとか。その神々しさに沖を遥拝《ようはい》すると、あの仏像が金色の光に包まれ、海上を歩いてまいられたそうでござる」

幾度も説法を耳にしてきたらしく、杳山の説明は淀みがなかった。

「あの像がでございますか。さような奇瑞《きずい》を起こすようには、到底見受けられませぬが」

立像に眼を凝《こ》らし、真葛は眉《まゆ》を寄せた。

彩色の施された尊容は優しげだが、どこか寂しげな顔立ちをしている。それが細るほどに削られた体軀《たいく》と相まって、なんとも無残な印象であった。

「それがしも同様に思いまする。されどあ奴に言わせれば、海より現れた観音は、わが身を削り、病に苦しむ者に薬として与えよと告げられたとか。忍栄がそのお告げに従うがゆえ、あの像はかような姿なのでござる」

「仏像を薬にですと——」

真葛は頰《ほお》を強張《こわば》らせた。病に臥《ふ》しても医師への薬礼に窮《きゅう》する人々の中には、治療を諦《あきら》め、神仏にすがる者も多い。それにつけ込み、仏像の欠片《かけら》を服させるとはどういう了見だ。日焼けした僧侶の面が、急に薄汚いものに見えた。

「仏像は大半が檜《ひのき》や榧《かや》製。そんな木屑《きくず》を飲んでは、障りがあるやもしれません」

強い口調で言い募る真葛を、杳山は怪訝《けげん》そうに見下ろした。

「確かに檜油などは、誤飲すればひどい吐き気を催します。されど小さな木片を煎《せん》じて飲むぐらい、さしたる大事にはなりませぬ。かように目くじらを立てる必要はありますまい」

思いがけぬ言葉に、真葛は耳を疑った。杏山が同調してくれるものと信じていたのを、裏切られたような気分であった。

「鰯《いわし》の頭も信心からの諺《ことわざ》通り、軽い病ならああしたことで治る例もありまする。御医師に言わせれば、あれは詐欺《さぎ》。されど世の中には、信心でしか救われぬ病者もおるものでござる。あの男はさような者を救っておると思えばよろしゅうございましょう」

妹をなだめるような口調で諭《さと》されると、真葛には返す言葉がなかった。

杏山の言葉は、確かに正鵠《せいこく》を射《い》ている。公儀直轄の御薬園で育ってきた真葛と、野山で実学を重ねてきた彼との違いであった。

唇を噛《か》んでうつむけば、高足駄履きの杏山の足袋《たび》に、泥粒がいくつも飛んでいた。山歩きをする者は、日頃から高足駄を用いて足を慣らす。何度も鼻緒を挿《す》げ替えてきたのだろう。履きこまれた下駄の鼻緒は、左右の色が異なっていた。

「それで誰かが腹痛でも起こせば、あ奴も身を慎みましょう。また、飯の種の仏像を、まさか全て人に飲ませはしますまい。そのうち口実をつけ、像を欠くことも止めましようて」

言い過ぎたと思ったのか、杏山はとりなす口調で続けた。

「そうならばよいのですが……」

顔を上げた真葛は、何気なく人垣の方を見やって息を呑んだ。

年は十六、七。紺の前垂れを締めた奉公人風の少女が、忍栄の前に進み出、喜捨を差し出したのに気づいたのである。

忍栄は浅黒い顔をほころばせ、少女に何か語りかけた。小刀で笈の上の仏像を少し削ると、その欠片を懐紙に受け、自分を拝む彼女に手渡す。人々の間から羨望《せんぼう》を含んだ声が上がった。

「真葛どの、ご存知の者でございますか」

呆然《ぼうぜん》と少女を凝視する真葛に、杏山が小声で問うた。

「は、はい。これから参るつもりだった、菱屋の小女《こおんな》です」

月に数度、鷹ヶ峰に薬を取りに来ていた娘である。

二人の様子からして、忍栄はこれまでに何度も、彼女に仏像の欠片を授けているのだろう。先ほど杏山は、一月前、忍栄と前後して上洛したと言った。それは彼女が御薬園を訪れなくなった時期と合致する。

真葛は足元が揺れたような心地を覚えた。

小女は懐に紙包みを納め、再び忍栄に合掌して踵《きびす》を返した。人垣をすり抜け、大切そうに懐に手を当てながら寺町通を下る。菱屋に戻って行ったのは明白だった。

この半年、泣き言が増える一方だったお勝。忍栄の説法は、その心の隙間にすっと入り込んだのだろう。彼女の不安すら取り除けなかった己を顧みれば、見限られたのは当然だと思う。それなのに、何故《なぜ》こんなに悔しいのだろう。

いつしか空は晴れ上がり、春特有のやわらかい日差しが二人を照らしている。

それにも拘《かかわ》らず小女を見送る視界には、真葛だけに見える雨が静かに降り始めていた。

「それでそなたは結局菱屋に寄らず、そのまま送っていただいて帰ってきたのか」

開け放たれた障子の外で、輪郭《りんかく》を滲《にじ》ませた半月が西山に沈みかかっている。義兄の問いに、真葛はこっくりと首をうなずかせた。

鷹ヶ峰御薬園の西棟、藤林匡の私室である。

涙ぐんだ真葛に狼狽《ろうばい》した杏山は、彼女を引きずるようにして、強引にその場を離れた。辻駕籠《つじかご》に彼女を押し込むと、荷を担いだままそれに付き添い、鷹ヶ峰にやってきた。

二人を出迎えた初音は、眼を赤くした義妹に狼狽し、杏山の背の包みには眼もくれなかった。匡が帰宅前だったこともあり、杏山は真葛を初音に任せた後、荷を式台の脇《わき》に置き、そそくさと御薬園を辞していった。

置きっぱなしの五加皮の去就も気にかかる。だがお勝が自分より辻説法の僧を信頼しているとの事実は、真葛をひどく消沈させていた。

「生死の境にある病者を診たことも、藪《やぶ》医者と罵《のの》られたこともないそなたじゃ。巷《ちまた》の坊主より格下と見做《みな》されれば、確かに口惜《くちお》しかろう」

匡は藤林家に養子に入る前は、本道の禁裏御医師・伊藤元伯《げんぱく》の下で代脈（代診）を務めていた。それだけに患者側からの見限りに対し、彼は鷹揚《おうよう》であった。

「世の中には、胡乱《うろん》と疑いながら、医術以外に心の拠《よ》り所を求める者も少なくないのじゃ。医師は常に真摯《しんし》に、病者に接せねばならぬ。されどその気構えを患者に押し付けぬ覚悟を、そなたは身に付けねばならぬのう」

効かぬものを飲み、病状を悪化させるのを見過ごせというのか。真葛の反駁《はんばく》を含んだ目つきに、匡は軽く咳払《せきばら》いした。

「お奈美観音とやらにすがることをお勝が選んだとすれば、そなたはそれを認めてやらねばならぬ。その上でなお己に出来る術を探るのが、真の医者のあり方であろう」

治る病でも治療を拒まれれば、それを受け入れねばならない。だとすれば医者とはなんと哀《かな》しく、辛《つら》い生業《なりわい》なのか。真葛がそう思った数日後、意外な話を手土産に、亀甲屋定次郎が御薬園にやってきた。

「あの観音が盗まれそうになったですと」

漱《すす》ぎ水を汲《く》む手を止め、真葛は縁側を振り返った。

雨の後に陽気が続き、鷹ヶ峰は爛漫《らんまん》の春を迎えていた。街道沿いの桜はあでやかに咲き誇り、旅人たちの上にしきりに花びらを降らせている。白々と晴れた空と相まって、界隈には浮き立った気配が満ちていた。

手代と二人で生薬を背負ってきた定次郎は、調薬室の縁側に腰かけ、額の汗を拭《ぬぐ》った。

「さようでございます。けど忍栄やらいう坊さんが抗《あらが》わはったため、観音像は無事。かえって盗人の方が錫杖《しゃくじょう》でぶたれて、ほうほうの体で逃げたそうでございます」

三条富小路《とみのこうじ》の宿屋・備前屋の忍栄の部屋に、盗人が入ったのは昨夜。備前屋では朝から、京見物に来たという四十過ぎの男の姿が消えており、この男が盗賊ではと推測されているとのことであった。

「男の部屋は、蛻《もぬけ》の殻。畳には血が落ちてたそうどす。病に効く観音さんやさかい、身内の病人に飲ませる目的で、盗みを企んだんどっしゃろか。けど錫杖で相手をどつく（殴る）とは、坊さんもえらい手荒をしはったもんどす」

「それにしても、仏さんのお陰で病が治った人は、ほんまにいはるんどすか」

調薬室の端から、吉左が口をはさんできた。

杏山が運んできた五加皮はどうやら、吉左がこっそり百味箪笥に納めたらしい。昨日又七が、帳面を眺めながら再び首をひねっていた。

その一方で吉左は匡からお勝の一件を知らされてもいるらしい。観音の薬効には、ひどく懐疑的な様子だった。

「それがいはるから、こないな騒ぎになってるんどす。観音さんの御身をいただき、寝たきりやった婆さまが立てたとか、生来胃が悪かった子供が元気になったとか、洛中では今、様々な噂が飛び交ってます。話半分にしても大したもんどす」

そう言いつつ、真偽のほどはわかりかねているのだろう。苦笑を浮かべ、彼は膝先《ひざさき》の茶をすすった。塩漬けの桜の蕾《つぼみ》を入れた、桜茶であった。

「けど当の忍栄はん、京での説法は今日限りにし、今夕の高瀬船で大坂に下るそうどす。先ほど道端で誰かがそう噂してました」

「なんですと、今日かぎり――」

「盗人に懲《こ》りたにしても、そらまた急な話どすなあ」

あの僧が京を離れる。しかし忍栄が去ったからといって、お勝が再び自分を頼ると は思えない。ならば彼女はこれからどうするのだろう。真葛は思わず縁側から立ち上 がった。

「吉左、わたくし、所用を思い出しました。これより洛中に参ります」

突然の言葉に、吉左は一瞬驚いて眼を見張ったが、すぐに無言で小さくうなずいた。

「それでは道中お供させていただきます」

そそくさと荷を片付けた定次郎は、旅人が行き交う鷹ヶ峰街道に出ると、後ろに従 う手代を気にしながら、真葛にささやきかけた。

「所用とはひょっとして、その観音さんのことどすか」

「はい、それに関係した話です」

香山が定次郎に事情を話したとは考え難い。内心、彼の慧眼《けいがん》に驚きながら、真葛は お勝の一件をなるべく冷静に説明した。

「なるほど、私はまた真葛さまがその坊主に、疑いをお持ちなんやと思うてました。 けど真葛さまはお心が優しおすなあ。そないな患者はん、私やったら知らんぷりをしますわ」

だがお勝に会って、それで自分はどうすればいいのだろう。真葛はいまだ思案がつかずにいた。

仮にも医師である以上、忍栄に去られた彼女から目を背《そむ》けるわけにはいかない。自分でも少しぐらい、力になれる事があるはずだ。いや、あると信じたかった。

「私はちょっと用事ができました。寛助《かんすけ》、あんた、先にお店へ帰りなはれ」

二条城を右手に望む堀川沿いで、定次郎は手代を店に戻した。

「別に真葛さまのためやあらしまへん。ほんまに用を思いついただけどす」

真葛の口を制するように言い放ち、先に南に歩き出す。唐茶色の風呂敷包みが不自然に大きく揺れる背を、真葛はきょとんと見つめた。

定次郎は真葛と付き合いが長い。自分の内面の揺れを案じ、同行を言い出したのだろう。彼の不器用な気遣いが、ひどく嬉しかった。

――わたくしも意地っぱりですが、定次郎の強情さはそれ以上ですなあ。

嬉しさ半分、照れ半分な心持ちでその背を追おうとした時、「喧嘩《けんか》じゃあ」との大声が真葛の耳を叩いた。

「六角堂前で、男が坊主に斬りかかったぞ」

「襲われたのは、忍栄さまじゃ。お奈美観音さまも危ないわい」

往来に複数の声が交錯し、たちまち辺りは騒然となった。

「なんじゃと、お奈美観音さまが――」

腰の曲がった老婆までが、杖をつきつき六角堂へ走り出す。その騒ぎに、先を歩いていた定次郎が慌てて引き返してきた。

「確かいま、忍栄と聞こえましたね」

「しかも斬りつけられたとは、尋常ではございまへん」

言葉を交わしてうなずき合うと、二人はぱっと町筋を駆け出した。


聖徳太子によって開かれたとの寺伝を持つ六角堂は、正式な名を頂法寺《ちょうほうじ》という。西国三十三所の一つとして信仰を集める同寺の通称は、六角形をした本堂にちなんだもの。周囲には巡礼相手の木賃宿が軒を連ねるだけに、評判の忍栄が襲われたとの声を聞きつけ、物見高い人々が続々と集まって来た。

「忍栄さまが危ないぞ」

「相手は中年の親父一人じゃ。誰か、お役人を呼んで来なはれ――」

うわずった声が交錯し、門前に人だかりができている。だがその割に彼らが忍栄と暴漢を遠巻きにするばかりなのは、男の持つ出刃包丁がぎらりと光るのが、人垣越しにはっきり見えるからだ。

「すんまへん、少し預かっといとくれやす」

定次郎が六角堂の向かいの飴屋《あめや》に飛び込み、小銭を添えて店番の老爺《ろうや》に荷を託す。その間に、真葛は野次馬をかきわけ、人垣に割り込んで行った。

「ま、真葛さま。待っとくれやす――」

野次馬に阻《はば》まれて叫ぶ定次郎の声が、わあっというどよめきにかき消され、同時に人の輪が大きく広がった。男が刃物を高く振り上げ、彼に飛びかかりそうな構えを見せたのだ。

暴漢は股引《ももひき》姿に裾《すそ》をからげた草鞋《わらじ》履き。怪我をしているのか、左腕がだらりと垂れている。日焼けした顔の中でよく目立つ金壺眼《かなつぼまなこ》を剝《む》き、必死の形相で忍栄を見据《す》えていた。

一方の忍栄は、顔を蒼白にして築地塀《ついじべい》に背中を張り付け、身体をがたがたと震わせている。足元に笈と観音像が泥まみれで転がっていたが、それに眼をやる余裕もなさげであった。

「や、やめんか。そ、その包丁をおろせ」

錫杖を胸前で握った忍栄は、背を塀に沿ってずるずると横ずらせ、絞り出すような声で叫んだ。

しかし金壺眼の男は、そんな言葉に全く耳を貸さぬ風で、血走った眼《め》で忍栄を睨《にら》んでいる。

「危のうおす、真葛さま。いくら何でも、ちょっとお下がりくださいませ」

ようやく群衆の間をかいくぐってきた定次郎が、真葛の腕を後ろから摑《つか》んだ。

「大丈夫です。あの者の狙《ねら》いは忍栄一人。わたくしたちなど、歯牙《しが》にもかけておりますまい」

冷静な観察を述べつつ、真葛は彼を振り返った。息せききったその肩越しに見覚えのある顔を見つけ、おやっと目を見開いた。

上背があるだけに、人垣の中から頭が抜き出ている。

間違いなく延島杳山であった。

なぜ、と呟《つぶや》く目の前で、杳山は突然辺りの男女をかき分け、対峙《たいじ》する二人の間に割り込んだ。

「双方、ちと待て」

今日の杳山は両刀をたばさんだ着流し姿。大寺か公家に仕える青侍に見える風体である。

予期せぬ闖入者《ちんにゅうしゃ》に、人々からどよめきが上がった。

「ど、どけっ。邪魔をするなっ」

金壺眼の男は顔をひきつらせ、杏山を罵った。男の視線がわずかに逸《そ》れた隙をのがさず、忍栄が横っ飛びに駆け出した。男が逃すまいと包丁を構え直す。その腕を、杏山の手刀が目に見えぬ速さで一撃した。

「ぎゃあっ——」

もんどりうつ男の手から出刃包丁が飛び、息を呑む人垣の際に突っ立った。その側にいた商人風の男が、ひい、と引き息の悲鳴を上げてぺたんと座り込む。

だが杏山はそれには目もくれず、男の腕を背後にねじりあげた。よほどの腕力なのか、すぐに男がぬかるんだ泥の中に膝をつく。

もはやわが身は安全と見て取ったのだろう。逃げ出そうとしていた忍栄が素速く身をひるがえし、転げたままの笈に走り寄った。薄汚れた木綿の小袋を胸元にねじ込み、再び脱兎の勢いで人垣に紛《まぎ》れ込む。慌てふためいたその足が蹴《け》り上げた泥が、放り出されたままのお奈美観音に、びちゃっと音を立ててかかった。

「こら、待たぬか——」

杳山が怒鳴ったが、男を捕えているだけに身動きがならない。代わって真葛と定次郎が後を追ったが、忍栄は人々の間を巧妙にすり抜け、たちまち姿をくらましてしまった。

「なんと足の速い奴でしょう」

「そやけど何も、忍栄はんが逃げんでもええですやろに――」

定次郎は息を切らせながら、腰を抜かした男の傍らから出刃包丁を拾い上げた。手拭いでぐるぐる巻きにして、懐に収める。

捕まった男は観念したらしく、おとなしくぬかるみに座り込んでいる。すでに杳山も、取り押さえた腕を放していた。

いつしか男の左腕に観音像がしっかり抱えられている。驚いて見つめる真葛の目の前で、彼は杳山に打たれた右手をぎこちなく動かし、仏像の泥をそっと拭《ふ》いた。

「お奈美――」

不意にその口から痛切な叫びが漏れ、激しい慟哭《どうこく》がそれに続いた。あちこちを削られた上、泥に汚れて尊容も判別しがたい観音像が、そんな彼を静かに見上げていた。

東町奉行所から同心が駆けつけたのは、やじ馬が拍子抜けした顔で散った後だった。

しかし暴漢は捕まり、襲われた側は逃亡中という奇妙な状況に、佐竹槙之進《さたけまきのしん》と名乗った三十過ぎの同心は当惑を隠せなかった。

「この男は忍栄を以前より恨む相手と間違えた様子。二度とかような狼藉《ろうぜき》を致さぬよう、強く申しますゆえ、許してやってくだされ」

しれっとした杏山の嘘《うそ》に、当の男までが眼をしばたたいた。だが佐竹槙之進は、江戸医学館教授方・小野蘭山の弟子、自らも助教の任にある杏山の言葉を少しも疑わなかった。

「人違いにしても、なんと人騒がせな――」

槙之進の言葉に、男はぶすっと唇を引き結んだ。杏山から黙っていろと目配せされ、あわてて顔をうつむけた。

「かような短慮は余人に迷惑。諍《いさか》い事なら町役に相談し、穏便に収まるよう尽力してもらうのじゃ。しておぬし、住まいはいずこじゃ。名は何と申す」

刃物沙汰《ざた》は不穏当だが、いわばこれは路上の喧嘩も同じ。逃げた相手が無事ならそれでよいと判断したらしく、槙之進の物腰は比較的穏やかであった。

「はい、加賀（現在の石川県）の内灘《うちなだ》より参りました。名は弥之助《やのすけ》と申します」

「京には何用があったのじゃ」

「妹の回向《えこう》のため、知恩院《ちおんいん》さまにご参詣に来たのでございます。確かに落ち着いて考えれば、先ほどのお人は、わしが恨む男とはいささか面相の違うご出家。それをいきなり斬りつけ、すまぬ事でございました」

槙之進の目には、まだわずかに疑念が残っている。それを逸らすためか、杏山が傍《かたわ》らから口をはさんだ。

「ところで佐竹どの。それがしにはこの者より、忍栄の方が気にかかるのじゃが如何《いかが》でござる。あの坊主、後ろ暗いことでもあるのか、弥之助が捕まったにもかかわらず、金袋だけを握り締めて逃げ失せました。何か悪事に加担しているのやもしれませぬ」

安全を確保されてなお逃げ出すとは、弥之助よりもむしろ、やがて来る役人を避けたとも取れる態度。そう考えれば、盗人に遭《あ》ったばかりの彼が、今晩には大坂に下るとはいかにも不自然だ。

説法師や六部など流浪の出家の中には、在家から金品を騙《だま》し取って生計を立てる者も少なくない。忍栄がそんな破戒僧でないとの保証はどこにもなかった。

「なるほど、それはいかにも不審。忍栄とやらにも仔細を問いただすべきかもしれませぬな」

「さようでござる。それがしは小野先生の私邸・衆芳軒に寄宿しており、しばらくは弥之助も同宿させまする。もし何事かござれば、そちらにお知らせ願いまする」

佐竹が立ち去ると、後には真葛と杏山、弥之助と定次郎だけが残された。いつしか春の日は西に傾き、四人の影が往来に長く伸びていた。

「こないなところで立ち話もなんどす。とりあえず、うちの店にお越しなさいませ」

「されば、甘えさせてもらおう。真葛どの、しばしお時間を頂戴できまするか」

何故、杏山はこの男を助けたのだろう。いくつもの疑問を抱きながら、真葛はこくりとうなずいた。

飴屋から荷を引き取ってきた定次郎が、倒れたままの忍栄の笈を拾い起こす。弥之助は驚くほどおとなしく、三人に従ってきた。

「あのように請け合われましたが、杏山さまはあの弥之助とやらを以前よりご存知なのですか」

「いえ、先ほど顔を合わせたばかりでござる。されど詳細は、亀甲屋についてからに致しましょう」

杏山は先を歩かせた弥之助から、目を離さずに答えた。

亀甲屋に着くや、定次郎は丁稚《でっち》に桶に水を入れて持ってくるよう命じた。泥まみれの弥之助の手足を洗わせるためである。

「この仏さんも綺麗《きれい》にさせてもらいまっせ」

丁稚の吾市が、堅くしぼった濡《ぬ》れ雑巾《ぞうきん》で観音像を拭きあげる。泥とともに旅塵《りょじん》が落ちると、全身の傷が痛々しいほどに際立った。

「なんや寂しいお顔の観音さんやなあ――」

「吾市、余計な口を叩かんと、用が済んだらさっさと去《い》になはれ」

子供だけに、少年の口は正直だった。弥之助が顔を強張らせたのを見て、定次郎は慌てて吾市を叱《しか》り、観音像を再び抱えた弥之助を奥へと誘った。中庭に面した六畳間には、既に真葛と杏山が座を占めている。定次郎たちが一息ついたのを見澄まし、杏山は懐から小さな包みを取り出して三人に示した。

「これは忍栄が与えておった観音像の木端《こっぱ》。これを皆さまはどうご覧になられまする」

紺色の縮緬《ちりめん》の上に、細かな木片が一つまみ乗せられている。弥之助の双眸《そうぼう》が暗い光を帯びた。

「お奈美観音の木片どすか――」

「杏山さま、いったいどこで手に入れられました」

「菱屋のお勝どのより譲っていただいたのでござる。それがしが初めて忍栄の噂を聞いたのは、桑名のお城下。当初は仏像の欠片が薬となるなどありえぬ話と、それがしも呆れ返りました」

しかし鈴鹿の関宿《せきじゅく》で、杏山は驚くべき事実を目の当たりにする。長く胃の病に冒《おか》されていた老爺が観音の木片を煎《せん》じて飲み、わずか三日で全快したのだ。

「そればかりか土山宿では寝たきりの男が立ち、草津では二十年も血の道の病で苦しんでいた女が快癒《かいゆ》いたしました。無論それがしはこれを、観音の功徳《くどく》と考えてはおりませぬ。思案の末思い至ったのは、お奈美観音の木片。観音像自体に薬効が備わっているのではということでございました」

杏山の観察の限り、木片は病人全員に効くわけではない。潰瘍《かいよう》や関節痛には効力を発するが、解熱、下痢などにはまったく効き目がなかった。

京に入った彼は、仏像の謎を探るため、暇々に忍栄を追った。真葛と再会したのはその矢先。お勝がお奈美観音の信者と知った彼は、すぐさま菱屋を訪ねた。

京屈指の大学者小野蘭山。その高弟たる杏山の来意を知るや、お勝は納得顔で大きく首肯《しゅこう》した。

「観音さまのお体を服すると、足がすっと軽くなりますのや。うちはほんまは、神仏がいはるとは思うてまへん。そないな方々がおいでやったら、世の中に辛いことなどあらへんはずどっしゃろ。そやからこれかて、本当は何かのお薬なんやろと考えてました。あなたさまがこの正体を突き止めてくれはったら、うちみたいな病人がようけ救われますやろなあ――」

お勝はそう言い、もらってきたばかりの木片を全て杏山に持たせた。もっとも全てといっても、その量はほんの二つまみほど。お勝によれば、一朱銀一粒の喜捨への対価がこれだけという。

「なんと、あざとい。たったこれっぽっち、煎じ薬にしたら一回で終わりどっしゃろに」

「それで、その正体は何でございます」

杏山はお奈美観音を抱いたままの弥之助に、視線を移した。

「ある貴重な生薬ではと推測しておりますが、それがなぜ仏像となっているのかが分からぬのです。そこで今日も忍栄を追っていたところ、かような騒動となった次第――」

弥之助を捕えたのはとっさのことだった。だがその後の忍栄と弥之助の行動を見て、杏山はここに観音像の秘密が隠されていると直観したというのだ。

座敷に沈黙が流れる中、弥之助は観音像を静かに畳の上に置いた。ようやくしびれが取れたらしい右手をつき、深く頭を垂れた。

「もうお察しでしょうが、昨夜、あ奴の宿に忍び入ったのはわしでございます」

「左腕はその際、錫杖で殴られたのですか」

「へえ、それにも懲《こ》りず往来であ奴を襲ったのは、積年の恨みと、どうしてもこれを取り戻したかったからでございます」

膝前の仏像を、彼はいとおしげに見つめた。

「ですがこの像にそんな効能があるとは、わしは全く存じませんでした。以蔵《いぞう》とて、それは同じだったと思います」

初めて聞く名に、三人は顔を見合わせた。

泰然を装いながらも実はひどく焦《じ》れているのか、杏山が真っ先に口を開いた。

「以蔵とは誰じゃ」

「今は忍栄と名乗っておる、あの男です」

「何やら込み入った仔細《しさい》がおありのご様子。よろしければそれをわたくしどもにお話しくださいませぬか」

泥まみれの観音像を抱いた彼の慟哭が、耳から離れない。真葛にはどうしても弥之助が悪人とは思えなかった。盗みに入ったのも、忍栄を襲ったのも、複雑な事情に迫られてに違いあるまい。

弥之助は観音像にもう一度目を落としてから、三人の顔を順番に見回した。

このとき手燭《てしょく》を持った小さな影が、障子にぼんやりと浮かび上がった。

「旦那《だんな》さま、失礼いたします」

明かりを入れに来たのか、吾市の遠慮がちな声が、六畳間にひっそりと響いた。

「先も申しましたが、わしは加賀内灘の生まれ。両親を早くに亡くしたため、妹とともに叔父の家で育ち、八歳で金沢・寺町の仏師、井出《いで》光定《こうじょう》さまの許に弟子入りいたしました」

加賀藩城下町・金沢の寺町は、山際に約七十の寺院が立ち並ぶ町筋。その一角には、経師屋や仏具屋などが多数軒を連ねていた。

実直な弥之助は師の信頼厚く、若い頃から殊に古仏修復を得意とした。当然仕事も多く、叔父の元から呼び寄せた妹と暮らす長屋にも滅多に帰らぬほど、多忙な日々を過ごしていた。

だが夏のある日、妹が突然寝付いてから、彼の生活は一変した。発熱が続き、見る間にやせ衰えた彼女は、やがて時折、血を吐くようになった。わずかに貯めていた金をはたいて呼んだ医者は、弥之助を目顔で長屋の外に誘い、硬い表情で首を振った。

「胃の奥に悪いしこりがござる。年経《へ》た者には時折ある病じゃが、妹御のお年では珍しい話じゃ」

この病は若ければ若いほど進行が早い、と医者は弥之助の目を見ずに続けた。

「もはやわしにも手の施しようがない。とにかく体を労《いたわ》り、養生を続けなされ。それでももって一年、悪ければ年を越せぬであろう」

それからの弥之助は、妹に少しでも精のつくものを食べさせるため、以前にも増して懸命に働いた。事情を知った光定は、折ごとに弥之助の家に食べ物を届けさせたが、周辺の寺の銀杏《いちょう》が全て葉を落とした頃には、妹は粥《かゆ》すら満足に喉《のど》を通らなくなった。

同じ長屋に住む以蔵がそんな兄妹の許を訪れたのは、城下に初雪が降った日であった。

光定の工房に近い聖光寺で下働きをしている以蔵は、弥之助と同い年。以前から庫《く》裏《り》より余り物をもらっては、それを兄妹にも分けてくれていた。だが妹に狎《な》れた口をきく以蔵を弥之助はあまり好いておらず、時にはその来訪をやんわりと断ることすらあった。

この日、到来物の鴨《かも》を携えて来た以蔵は、用が済んでもなかなか腰を上げようとしなかった。

「実はちょっと話があるのじゃが――」

床に臥《ふ》せる妹の耳をはばかる彼にうながされ、弥之助は不審を覚えながら外に出た。

四つ（午後十時）を回った町筋からは人影が絶え、冴々《さえざえ》とした星明りが軒瓦《のきがわら》を冷たく光らせている。寺町の坂を登った以蔵は、聖光寺の伽藍《がらん》を望む辺りで、白い息を吐きつつ足を止めた。

「来月、うちのご本尊を、光定さまの工房へ修理に出す話は知っておるか」

「おお、有徳《うとく》のお方が、本堂の葺《ふ》き替えと観音さまの修繕の費用を寄進なさったとか。世の中には奇特なお人もいるものじゃと、工房でも噂になったわい」

聖光寺の本尊は平安時代初め、弘法大師が造像したと伝えられる三尺の観音立像。その嫋《たお》やかな御姿から城下では、「聖光寺の観音に願をかけると美人になる」と噂されていた。

「そう、その話じゃ。お施主はご城内の重職にある御仁なのだが、うちのご本尊をかねてよりひどくお気に入りでのう。是非譲り受け、ご自邸に安置したいと仰《おお》せられているのじゃ。されど幾ら大金を積まれたとて、ご本尊を売り払っては、寺の名に傷がつくわい」

そこで、と以蔵は用心深く周囲を見回して続けた。

「寺の執事さまは、光定さまの許にご本尊を預けた際、それと瓜二つ《うりふた》の仏像を作り、二つをすり替えてはどうかと言われておる。鮮やかな彩色を施した新仏を、彩色も新たに修理したご本尊と称しても、気付く者はまずおるまい。仮に誰かが不審を抱いたとて、寺僧さま方のお頼みである以上、何の問題もない。光定さまの工房の古仏修理は、おぬしが一手に任されていると聞く。どうだ、この話、受けてくれぬか」

「そ、そんな無法、本当に聖光寺のお歴々もご承知なのか――」

思いもよらぬ相談に、弥之助は声をかすれさせた。

寺町の寺院の内情は、どこもかつかつ。伝来の寺宝を密かに売却する寺もあると仄《そく》聞《ぶん》している。日々のやりくりに追われる寺にとって、この申し出は渡りに船に違いなかった。

以蔵は小ずるそうに目を光らせた。

「おお、三綱《さんごう》合議の上での話じゃ。じゃが執事さまが自らおぬしに声をかけては、人目につく。そこでわしが頼まれ、こうして話を持ちかけているのよ。されど光定さまは厳格なお方、かような企みを肯《がえん》じくださるはずがない。幸い、おぬしは修復の腕があるため、仏所でも別棟を与えられておるとか。おぬしさえ黙っておれば、一切は誰にも知られぬわ」

五両の礼を払うと囁かれ、弥之助はつい首を縦に振った。目端《めはし》のきく以蔵は寺僧たちに重宝がられ、時には彼らに妾《めかけ》の斡旋すらしている。それだけに彼からこんな話が持ち込まれることを、弥之助はさほど訝《いぶか》しまなかった。

五両もの金があれば、どんな高価な薬でも妹に与えてやれる。死の床にある妹が、普段ならありえぬ選択を弥之助にさせたのだった。

数日後、彼は休みをもらい、故郷の内灘に向かった。造仏には数年越しで乾燥させた木材を用いるが、今回それを整える余裕はない。荒海に面した内灘の浜には、時折見事な流木が流れ着く。それを探し、用いる腹であった。

ちょうど嵐の後だった海岸を歩き回り、彼はやがて一本の黒ずんだ流木に眼を留めた。

流木は内部が朽ちたものが多いが、それは三尺の立像にうってつけの丸木、しかも妙に硬い木材であった。

心の底にくすぶっていた後ろめたさが、その瞬間、彼の中から吹き飛んだ。

「それは実に立派な材でございました。わしは神さまが、これを使えとお与え下さったと思うたのでございます」

流木を仏所に担ぎ込んだ弥之助は、周囲には修復の下準備と偽り、観音像を彫り始めた。

構造は本尊と同じ、一木割り矧《は》ぎ造り。頭と体軀を彫り出した後、全体を前後二つに割り、内刳《うちぐ》りを施してから、再び接着させる技法である。時折聖光寺に足を運び、観音像の細部を脳裏に刻み付けるのも忘れなかった。

やがて聖光寺から本尊が搬入されると、弥之助は更に作業に没頭した。隣家の後家に妹の看病を頼み、長屋に帰ることも稀《まれ》になった。

木部が完成した後、胡粉《ごふん》を膠《にかわ》で練った下地と漆《うるし》を重ね塗りし、箔《はく》を置く。その上に顔料で彩色を施すと、立ち現れたのは誰が見ても、見事に修復された本尊そのものであった。

むろん、本物の本尊も手早く修復した。

こっそり工房を訪れた以蔵は、完成した仏像をしげしげと眺め、満足げに笑った。

「これなら、三綱方も満足されよう。ところで本物の御像じゃが、近々、例のお方がお越しのため、今夜中に寺に運ぶこととなった。すまぬがおぬし、今晩はここに残っていてくれぬか。人目についてはまずいゆえ、九つ（午前零時）の鐘が鳴ったら、わしが取りにくるわい」

「さほど大きくはない御像だが、おぬし一人で大丈夫か」

「運びやすいよう、布でぐるぐる巻いておいてくれれば平気じゃ。よいか、九つじゃ。忘れるなよ」

しかし夜半、再度工房に忍んで来た以蔵は、弥之助から仏像を受け取るや、それを抱えて奉行所に駆け込んだ。

「弥之助はご本尊修復と見せかけ、仏所で贋物《にせもの》を拵《こしら》えております。わしはご本尊を売り飛ばす相談をかけられたんで、心当たりの方にお見せするとごまかし、こうして取り戻して来ました」

以蔵の密告に奉行所は色めき立ち、寺社奉行の元にも急報が遣わされた。朝を待たずに工房に踏み込んだ役人によって弥之助は囚《とら》われ、片町の牢屋敷に収監された。

無論彼は、聖光寺の依頼による製作だと必死に弁明した。さりながら寺の三綱・執事たちは、本尊を売却する話も贋物を頼んだ覚えもないと口を極めた。妹が寝付き、金子《きんす》が必要との状況も、弥之助に不利に働いた。

「い、以蔵に会わせて下され。わしはあやつに言われ、仏像を作っただけでございます。何卒《なにとぞ》、あやつをお調べ下さいませ」

だが、彼が本尊と寸分違わぬ仏像を作ったのは事実。その抗弁に耳を貸す者はいなかった。

「わしが話を仲立ちしたなど、滅相もない。そりゃ、妹さんのこともあり、なにか力になれたらとは申しました。ですがこんな無法な相談をされるとは、思うてもおりませなんだ」

弥之助の身柄は寺社奉行に託され、二月にわたる取調べの末、隠岐島《おきのしま》へ十五年の配流《はいる》が申し渡された。仏師の立場を利用し、寺の本尊を掠《かす》め取ろうとしたのだ。本来なら獄門は免れないが、妹のためとの事情が酌まれ、罪一等を減ぜられたのだった。

師・光定の懸命の助命も、功を奏していた。

「わしはおぬしが悪意で、此度《こたび》のことを企てたとは思うておらぬ。妹御の身はわしが引き受けた。身体を労《いと》うて暮し、刑が明けたら、必ず仏所に戻って参れ」

隠岐送りとなる前夜、光定は密かに牢を訪れ、弥之助に諄々《じゅんじゅん》と言い諭《さと》した。

妹の訃報《ふほう》が島に届けられたのは、それからわずか三月《みつき》後であった。その知らせに弥之助は、海際の掘っ立て小屋で何日もの間泣きもだえた。

自分が以蔵の誘いに乗らなければ、こんなことにはならなかったのだ。光定の庇護《ひご》の元にあったとはいえ、盗人の血縁として死んだ妹の無念さを思い、彼は激しく胸をかきむしった。

刑を終えたのは五年前の秋。島から戻った弥之助は真っ先に、妹の墓が作られた聖光寺に足を運んだ。寺僧たちがそれと気付かぬほどに、長い島暮しは彼の容貌を一変させていた。

寺で訊《たず》ねると、以蔵は弥之助が配流された直後に下働きを辞め、行方不明となっていた。

「もう十五、六年も前になりますか。近くの工房の仏師が、我が寺のご本尊を売り飛ばそうとしましてな。以蔵はその企みに気づき、そ奴をお役人さまに訴人しましたのじゃ」

赤銅色に日焼けした目前の男が当の仏師とは、夢にも思わぬのだろう。老齢の寺男は、落ち葉を掃《は》く手を休めて気軽に続けた。

「悪事に誘引されず、それを訴え出たのは殊勝と、以蔵は金二十枚のご褒美《ほうび》をいただいたそうな。じゃが実はあの頃、以蔵は寺の金をくすねているとの噂が寺内にありました。醜聞ゆえ表沙汰にし難く、坊さま方も尻尾《しっぽ》を摑みかねておりましたがなあ。それゆえもしかして、贋物作りの主犯は当の以蔵。仲間割れか何かが起き、危ない橋を渡るより手っ取り早く金を得ようと、褒美欲しさの密告をしたのではと、一時は随分噂になりましたわい。ともかく、今はいずこにおりますのやら」

褒美欲しさの密告――の言が弥之助の胸を鋭くえぐった。

以蔵から無実の罪を着せられる覚えなどなかった。何故、こんな目に遭わされるのか。隠岐島で考え続けていたその答えを、寺男はあっさり口にしたのである。

妹にあまりに親しげな以蔵に、弥之助は不快な顔をしたこともある。意外にそんな些事《さじ》が、讒言《ざんげん》のきっかけだったのかもしれない。

「なんと非道な真似《まね》を――」

真葛は膝の上で、拳を堅く握り締めた。激昂《げっこう》のあまり身体が小さく震えていた。

「しかも以蔵は聖光寺に願い、わしが作った観音像を頂戴して行ったと聞き、わしは目の前が真っ赤になるほどの怒りに囚われました。わしはあれを、贋作《がんさく》のつもりで彫ったのではございませぬ。本尊として多くのお人の願いを引き受ける像と信じ、渾身《こんしん》の思いを込めたみ仏。それを以蔵ごときが手にするなど、どうしても我慢なりませなんだ」

師の工房にも寄らず、弥之助はそのまま以蔵を追うあてのない旅に出た。加賀からまず江戸、それから西国。路銀が尽きれば宿場の下働きをして食いつなぎ、諸国を歩き続けた。

探す相手が僧形《そうぎょう》に身を変え、忍栄と名乗っていると知ったのは、三月前。中山道《なかせんどう》馬籠《まごめ》宿で相宿になった男から、霊験あらたかな仏像を携えた出家の話を聞き、弥之助はその年恰好からすぐさま彼こそ以蔵だと直感したのである。

「更にその仏像の名をお奈美観音と教えられ、わしはもう、奴を生かしてはおけぬと思い定めました。わしを陥《おとし》れるばかりか、お奈美の名まで金儲けに利用するなど、我々を踏みにじるにも程がございまする」

「お奈美、お奈美とは誰なのじゃ」

溜息にも似た杳山の問いに、行灯《あんどん》の火が揺れた。畳の上の立像に、複雑な影が落ちる。重い沈黙の中、弥之助は顔を苦しげに歪《ゆが》めた。

「――お奈美はわしの妹でございまする」

急いで京に上った弥之助は、ほんの半日で、往来で説法をする忍栄を見つけ出した。繁華な京で彼を狙う不利は、百も承知。しかしあちこちを削られた無残な観音像を見て、弥之助の頭にかっと血が上った。

同宿して部屋を襲ったが、反撃に遭って腕を怪我した。それでもなお再度六角堂で彼に斬りつけたのは、路銀が底をつき、大坂に下る以蔵をすぐに追えなかったためであった。

「なんとも、許しとけへん奴どすな」

定次郎の沈んだ声を聞きながら、真葛は杏山にきっと向き直り、激しく彼に言い募った。

「かような非道、見捨ててはおけませぬ。このままでは以蔵はまたも逃げてしまいまする。すぐに寺社奉行さまに訴えましょう」

「真葛どの、ちょっとお待ちなされ」

鋭い口調に驚いたのだろう。杏山は腰をわずかに浮かせた。怒りを湛《たた》えた瞳で自分を見上げる真葛を、狼狽した声でなだめた。

「先ほど佐竹どのは、忍栄の身柄を押さえると仰いました。ご心配には及びますまい」

「けど以蔵はずるがしこい奴、そうあっさりと捕まるとは思えませぬ」

長年胸に溜めていたことを吐き出し、以蔵への恨みが更に膨《ふく》れ上がったのかもしれない。弥之助も熱を帯びた語調で言い叩いた。

「ええい、二人とも落ち着きなされ。最前の忍栄は、辻説法の最中。道中で稼いだ金《きん》子《す》や替えの衣は、宿の帳場に預けているに違いありますまい。笈も観音も投げ捨て、今やわずかな金しか持たぬあ奴は、必ず一度は宿に戻るはず。佐竹殿はおそらく、そこを取り押さえられまする。もうしばしお待ちなされよ」

杏山の判断は、一面では正しかった。

二人の焦燥《しょうそう》を見かねた定次郎が奉行所に丁稚を走らせると、佐竹槙之進は備前屋に赴いて留守。「何かあれば亀甲屋までお知らせを」と言付けて丁稚が戻ってきた四半刻後、槙之進配下の下っ引きが店に飛び込んできた。全身濡れそぼち、髷《まげ》は崩れた無残な恰好。川藻の匂いが、ぷんと土間に満ちた。

「なにっ、忍栄が――」

息せききった彼の知らせに、四人は総立ちになった。中でも弥之助は顔色を蒼白に変じると、その場にすとんと座り込み、観音像を抱きしめて天井を仰いだ。

下っ引きは、忍栄が槙之進たちの追跡を逃れる途中、増水した鴨川の流れに飲み込まれたと告げに来たのであった。

「よもや、夜の鴨川を渡ろうとするなぞ、誰も思うてへんかったんどす――」

彼によれば、宿で荷物をまとめていた忍栄は、槙之進の訪れに狼狽し、帳場に預けていた金袋だけを懐に、裏口から逃亡した。河原に下りたのは、彼らをまくつもりだったのだろう。だがすぐ気取られ、六条近くの葦原《あしはら》に追い詰められた彼は、闇に包まれたばかりの鴨川にいきなり身を躍らせたのである。

鴨川は普段なら、充分泳いで渡り得る川。だが不運にも、上流で雨が降ったらしく、川は奔流《ほんりゅう》と化していた。同心たちが止める間もなく、流れに足をすくわれた忍栄の姿は、あっという間に暗い流れにかき消えた。驚くほど下の方で、日焼けした顔がほんの一瞬水面に浮かび、すぐにまた水に飲み込まれた。

「下じゃ、下流にまわれ――」

槙之進の怒号が、激しい水音にかき消される様が、真葛の脳裏にありありと思い浮かんだ。

夜の川の想像は、まだ見ぬ荒々しい北の海の景色へと連なった。弥之助が流木を求めた内灘の海、十五年間暮らした隠岐の海の暗鬱《あんうつ》さに思いを馳《は》せ、彼女は固く眼を閉じた。

伏見で忍栄の死体が上がったのは、それから三日後の明け方であった。奉行所からの知らせを受け、弥之助は杏山と佐竹槙之進に付き添われて伏見に赴《おもむ》いた。川中の石に幾度もぶつかったのだろう。遺体の損傷は激しかったが、不思議にも懐には、ずっしりと重い金袋が納まったままだった。

「お前はつくづく、金に執着した人生じゃったのう――」

弥之助の暗い声が、遺体を安置した伏見奉行所の石蔵に低く響いた。

自分がなぜ忍栄を襲ったのか、二十年前に端を発する告白を聞き取った槙之進は、すぐさま京都所司代を通じ、加賀藩寺社奉行所に事の次第を申し送った。詮議《せんぎ》を恐れて忍栄が逃亡した事実は、弥之助の申し分を無言裏に裏付けていると、彼は判断したのである。

その後の奉行所の調べによれば、以蔵は金沢を離れた後、大坂でごろつき同然の生活を送っていたらしい。地つきのならず者との悶着《もんちゃく》の末、江戸へ出たのは十年前。しかしそこでの生活も長く続かず、七、八年前に様を変え、辻説法を始めたという。大坂・江戸での荒れた暮しは、金欲しさに隣人を讒言した以蔵の腹黒さを如実《にょじつ》に物語っていた。

だが事件から二十年が経ち、弥之助の仕置すら終わった今となっては、最早《もはや》それで何が変わるわけでもない。過ぎ去った歳月は取り戻せず、お奈美が生き返る道理もなかった。

「それでもようやくこれで、加賀に戻れます。聖光寺にこの像を寄進し、お奈美の菩提を弔《とむら》ってもらうつもりでございます」

十日ほどの間に、鷹ヶ峰の桜はすっかり葉桜に変わった。御薬園に迫る洛北の山々は日一日と緑を濃くし、その中にぽつぽつと山吹の花が美しい黄金色を散らしている。

杏山とともに鷹ヶ峰を訪れた弥之助は、深々と真葛に頭を下げた。長旅に出ることが一目で知れる、手甲脚絆《てっこうきゃはん》に尻《しり》っ端折《ばしょ》り。背には、観音像の入った包みが負われていた。

とりあえず井出光定の工房に身を寄せ、今後の去就を思案するという。そう語る彼の顔には、僅少《きんしょう》ながら明るいものが浮かんでいた。

「それはええことどす。妹はんも喜ばはりますやろ」

ちょうど生薬の納入のため居合わせていた定次郎の相槌《あいづち》とは裏腹に、杏山は何故かひどく残念そうであった。

「どないしはりました、延島さま」

「弥之助がそう申すのはわかるが、それがしは何とも無念でならぬわい」

杏山の言葉に、弥之助はひどく恐縮して首をすくめた。

「延島さまには大層お世話になり、お礼のしようもございません。けど、これぱかりはどうかご容赦くださいませ」

「それはわかっておるのじゃが――」

先ほどまで薬草園の草むしりをしていた真葛の額には汗が浮かんでいる。何とも諦《あきら》めきれないという面持ちの彼に首を傾《かし》げる彼女を、杏山は少し眩《まぶ》しげに眺め返してから、ああ、と思い出したように呟《つぶや》いた。

「そういえばあの後のどたばたですっかり失念いたし、真葛どのと定次郎には観音像の正体についてご報告しておりませなんだ」

今日も着流し姿の杏山は、縁側に腰を下ろし、例の観音の木っ端を取り出した。彼に勧められ、真葛はそれを一欠片《かけら》つまみ上げた。色は赤みを帯びた褐色、前歯で軽く噛むと鈍い辛味が舌を刺す。

「延島さま、焙《ほう》じてもよろしいですか」

「ええ、お好きになさってくだされ」

下駄を脱いで調薬室に上がり、一番小さな薬研で木片を擂《す》る。底に溜まった微量の粉末を、小型の焙烙に乗せて火床にかけた。竹の箸《はし》で粉をかき混ぜる間もなく、特徴的な芳香が室内に広がった。

その香りに、真葛は思わず悲鳴に似た声を上げた。

「これは降香《こうこう》ではございませぬか」

「なんですと。そんな高価な香木がなんでまた――」

定次郎が驚いて杏山を振り返った。

降香は降香檀とも呼ばれ、現在の中国広東省や広西省、海南島など大陸南部に自生する檀木の一種。血の滞《とどこお》りを散らして体内の淀みを取り去る働きがあり、漢方では関節痛や胃腸の病に効く生薬として珍重される。ただし国内では採取されぬだけに、その値は二条薬種街でも非常に高価であった。

「わしにもわけがわからんのですが、延島さまによると、どうやらこの像が丸々、その降香で出来ているそうでございます」

おずおずと口をはさんだ弥之助に、定次郎が目を剝《む》いた。

「降香いうたら、うちらの仲間（同業者）内でもごく少量しか出回らへん貴重な薬。なんで弥之助はんはそんなもんで、観音さんを彫らはったのどす」

「定次郎、気持ちはわかるがまあ落ち着け。弥之助によれば、観音像の材は、加賀内灘で見つけた流木。降香檀は元々、清国の南の海沿いに生える木だそうな。わが国の浜には時折、はるか南の国から名も知れぬ品が、潮の流れに乗って漂着することがある。あくまでわしの推測だが、この降香檀もさような次第で、大陸の南から流れ来たのではなかろうか」

弥之助にも似た説明をしたのだろう。杏山の弁舌には淀みがなかった。

「能登沖の潮は遠く琉球《りゅうきゅう》から参り、冬には流れを増すという。弥之助によれば、流木を拾ったのは秋の終わり。条件は一致しておるが、ともかくこれは極めて稀有《けう》な例であろうな」

「いやはや——」

辺りに漂う芳香に鼻をうごめかせ、定次郎は感嘆の吐息をついた。苦笑いしてそれを見やり、杏山はまだ驚き冷めやらぬ真葛に向き直った。

「実は手に入れた直後より、それがしはこの木っ端は降香やもしれぬと思うておりました。されどあまりに稀な香木ゆえ、像全体が同じ材とは信じられず、弥之助の許しを得て仏像を調べ、ようやくそれが納得できた次第でござる」

当初、観音像を削って病人に与えたのは、忍栄にはほんの思いつきだったのだろう。辻説法のやり口としては気が利いている。ただそれが偶然にも薬木で彫られた仏像だったため、特定の相手には劇的な効果を発揮したわけだ。予想外の結果に誰よりも驚愕《きょうがく》したのは、実は忍栄自身だったのかもしれない。

降香の効能は理気活血、健脾《けんぴ》。お勝の足の痛みに画期的に効いたのも、それが降香とすれば納得出来る。しかし仏像一体分もの降香があれば、足腰や胃の痛みに苦しむ人々がどれだけ救われるだろう。

「それで弥之助どのは全てを知った上で、観音像を寺に寄進なさるのですか」

焙烙を火から降ろした真葛は、広い縁側に正座しながら問うた。

「へえ、それについては、延島さまともよく相談いたしました。この観音さまが多くのお人を救える薬と言われ、気持ちが動かぬでもございません。そやけど――」

気候のいい時期だけに旅人も多いのだろう、街道を行く人のざわめきが、おだやかな波のように調薬室に打ち寄せてくる。土の乾いた庭に立ったまま、弥之助は背中の包みを軽く揺すり上げた。

「わしはこれまでずっと、以蔵を殺したら自分もお奈美の許へ行こうと決めてました。けれど延島さまに取り押さえられ、この像を拾い上げたときふと、お奈美がもう一度生き直してくれと言っている気がしたのです」

時折声を詰まらせながらも、弥之助の口調には躊躇《ちゅうちょ》がなかった。

「勝手を申して、すみません。けど、わしのただ一つの我儘《わがまま》と、お許しくださいませ」

「それを売り払えば、生涯安逸に暮らせるだけの金が入るのじゃがのう」

まだどこかに、惜しむ気持ちがあるのだろう。人には落ち着けと言いながら、杏山は未練がましい顔つきであった。

しかし二人とは反対に、真葛は弥之助の決断を残念とは感じなかった。初夏へと移ろう今日の空にも似た、清々《すがすが》しい思いすら抱いている自分が、我ながら不思議であった。

「へえ、それもよう分かってます。けど百両二百両の金はこれから手に入るやもしれませんが、お奈美はもう戻って来ないのでございます。この観音さんは、わしにはあいつの身代わり。この御像を支えに、これからを生きて参りたいのです」

数百両の金になると聞けば、ほとんどの者が心を動かされるはずだ。弥之助のように流浪《るろう》を続けてきた男なら、なおさらだろう。

だが彼は目に見える金よりも、目に見えない妹への思いを選び、それを心の糧《かて》に生きて行きたいという。

何十人もの病を癒《いや》すことは確かに尊い。さりながらこのただ一人の命を支えるのもまた、それと比べがたく尊いのではないか。

「もうよいもうよい、これはそれがしの愚痴《ぐち》じゃ。聞き流してくれ。それよりもおぬし、そろそろ発《た》ったほうがよかろう。ぐずぐずしていると今日中に草津にすら着けぬぞよ」

「そうどすなあ。だいたい弥之助はんがその観音さまを背負ってうろうろしてはると、私らにも目の毒どすわ」

——わたくしはそう決断した弥之助を、すばらしいと思いまする。やはりわたくしは、医師には向かぬのかもしれませぬなあ。

　二人の口の悪い激励に苦笑しながら、真葛は胸の中でこう呟いていた。

　観音像を大事そうに背中に結わえ直した弥之助は、幾度も幾度も頭を下げながら、街道を下っていった。役宅の玄関先で見送る三人の目の前で、その後ろ姿が漂う春霞ににじみ消えた。

「それにしても加賀の浜辺には、えらいもんが流れ着くんどすなあ。手代の一人でも遣《や》って、いっぺん探させてみまひょか」

　調薬室に戻るために庭に回りこみながら、定次郎が彼にしては珍しく算盤を弾いた。

「愚かを申すな。かようなことがそうたびたび起きるはずがあるまい」

「そうどすけど、万が一小さな欠片でも見つかればもっけの幸い。充分に元は取れますわいな」

　このとき、薬草園と御役宅を隔てる茶の生垣の向こうを、背負い籠《かご》を担った吉左が通りがかった。三人の中に定次郎の姿を見つけ、おやっと声を上げる。

「なんや定次郎はん、そんなとこにお居《い》やしたんどすか。匡さまが探してはりましたえ。なんや頼みたい薬があると言うてらっしゃいます」

「それはすんまへん。つい油を売ってしまいました。匡さまはご自室どすか。すぐにうかがわせていただきます」

日はとっくに頭上を過ぎている。あたふたと匡の私室へ向かう定次郎を見送った真葛は、前掛けを締め直して杏山に一礼した。

「それでは延島さま、わたくしもそろそろ薬草園に戻ります」

「ああ、しばしお待ちくだされ、真葛どの」

四囲を見回し、誰もいないのを確かめた杏山は、懐から取り出した袱紗《ふくさ》包みを真葛に突きつけた。怒っているかのような、ぶっきらぼうな顔つきであった。

杏山の顔とそれを交互に見比べながら結び目を解けば、中に幅二寸長さ四寸ほどの木片が納められている。

赤みを帯びた褐色の木肌はひどく不揃いで、真葛にはすぐにそれが弥之助の観音像の一部であるとわかった。

「延島さま、これは――」

杏山はほっと相好を崩し、小さな笑みを浮かべてうなずいた。

「さすが弥之助は仏師でござる。それがしの前で観音像を前後二つに割ると、内刳りからこれだけの木を削り取りました。もっとたくさんあればよいのだが、像に支障を生じさせぬにはこれが限度。礼としてはあまりに些少《さしょう》でございますがと申しておりました」

「些少と仰られますが、こんな大きな降香は、わたくしどもでもまず手に入れられませぬ」

なにせ降香は、ほんの一片でも容易に贖《あがな》えぬ高価な生薬である。これまで真葛が接した機会は、亡くなった養父・信太夫が禁裏から拝領してきた一回のみ。薬包紙にほんの一包程度だったそれを、彼は真葛の後学のためにと石臼で挽《ひ》き、香にして聞かせてくれたのだ。

「仰られる通り、二条薬種街で売りに出せば、十両ではきかぬ値がつきましょう。まあこれだけあれば、お勝どのの足も随分よくなるのではありますまいか」

杏山の言葉に、真葛は眼を見張った。

そんな彼女にはお構いなしに、杏山は庭の生垣に目をやり、言葉を続けた。

「それがしは学者であって、医師ではございませぬ。どれだけ貴重な生薬にしたところで、蒐集箱《しゅうしゅうばこ》にしまい込むのが関の山。ならば真葛どのに活《い》かしていただいたほうが、弥之助も喜びましょう」

これほどの降香、薬にすればいったい何帖になるだろう。五加皮より降香がお勝の足に効くのなら、茯苓《ぶくりょう》などもともに調合した方がいいかもしれない。少なくともまただ木っ端を煎じるよりも、自分ならもっと効果的に降香を用いることができる。

己さえ逃げず、この経緯を包み隠さず話せば、お勝はもう一度医師と患者として、自分に向き合ってくれるに違いない。それをしっかり受け止め、今度は何としてでも彼女を治すのだ。

その足がかりをくれた杏山、そして弥之助に、真葛は心から礼を述べたかった。

――されどわたくしはやはり、医師には向いていないのやもしれませぬなあ。

本当に医を志す者なら、何とか弥之助を翻意《ほんい》させようとしたはず。それが出来なかった点からしても、自分は医師には向いていない。やはり自分は人に対峙《たいじ》するより、物言わぬ薬草の世話をしている方が性に合っているのだ。

それはひょっとしたら、生死や病によってむき出しになる人間の心の醜さから、目を背けているだけなのかもしれない。

だが、人間にはやはり向き不向きがある。やはり自分は薬の道を極めるのが本分なのだ。そうだ。自分は医師ではなく、彼らを支える薬の作り手になろう。それこそ、この御薬園に育った己の為すべき業《わざ》に違いない。

そのためには、今のままで満足していては駄目だ。もっと広い目で野山を巡って山野草に触れ、更に多くの知識と経験を身につけねばならぬ。世の中は広く、学ぶべきことは山のようにある。

「わかりました。この降香、ありがたく使わせていただきまする。ところで延島さま、今度野歩きをなさる折、わたくしもお連れくださいませぬか」

両手で包みごと降香を握り締め、真葛は凛《りん》とした眼差しを杳山に向けた。

「もちろんでございます。実はそれがしからも一度、お誘いいたそうと思うておりました」

ありがとうございます、と礼を述べる真葛の袖を、埃《ほこり》っぽい春風が揺らした。

澄み切った空はどこまでも高く、白々とした陽射しを投げかけている。その輝きが、まだまだ広い世界へと自分を誘っているように感じ、真葛は目を細めて頭上を見上げた。

為朝さま御宿

薄雲をまとった七日の月が、西空に淡い光をにじませている。

昼の暑さの名残《なごり》であろう。日はとっくに落ちたにもかかわらず、洛北・鷹《たか》ヶ峰《みね》御薬園はじっとりとした湿気に覆われていた。普段なら南の斜《なぞえ》から涼しい風が吹き上げてくるが、今夜はそれすら絶えている。熱気ばかりが淀む夜の底で、気の早い虫が小さくすだいていた。

「義姉《あね》さま、そろそろお休みになられませ。後はわたくしが代わりましょう」

藤林家の役宅は、薬草園の中央に建てられている。玄関を挟んだ東棟は薬倉と薬種製納所、西棟は藤林一家の住居。河内《かわち》木綿の前掛けを締めた真葛《まくず》は、北庭に面した廊下に膝《ひざ》をつき、障子の向こうにひそやかな声を投げた。

「ありがとう。でも真葛さんにまで疱瘡《ほうそう》がうつっては一大事。早くお部屋にお戻りなさい」

普段、決して笑みを絶やさぬ義姉の初音《はつね》の眉間には、濃い看病疲れがにじんでいた。福々しさを感じさせる丸い頬《ほお》が、言い知れぬ不安に曇っている。そんな彼女をいいえと制し、真葛は強引に北の間ににじり入った。

六畳間では今年九歳になる辰之助が臥《ふ》せっていた。昨日までの高熱はようやく去ったが、義兄の匡《ただす》に似た小作りな顔には、そこここに小さな赤い発疹が浮かんでいる。それが耳や首筋に広がっていないことを素速く観察し、真葛は抱えてきた盥《たらい》を枕元に置いた。

「吉左《きちざ》がいま、消風散を煎《せん》じています。それを飲ませたら、義姉さまはお休みください。ご心配はわかりますが、これ以上無理をなさっては、義姉さまが倒れてしまいますわ」

消風散は熱に効く地黄《じおう》に、皮膚の炎症を抑える石膏《せっこう》、発疹による解毒を促す蟬退《せんたい》などを調合した薬。発疹が始まったばかりの疱瘡患者に、しばしば投与されるものであった。

「ですけど――」

「わたくしはすでに幼いころ、疱瘡を患《わずら》っております。確かに疱瘡や麻疹《はしか》は恐ろしい病ですが、一度罹患《りかん》すれば二度とかかることはありません。お気遣いは無用です」

初音にほほ笑みかけながら、真葛は辰之助の額の濡《ぬ》れ手ぬぐいを替えた。さりげなく首筋に手を当て、熱の具合を診《み》るのも忘れなかった。

藤林家の一粒種である辰之助が急な高熱を発したのは、五日前の朝であった。激しい頭痛や節々の痛み、そして翌々日から現れた白い丘疹《きゅうしん》から、匡はすぐさまこれを疱瘡と診断。彼を役宅西棟の北の間に移し、従僕・女中の病間への立ち入りを禁じた。禁裏《きんり》御典医の経験から、これが病人との接触によって感染すると理解していたからである。

疱瘡――現在でいう天然痘はこの当時、麻疹と並び、不可避の病として恐れられていた。

麻疹は命定め、疱瘡は器量定めと称されるが、疱瘡の最大の恐ろしさは激しい痘疹《とうしん》にある。当初、針でつついた程度の発疹はやがて豆ほどの大きさに変り、高熱を伴って膿《う》み始める。この膿が退《ひ》き、瘡蓋《かさぶた》に変わると、病人は猛烈な痒《かゆ》みと痛みに襲われ、場合によっては完治後に多数の痘痕を残すのである。

痘疹が目の内に現れた場合、患者の大半は失明を余儀なくされる。また人形の如《ご》く愛らしかった子が、この病で二目と見られぬ容貌と変り果てる例も珍しくなかった。

「無論、命が助かっただけよかったとすべきなのやもしれぬ。されど娘の痘痕に絶望した母親が、わが子を道連れに二条城のお堀に飛び込んだ例もある。病人ばかりか身近な者まで破滅させるとは、疱瘡とは実に因果な病じゃ」

真葛や匡の養父である藤林家先代・信太夫《のぶだゆう》は、生前しばしばそう漏《も》らしていた。

彼女の診た限り、辰之助の病状はさほど深刻ではなかった。間もなく水疱の化膿に伴う高熱が始まるだろうが、発疹の数から察するに、さほど長引きはすまい。

とはいえ子供の病に、容体の急変はつきものだ。それにもかかわらず、匡は今日もまだ戻らぬのかと、真葛はこっそり小さな溜息を漏らした。

(いくらご多忙でも、これでは辰之助と義姉さまがお気の毒でございます)

もちろん、匡が息子を案じていないわけがなく、参内《さんだい》前には必ず病間をのぞき、真葛に処方を告げていく。

だが日々忙しい禁裏御典医の匡と、一日中子供に付き添っている初音では、病に対する不安の程度が全く異なる。匡の目には軽症と映る疱瘡も、初音にはわが身を苛《さいな》まれるほどの心痛に違いない。

(義兄《あに》さまはまったく、朴念仁《ぼくねんじん》なのだから)

そう考えはしても、多忙の理由を知る真葛は、匡を責めることができなかった。

なにせ彼は今、まさに死の淵にある患者を抱えている。病人は公家・三条西家《さんじょうにし》の子息。しかも病は辰之助と同じ疱瘡である。

「そういえば真葛さん、三条西家の若さまの具合はいかがなのかしら」

彼女の胸裡を察したかのように、初音が尋ねるともなく呟《つぶや》いた。

「さあ……昨日の朝、薬籠《やくろう》いっぱいに薬を詰めて出て行かれ、まだお戻りになられませんが」

「あちらのご病状は、辰之助より随分お悪いそうね。お家の方々も、さぞお心を痛めておられましょう。ですが幸い、あたくしには真葛さんがついてくれていますもの。旦那《だんな》さまの戻りが遅くとも、さほど不安にはなりませんわ」

それは決して、本心ではあるまい。もし初音が本当に冷静なら、真葛の交替を拒み、ろくな睡眠も取らぬまま看病を続けはしないはず。彼女がひどく追い詰められていることに、真葛はわずかな危惧《きぐ》を抱いていた。

（義姉さまには後で、帰脾湯《きひとう》を調じて差し上げよう）

酸棗仁《さんそうにん》と竜眼肉から成る、一種の精神安定剤である。それとも飲みやすさを考え、遠志《おんじ》のほうがいいだろうか。

初音は商家の生まれ。縁あって医の妻となったが、こと疱瘡に関しては、医者よりも疱瘡神の祀《まつ》りを第一と信じる、ごく平凡な女性である。

当時、万人が避けられぬ病ゆえに、疱瘡については薬よりも呪《まじな》いを尊ぶ傾向が強かった。疱瘡神なる神の存在が信じられ、病人を出した家は医師よりもまず、守り札をいただきに走るのが常だったのである。

疱瘡神は赤色を嫌うと言われ、患家はどこでも患者に、茜木綿《あかね》の寝間着と頭巾《ずきん》を着せる。また平安末期の猛将・源為朝《みなもとのためとも》がこの神を退けたとの伝承から、門口に「為朝さま御宿」の紅絵を貼り、病人の回復を願うのであった。

しかし根が真面目《まじめ》な匡は今回、

「医師の妻たるもの、かような俗説に惑わされてはならぬ」

と、初音に疱瘡除けを固く禁じていた。

真葛とて、医事に携わる者の一人。病神の存在は信じていない。だが荒子《あらしこ》たちが金を出しあって求めてきた守り札すら返させる匡の態度は、少々頑《かたく》なに過ぎる。ましてやそれが初音の不安を掻《か》き立てていると思うと、義兄の頑固さが腹立しくすらあった。

だいたい匡は常々、

「病人は不安なもの。それで少しでも楽になるのなら、呪いにすがるのもしかたない」

と述べていたではないか。それがわが子の病となった途端、こうも医術第一になってしまうのかと、その豹変にいささか呆《あき》れもしていた。

とはいえ自分や匡は、辰之助の病に冷静に向き合うことができる。気の毒なのは、医薬の知識の薄い初音である。

匡はここのところ、三条西家に詰めっきり。役宅にもろくに戻ってこない。一人で看病を続ける義姉のやつれ具合を見るにつけ、

(まこと病気とは、難しいもの。病に向き合う人の心をどう癒《いや》すかもまた、医師の務めなのでしょうが――)

と考え込まされる日々であった。

今も初音は、すうすうと寝息を立てる辰之助を、枕上からじっと覗《のぞ》き込んでいる。疱瘡は病状が二転三転し、軽症でも完治には一月《ひとつき》あまりかかる。やはり今のうちに心の緊張を解く必要があろう。鎮静剤を調合しようと真葛が立ち上がったとき、ううん、という声とともに辰之助が寝返りを打った。薄い布団がまくれ、紺地に白縞《しろじま》の寝間着がわずかにのぞいた。

「あら、寝間着を新しく縫われたのですね。ですけど辰之助には、渋すぎる柄ではないですか」

「え――ええ、これね」

布団の端から突き出した右手を押し込み、初音は狼狽《ろうばい》ぎみにうなずいた。

その歯切れの悪さを、自分でも不自然と気付いたのだろう。探るような目をちらり

と真葛の面上に当て、

「実はね、真葛さん」

と、初音は声をひそめた。

「旦那さまには黙っていてほしいのだけど、あたくし、一つだけ疱瘡除《よ》けをしているの」

「疱瘡除け？　ご実家より届けられた、あの赤達磨《だるま》ですか？」

疱瘡の見舞いといえば、とにかく赤い品が好ましいとされる。このため辰之助が病みついた直後、初音の実家である四条の太物屋・久木屋からは、高さ一尺はあろうかという張子の達磨が届けられていた。

さすがの匡も、舅《しゅうと》からの品を突き返すわけにいかなかったのだろう。今もその達磨は、部屋の片隅でぎょろりとした目を剝《む》いている。

だが初音はいいえと首を振り、発疹だらけの辰之助の頰を愛おしげに撫《な》でた。

「真葛さんは、いま評判の坂田木綿をご存じではないかしら？」

「坂田木綿、ですか――」

化粧もせず、一日中荒子たちと薬草の手入れに明け暮れる真葛は、都の流行にうとい。首を傾げた彼女に、初音は眠る息子を目顔で指した。

辰之助は年の割に小柄で、肌の色など女児のように白い。発疹のせいでかえって白さが際立つその肌に、寝間着の紺色が映えていた。

「あの濃紺と白が半々の縞柄の木綿、あれは近江《おうみ》の坂田という村で織られている品なの。それを寝間着にすると疱瘡に効き目があるって、近年、ほうぼうで引っ張りだこなのだそうよ。普通は手に入りにくいところを、実家の父が無理を言って、分けてもらってきてくれたの」

「疱瘡の寝間着といえば、茜《あかね》木綿の袖なしと相場が決まっていますが――」

見覚えがないのも道理。久木屋から届いたそれを、初音が看病の間に大急ぎで仕立てたのだろう。匡は男の例に漏れず、着るものには無頓着。お定まりの茜の寝間着こそ禁じても、ありふれた紺白の木綿地には目を留めなかったに違いない。

真葛は辰之助の寝間着を、つくづくと見つめた。正直、どこにでもありそうな生地である。むしろ太い白縞が野暮ったく、垢《あか》抜《ぬ》けぬ感じさえある。

「しかし義姉さま、何故《なぜ》この木綿が疱瘡除けなのですか。赤い色ならまだわかりますが」

「あたくしも聞いた話なのだけど、今から十年ほど前、ある大臣家のお子が重い疱瘡にかかり、明日をも知れぬ病状に陥《おちい》られたのですって。高熱でいくら汗を拭《ぬぐ》ってもきりがなく、洗い替えの寝間着も尽きてしまったとき、乳母がありあわせの坂田木綿の寝間着を着せたの」

初音は内緒事を打ち明けるかのように、声をひそめて続けた。

「すると不思議にもその途端、熱が下がり始め、あっという間に若君は快癒《かいゆ》してしまったの。出入りの名医すら匙《さじ》を投げた重病が、覿面《てきめん》に治るとは不可解。おそらく神仏のご加護に違いない。思えば近江坂田は、源為朝公ゆかりの地。これは為朝公のご神威が坂田の木綿に宿り、疱瘡に苦しむ子供を救ったのであろうと、大臣家の方々は考えられたのですって」

「それで以来、坂田木綿が疱瘡除けになるとの評判が広がったわけですか」

疱瘡を如何《いか》に軽く済ませるかは、身分を問わぬ重大事。しかも程度の差こそあれ、公家はおおむね信心深いものだ。複雑な血縁関係にある彼らの間で新たな疱瘡除けが広まり、それが出入りの商人や姻戚の富商などを経て、京の噂となったのであろう。

「ええ、だけどこの木綿を織る家は、坂田でもごく数軒。だから坂田木綿は今や、京の問屋ですらなかなか買えないのですって。どうしてもという場合は、そのお家に直《じか》に頼むしかないらしいわ」

「そのお家とはどこなのですか」

「さあ、そこまでは父も知らないようよ。問屋仲間の伝手《つて》をたどって、ようやく一反だけ手に入れてくださったのだけど」

源為朝は源頼朝の叔父で、鎮西八郎とも呼ばれた弓の名手。背丈七尺（二メートル十センチ）を超え、天下無双の剛の者であった。

保元《ほうげん》の乱で父とともども崇徳《すとく》上皇に味方するも、味方の怯懦《きょうだ》ゆえに敗北。逃亡先の近江国坂田で捕縛されるが、その武勇ゆえに助命され、伊豆大島に流刑された人物である。

彼が疱瘡除けの神と崇《あが》められるのは、疱瘡患者が大島に発生しないことに基づく。豪勇・為朝が、今なお疱瘡神から島を守っているとの理屈だが、これは「鳥も通わぬ」と称された伊豆諸島まで、感染が飛び火しないだけの話。医師からすれば、根も葉もない戯言《ざれごと》である。

ともあれ為朝の絵は昔から疱瘡除けに験《げん》があるとされ、門口に為朝の絵や札を貼る風習は根強い。その上今度は、彼にひっかけての疱瘡除けの木綿。しかも初音の口ぶりからして、それは富貴者を中心に、相当の高値で売買されている様子である。

（病とはある意味、絶好の商機なのでしょうね）

人は目新しい品に飛びつきたがるものだ。もはや珍しくもない茜木綿と為朝の紅絵より坂田木綿が喜ばれるのは、そんな人心にうまく乗じた結果かもしれなかった。

少々呆れながら部屋を出ると、ちょうど義兄の匡が疲れた顔で廊下を渡ってくるところだった。昨朝、真葛に辰之助の治療を指示して出かけてから、一日半ぶりの帰邸である。

「お帰りなさい、義兄さま」

匡は真葛の肩越しに、北の間に目を投げた。

「辰之助の具合はどうだ」

「熱も下がり、よく眠っています。ですが明後日あたりから、水疱の化膿に伴う熱が出てまいるでしょう」

「では熱が始まったら、薬湯を温胆湯《うんたんとう》に替えてくれ。一日三度だぞ。もし膿《うみ》がひどいようなら、樸樕《ぼくそく》を濃く煎じ、湯呑みに半分ほど飲ませよ」

「はい、わかりました。それで三条西家のお子のご病状は、いかがでございます」

匡は眉間《みけん》に深い皺《しわ》を刻んだ。その容体が明確にうかがわれるほど、沈んだ表情であった。

「患者は、ご当主三条西実勲《さねいそ》さまの弟君。御年《おんとし》十四歳になられるが、痘瘡の甚《はなは》だしさが辰之助の比ではない。おそらく肺臓をやられておいでなのだろう。呼吸がひどく乱れ、一息ごとに苦しんでおられる。肺の働きが弱まれば、心の臓がそれを補おうと無理をいたす。あれでは身体のほうがもたぬわい」

歌道や香道を家職とする三条西家は、三代前の藤林玄常の代からの患家である。

同家は室町時代、内大臣・正親町《おおぎまち》三条実継の次男が三条北の西朱雀《すざく》に邸宅を構えたのを始原とし、家格は摂家・清華家に次ぐ大臣家。例外的に清華家並の待遇を受け、代々権大納言職を仰《おお》せ付けられる名族であった。

一昨年、先代の延季《のぶすえ》が没し、現在の当主は十八歳の実勲。昨年、右近衛権中将《うこのえごんのちゅうじょう》に任ぜられたばかりのうら若き公達《きんだち》である。

「病とはまこと無慈悲なものよのう。実勲さまには二人の弟君がおられるが、末弟の伊予丸《いよまる》さまは辰之助と同い年。まだ赤子の折に重い疱瘡にかかられるも、乳母どのの懸命の看護あって、奇跡的に一命を取り留められたのじゃ」

奇跡的に一命を――という言葉に引っかかりを覚え、真葛は目をしばたたいた。

「されどお気の毒にもその際の高熱のために、お年よりも若干、幼くておられる。そこに加えて、上の弟君の重い疱瘡。実勲さまのご心痛、見ているこちらまで痛ましくなるほどだわい」

はて、先ほど似たような話を聞かされた気がするのは勘違いだろうか。とある大臣家、十年ほど前。まさか、と思うよりも早く、疑問が口をついた。

「義兄さま、もしかして三条西家さまは、湖北にご領地をお持ちではありませぬか」

「おお、よく存じておるな。その通り、湖北の坂田から息長界隈《おきながかいわい》には、三条西家さまの古くからのご所領がある。まだ義父上《ちちうえ》御存命の頃、ご先代の延季さまが時折、湖北から上納された鮎をご下賜《かし》くださったのを、そなたも覚えておろう」

養父・信太夫は弱いくせに酒好きであった。そういえば確かに権大納言さまからの賜りものじゃと言いながら、時々、鮎のうるかを肴《さかな》に、嬉しげに酒を飲んでいたものだ。

百を超える公家の中で、大臣家は正親町三条・中院・三条西の三家のみ。噂とはあやふやなものだが、それにしてもこの一致は偶然ではあるまい。初音が語った話は、三条西家の出来事に違いなかった。

(だとすれば重い疱瘡を患った赤子は間違いなく、義父上の患者だったのでしょうが――)

真葛は内心、はて、と首をひねった。

八年前に没した信太夫は、都でも一、二を争う名医だった。彼が三条西家の子供を診察したのは確実だが、そんな彼が匙を投げた赤子が、何故命を取り留めたのだろう。

（まさか坂田木綿の効能とやらが、本当にあったわけではないでしょうし……）

もやもやとしたわだかまりが、真葛の胸をざらつかせた。

考え込んでしまった彼女を見下ろし、匡は呆れた顔になった。

「真葛、またなにやら妙なことを思案しておるな。わしは明日は巳《み》の正刻（午前九時）には参内せねばならぬ。それゆえ三条西家さまには、夜明けとともに伺候《しこう》いたすが、なにか気がかりがあるのなら、共にお屋敷に参るか」

「よろしいのですか、義兄さま」

「うむ、こう申しては何だが、病篤き患者を診ておくのも、後日のためになろう」

義兄の気遣いに、真葛はよろしくお願いいたしますと低頭した。

月はいつしか西の峰に隠れ、わずかな残光だけが山の稜線を明るませていた。


翌朝、真葛は匡の駕籠《かご》に従い、まだ薄暗い鷹ヶ峰街道を洛中へと向かった。

公家の邸宅は天皇のおわす禁裏と仙洞《せんとう》御所を取り囲むように、一種の屋敷町を形成している。三条西家はその東南、寺町筋に面した一角に三百余坪の敷地を有していた。

同じ公家でも家格の低い家は、屋敷と家柄の保持だけで手いっぱい。家僕を置く余裕もなく、季節ごとの参内の日だけ、口入屋から臨時に従者を雇う有様である。中には屋敷を他人に貸し、一家がその一間に小さくなって暮らしている家もあるという。実際、寺町筋には屋根に草を生やした門や、崩れた塀《へい》がそのままの邸宅も珍しくなかった。

しかしさすがに大臣家の屋敷だけに、三条西家のぐるりには築地塀《ついじ》が巡らされ、平唐門の屋根に葺《ふ》かれた銅もまだ真新しかった。檜皮葺《ひわだぶき》の豪壮な玄関に駕籠をつけると、すぐさま二人の家従が現れ、匡を丁重に奥に導く。真葛は供の中間《ちゅうげん》から薬籠を受け取り、その後にしずしずと続いた。

広い屋敷はしんと静まり、人の気配こそ感じられるものの、話し声や物音はまったく聞こえない。庇《ひさし》が庭先までせり出しているためであろうか。長い廊下は生漆《きうるし》の壺《つぼ》をのぞきこんだように暗く、先をゆく家従の足袋裏の白さが、妙に目についた。

まるで何もかもが淀みきっているかのようだ。

(――母さまのご実家もこのような暗い屋敷だったのだろうか)

真葛の母倫子《のりこ》は、半家・棚倉家の出。典医・元岡玄已《げんい》との結婚により実家を勘当され、真葛が三歳の時に亡くなった。

棚倉家は現在も、真葛には祖父にあたる左兵衛佐《さひょうえのすけ》・棚倉静晟《しずあきら》が当主として君臨していると聞く。千年もの長きにわたり、この京に根を下ろし続けてきた公家の屋敷とは、いずれもこうも暗く、淀んでいるのだろうか。だとすれば母が頑迷固陋《ころう》な実家を飛び出し、貧しくとも温かい町の暮しに身を投じた理由が、なんとなく察せられるというものだ。

長い廊下を幾度も曲がるうちに、先導する家従はいつしか、小袖姿についぶち髷《まげ》を結った若い娘に代わっていた。やがて導かれた一室では、暗い表情の女たちに取り囲まれ、一人の少年が褥《しとね》に臥せっていた。

患者の三条西実季《さねすえ》は、この春、元服を済ませたばかり。現在は従五位上侍従の職にあるという。しかしぜいぜいと荒い息をつき、激しく胸を喘《あえ》がせるそのさまから、彼の年齢を言い当てるのはほぼ不可能だろう。

全身はくまなく水疱に覆われ、それ自身が真っ赤な肉塊かとすら映る。化膿とそれに伴う高熱の最中にあるため、瞼《まぶた》や耳、唇まで痘瘡でふさがれた顔は膨張《ぼうちょう》し、元の容貌はまったくうかがい知れなかった。

匡は挨拶《あいさつ》もそこそこに、錦の布団をめくり上げ、実季の懐に手を差し入れた。

「七重どの、ご容体はいかがでございます」

「はい、あれからご指示通り、お薬湯を二度に分けてお勧めいたしました。ですが熱のせいでしょうか。ほんの数口で吐き戻してしまわれ、どうにも手の施しようがございませぬ」

乳母であろう。疲労で顔をどす黒くした中年の女が、すがる声で訴えた。

「熱はいかがでございます」

「夜明け前に少し下がられましたが、外が白むにつれて、また高くなられたご様子。額や脇を盛んにお冷やししておりますが、ほとんど効がございませぬ」

「この熱は水疱の化膿に伴うもの。疱瘡が完全に膿んで瘡蓋に変らぬ限り、下がりは致しませぬ。また無理に解熱を促しては、体内に毒が残る元となりまする。引き続き、薬をお出しいたしますゆえ、これを昨夜同様、二刻（四時間）毎に差し上げてくだされ。真葛、樸樕と温胆湯を」

匡が真葛を振り返るのにつれ、居並ぶ女たちの視線がようやく彼女に流れた。

「お引き合わせが遅れましたが、これはそれがしの義妹で真葛と申します。女ながらも医術百般を修め、こと鍼灸《しんきゅう》と外科の腕はそれがしより上。以後、お見知りおきくだされ」

「元岡真葛でございます」

真葛の挨拶に、女たちはいずれもどこか上滑りな会釈を返した。

無理もない。二目と見られぬ容貌と成り果て、苦しげに唸《うな》るばかりの少年の看病。

平静でいられる方が、奇妙というものだ。

匡によれば先代・延季は艶福家で、実勲・実季・伊予丸の三兄弟はそれぞれ別腹。実季の母は彼を産むとすぐに亡くなり、乳母である七重が彼を育ててきたという。だとすれば病の実季に接する彼女の苦悩は、実母のそれ以上であろう。

だが居並ぶ女の中でただ一人、少し離れた敷居際に座す細面の女だけは、なぜかしきりに瞬きを繰り返し、視線をおちつかなげにさ迷わせている。

年は三十半ば。鼻筋のすっきりと通った、気弱そうな顔立ちの彼女に、真葛は目を奪われた。あまりに落ち着きのないその態度が、実季の病を案じているとは思い難かったからである。

「藤林さま、何か手立てはないのですか」

「残念ながら疱瘡の毒は、実季さまの全身に回っております。それを如何に早く解毒し、疱瘡との戦いに耐え抜くかは実季さま次第。出来る手は、もはやすべて打ちました。後はご自身の体力に頼るのみでございます」

泣く気力もないのであろう。匡の言葉に、七重は悲しげにうつむいた。

それとなく見回せば、床の間には狩野派の絵師の筆になる源為朝像がかけられている。違い棚には赤い道服を着た這子《ほうこ》が置かれ、苦悶する実季に黒々と光る眼《まなこ》を向けている。

いた。

室内の調度はすべて朱漆に塗られ、褥《しとね》の房までが朱色。そんな只中にあって、床に臥した実季だけは紺と白——辰之助と同じ、坂田木綿の寝間着を着せられている。目が痛くなるほどに赤い寝間の中、その木綿の色だけが凜《りん》と涼しげであった。

「まことに申し訳ございませぬが、本日それがしは典薬寮の勤番ゆえ、そろそろ参内せねばなりません。代わりにこの真葛を詰めさせまする。何事かあればすべてこの者にお申し付けください」

「このお方にですか」

七重はおろおろと、匡と真葛を見比べた。彼の折り紙つきとはいえ、まだ若い真葛に信が置けぬといった顔つきであった。

しかし御典医にとって、禁裏詰は何より大事な務め。引き止めるわけにはいかない。また戻りに立ち寄りますと言い置いて匡が出て行くと、女たちは心細げに顔を突き合わせ、ちらちらとうかがう目を真葛に投げた。

とはいえ匡も述べた通り、ここまで来れば後は患者の体力次第。ここで真葛に出来ることは何一つなく、枕上に侍《はべ》るのはほとんど気休めに過ぎなかった。

不審の目には慣れている。女たちの輪に加わらぬままの細面の女に向かい、真葛は居住まいを正した。

「あの、少々おうかがいいたします。実季さまがお召しのこの寝間着、これはひょっとして坂田木綿でございましょうか」

女はびくっと身体を震わせて振り返り、首を幾度も小さくうなずかせた。

「は、はい、さようでございます」

そのときかたりと小さな音を立て、廊下に面した杉戸が二尺ほど開いた。辰之助と似た年頃の少年が顔をのぞかせ、細面の女が驚いたように腰を浮かせた。

「まあ、ここにお越しになられてはいけません」

制止にはお構いなしに、少年はどこかうつろな顔つきで室内を見回した。顔中に残る激しい痘痕からして、この家の末弟・伊予丸に違いなかった。

「だって波尾《なみお》がいなかったのだもの。どうしてこのところずっと、兄君のお部屋にばかり詰めているの」

「もうしわけありません、伊予丸さま」

細面の女は、急いで彼の前に膝をついた。

「ですが今こちらの部屋では、実季さまが病で臥せっておいででございます。ここに入られてはなりません」

「兄君の病はまだ癒えないの。麿《まろ》が病んだときに効があったという、縞の寝間着をお召しなのに」

不思議そうに尋ねる伊予丸の言葉は不明瞭で、年の割にひどくたどたどしい。眉間が開いた顔は霞でもかかったようにぼんやりしており、匡の言葉通り少々発達が遅れていることは明らかだった。疱瘡に限らず、幼児期に長期間高熱を発した子供には、時折見られる症例である。

「さあ、伊予丸さま。あちらに参りましょう」

小さな主《あるじ》の手を、波尾は少々強引に摑《つか》んだ。七重に会釈し、彼をひきずるようにして、病間を出て行く。頑是《がんぜ》ない伊予丸を無遠慮な人目にさらしたくないのかも知れないが、それにしてもひどく唐突な態度であった。

「やれやれ、九歳にもなられながら波尾どのの後ばかりついて回られるとは、伊予丸さまも困ったものですこと」

「ですが波尾さまはどうして、実季さまのご容体をこうも気になさるのでしょう。手は充分に足りていますのに」

「伊予丸さまは、波尾どのがいなければ片時も過ごせぬお子。かようなお方を置いてこちらに来られるのは、むしろ迷惑ですのにね」

波尾がいなくなった途端、それまで無言だった女たちが、小声でおしゃべりを始めた。しかしすぐに七重がきっと眦《まなじり》を吊《つ》り上げ、彼女たちをにらみつけた。

「これッ、そなたたち。無駄口を叩《たた》く暇があったら、台盤所（台所）に薬を煎じてこさせなさいッ」

「は、はい」

「承知いたしました」

実季に仕える侍女たちは、重い疱瘡を克服した伊予丸に、嫉妬《しっと》めいた感情を抱いているようであった。公武を問わず、奥勤めの女は誰しも、自らの主こそ第一と思い込むもの。ましてや相手が知恵の足りぬ子供となれば、なおさらかもしれない。

彼女たちが立ち上がったのを機に、真葛は病間を辞した。案の定七重は、引き止めようともしなかった。

供待ちでは平吉という藤林家の中間が、真葛を待っていた。彼に薬籠を持たせて門をくぐると、寺町筋では早くも強烈な陽射しが、両脇に長く延びる築地塀を白々と炒《い》りつけている。

だらりと舌を出した野良犬が、わずかな日陰で荒い息をついていた。

「平吉、そなたは疱瘡除けの木綿地について、何か聞いたことはありますか」

「へえっ、茜木綿のことでございますか。うちの息子が病み付いたときは、姑が赤い寝間着を山ほど縫って寄越しましたけど」

同じ藤林家に起き居しても、一日の大半を薬草園で過ごす真葛は、匡の中間となじみが薄い。それだけに平吉は、真葛に丁寧な口調で答えた。

「いいえ、それではなく、坂田木綿という紺と白の縞の木綿なのです」

「ああ、そういうたら、茜木綿は貧乏人の疱瘡除け。お偉い方々や室町界隈《かいわい》の大店《おおだな》では、疱瘡病みに違う寝間着を着せるのやと、聞いたことがあります。そやけどその生地はえらく高価で、ごく限られたお家でないと、到底買えへんのやとか」

「ごく限られたお家のみ――」

真葛が小さく反復したときである。

「ま、真葛さま。大変、大変でございます」

聞き覚えのある声が、狭い町筋に響いた。見れば吉左が両手を振り回しながら、こちらに駆けてくる。天秤棒の両端に大きな桶を提げた金魚売りが、慌てて彼に道を譲った。

「た、辰之助さまの発疹が、急にひどくなられました。熱もどんどん上がって、えらいお苦しみようです」

「なんですと――」

　真葛の顔色がさっと変わった。

「とりあえず瘡《かさ》には白礬《はくばん》と黄柏《おうばく》を練り合わせたものを塗ってますけど、到底それでは追っつきまへん。早《はよ》う鷹ヶ峰に戻っとくれやす」

「義兄上にはお知らせしましたか」

「へえ、太郎介《たろうすけ》がお伝えしているはずでございます」

　藤林家でもっとも年若い荒子である。

　だが辻《つじ》駕籠を拾い、急いで鷹ヶ峰に戻ってみれば、身体中にべたべたと膏薬を塗られてはいたが、辰之助は意外にも心地よさげに熟睡していた。水が湯に変りそうなと聞いていた高熱も、完全に引いている。

　顔の水疱を改めると、ぷっくりと膨《ふく》れ上がったそれは白濁し、化膿が始まっている。熱は身体が病に負けじと戦っている証《あかし》である。おそらく辰之助の身体は、化膿に伴う毒素の増加に抵抗すべく高熱を出し、見事それに打ち勝ったのだろう。新たな発疹は、疱瘡の最後のあがき。熱と発疹双方の沈静化は、辰之助の病状が一気に回復に向い始めたことを意味していた。

　ああ、よかったとその場に座り込んだ真葛は、初音が病間にいないことに気付いて周りを見回した。

「吉左、義姉さまはどうなさったのです」

「それが――」

吉左が言いよどんだとき、

「だいたいあなたさまは辰之助が可愛くないのですか。いつもいつも診察と薬だけ、これではよそ様の子と何ら変わらぬ扱いでございますッ」

という金切声が、向かいの小部屋から響いてきた。

「わが子が可愛くないはずがなかろう。診察と投薬のみと申すが、わしが辰之助にしてやれるのはそれしかない。これでもわしは己《おのれ》に出来ることを、精一杯務めておるのだ」

「それが冷淡と申しているのです。あなたさまには病児を見守るしかないあたくしの苦しみが、お分かりになられぬのですッ」

初音の語尾が、不明瞭に途切れた。驚いて廊下に出てみれば、ちょうど初音が袂《たもと》で顔を押さえて飛び出して行くところであった。開きっ放しの障子から、苦々しく腕組みをした匡の姿がのぞいていた。

「女子《おなご》とは――いや、母というものは実に、理屈の通らぬ生き物じゃのう」

ちらりと真葛を見やり、匡はやれやれとつぶやいた。

「疱瘡とはとどのつまり、患者と病との戦いじゃ。女子の如く、常に枕頭《ちんとう》に詰めておっては、患者ばかりか看病の者の心身まで、損なわれてしまう。それゆえわしは父としてまた医師として、出来る領分を精一杯務めておるつもりじゃが――」

匡は決して、冷ややかな人物ではない。むしろ多忙な職務の間を縫って、辰之助にも初音にも慈愛の目を向ける、温和で真面目な男である。

しかしその穏やかさは、わが子を己の羽交《はが》いに守ろうとする母性愛とは異質。公私すべてにくまなく目を配る匡の実直さと、看病に没頭する初音の必死さがかみ合わぬのは、仕方のない話であった。

女とは子のためであれば、あのように懸命になれるものなのだろうか。母を知らず、早くから大人の間で育ってきた真葛には、それがいまだに理解できなかった。

坂田木綿などという怪しげなものにすがり、夫を冷淡と責めようとも、彼女にとってそれは精一杯の慈愛の表れなのだ。

やはり病とは本当に難しいと、真葛は溜息をついた。

「ところで、実季さまのご様子はいかがであった」

障子を閉めようとうながしながら、匡は話題を変えた。遠くから切れ切れに、初音の嗚咽《おえつ》が聞こえてくる。辰之助の容体に振り回され、張りつめていた心の糸が切れたのかもしれない。今しばらくはそっとしておいたほうがよかろう。

「はい、お診立て通り、最早手の施しようのないご容体と拝察いたしました。このままではおそらく――」

不自然に切った言葉に、匡は無言でうなずいた。

人の病に深く関わるからこそなお、まともな医師は人一倍、人の死に敏感である。ましてやわが子が同じ病で苦しんでいる最中だけに、実季に対する思いはひときわ深いに違いなかった。

「わしは水疱の具合からして、今夜か明日が山と思うておる。真葛はいかがじゃ」

「はい、わたくしもさように考えております」

「ならばそのつもりで、支度を整えておかねばなるまいのう」

それが何の支度であるか、真葛には漠然と察せられた。

疱瘡の感染力は強い。病臥中の患者に接した者はもちろん、平癒《へいゆ》から一年を経てもなお、寝具を経て感染した例があるほどだ。

実季は間もなく没する。三条西家次男の葬儀となれば、それは相当盛大なものになろう。公家はおおむね死穢《しえ》を忌《い》むが、中には実季の亡骸《なきがら》との対面を望む者もいるはず。

しかし万が一、それで感染者が出ては一大事である。何があろうとも対面は厳禁せねばならない。

加えて、死者の形見分けなどにも気配りをする他、病者の寝具を焼き、最低一年は病間を閉ざすなど、厳重な措置を指示する必要もあった。

医師の仕事は、なにも患者の死によって終わるわけではないのである。

だがそれは、命を救えなかった医師という無言の弾劾《だんがい》を受けながらの、辛《つら》い役目となる。それをあえて果たす匡の覚悟が、真葛には頼もしく、また痛々しくもあった。

——実季危篤の報が藤林家に伝えられたのは、翌日の明け方であった。

昨夜からの熱気がわだかまる藪陰《やぶかげ》では、今日も暑くなるぞと告げるかのように、雀たちが鳴き交わしている。匡と真葛がその声に送られて駆けつけたときには、実季はすでに息を引き取った後であった。

しかしそれよりも真葛たちを驚かせたのは、

「波尾ッ、波尾はどこに行ったのッ。波尾ッ」

と三条西家の玄関でけたたましく泣き喚《わめ》く、伊予丸の姿であった。

「い、伊予丸さま、かようなところで駄々をこねられてはなりませぬ。とにかくお部屋にお戻りください」

「だって波尾がいないのだもの。磨を置いて、いったいどこに行ったのッ。波尾ッ」

取り押さえようとする家従の手を噛《か》み、顔をひっかく少年の髪は乱れ、袴《はかま》の裾《すそ》は踏み破られている。外に飛び出そうとしたのを引き戻されたのか、足袋までが泥まみれ。

先日の茫洋《ぼうよう》とした彼と同一人物とは思えぬ、激しい暴れようであった。

見事な白髭を蓄えた家司頭《けいしがしら》が、そんな伊予丸に苦々しげな顔を向けていた。

「ええい、兄上さまがお亡くなりになられた最中にお見苦しい。——かまわぬ、無理やりにでもお部屋にお連れせよ」

「されど家司頭さま、波尾さまはいったいどこに行かれたのでございましょう」

「下働きの厨女《くりやめ》が、裏門から走り出る姿を見たと申す。部屋は片付けられ、逐電《ちくでん》を詫《わ》びる書置きが残されていたが、仔細《しさい》は皆目分からぬ。かようなことよりも早く、伊予丸さまをどうにか致せ」

しばらくすれば、弔問の人々が屋敷を訪れよう。彼らの目に伊予丸をさらすわけには行かぬとばかり、家司頭は顎《あご》をしゃくった。

「波尾どのとは伊予丸さまのお乳母じゃな」

「はい、わたくしも昨日、二言三言、言葉を交わしたばかりでございます」

そのかたわらを奥に案内されながら、匡と真葛はひそひそ声を交わした。

「ふむ、伊予丸さまばかりか実季さまの病にも心を砕く、忠義な女子と思うていたが。なにゆえかような取り込みの最中、姿をくらましたのであろう」

波尾の気弱げな顔を脳裏に思い浮かべたとき、目の前の障子が左右から引き開けられ、真葛は慌ててその場に両手をついた。

導かれたのは、実季が臥せっていた奥の間ではなく、簡素ながらも品のいい調度で設《しつら》えられた客間。ひょろりとやせた青年が、顔を青ざめさせて端座している。この家の当主、三条西実勲であった。

匡が治療の及ばなかった詫びを述べるのを、彼は意外にしっかりした声でさえぎった。

「いくら嘆いたとて、死者は戻りませぬ。また藤林さまが寝食を忘れ、懸命な看護をしてくださったことは、乳母の七重からも聞いております。本当にありがとうございました」

年に似ぬ、思慮深い謝辞であった。

「いいえ、それもこれもそれがしの腑甲斐《ふがい》なさゆえ。大切な弟君をお救いできず、申し訳ございませぬ」

「なにを仰られます。都屈指の名医でおられる藤林どのの診立てを受けながら命永らえられなかったのは、神仏が弟を見捨てたもうたゆえのこと。どうぞ頭をお上げください」

されど――と実勲は、丸く描いた眉《まゆ》を曇らせた。

「為朝公と藤林家のご先代に命を救われた伊予丸は、ご存じの通り。加えてまた実季にまで先立たれるとは、こなた（私）はこの家の当主として不出来じゃと、誰かに責められている心地すらいたしまする」

彼の言葉をかき消すかのように、どこかで怪鳥《けちょう》のような叫びが上がり、すぐにくぐもった音に変わって消えた。乳母を捜す、伊予丸の泣き声であった。

「先ほど玄関先で伊予丸さまにお目にかかりました。なにやらお乳母どのが姿を消されたとか」

「はい、さようでございます。波尾はわが家の誰もが知る忠義者。それがこのような時に何を血迷ったのやらと、こなたもほとほと困っておりまする。なにしろ伊予丸は、波尾の言葉しか聞きませせぬゆえ」

「立ち入ったことですが、伊予丸さまの母君はご当家にお住いではないのですか」

「あれの母は、伊予丸が三歳の折、流行風邪《はやりかぜ》をこじらせて他界いたしました。なかなか口をきかぬ子を案じながらの死でしたが、その後の育ちの遅さを知らずに済んだのは、かえって幸いと申せましょう」

　小さく嘆息し、実勲は言葉を続けた。

「伊予丸が疱瘡にかかったとき、こなたは十歳。父は周囲への感染を恐れ、伊予丸をすぐさま波尾の実家である坂田に移しました。それゆえこなたは、あれの病状をつぶさには存じませぬが、聞けば実季のそれにも劣らぬ重症だったとか。赤子の身ながら、かろうじてそれに耐えた伊予丸を案じてでございましょう。ご先代の信太夫さまは、伊予丸がこの屋敷に戻った後も、一、二度、当家を訪れてくださいました」

「そうでしたか――」

「ですが代替わりこそなさったものの、同じ藤林家のご当主の診察を受け、同じ坂田木綿の寝間着をまといながら、どうして実季は死なねばならなかったのでしょう。こなたはまこと、神仏が恨めしゅうございます」

　実勲の声が湿るのと、匡が目元に不審を浮かべたのはほぼ同時だった。聞きなれぬ坂田木綿の言葉に、疑問を抱いたのに違いない。だがさすがに悲しみにくれる実勲を問いただすことも出来ぬ。

「家司の方々に、ご葬儀の際の注意や、病間の片付け方を説明せねばなりませぬ。それがしは本日はこれにて、失礼いたします」

丁重に悔やみの言葉を述べ、匡は真葛とともに御前を退いた。

すでに家内は葬儀の支度で、慌ただしげな気配に包まれている。前回は姿を現さなかった家司や女中たちの姿が、そこここに見受けられた。

何とか家司頭をつかまえた匡は、今後の感染を防ぐための注意をくどくどと説いた。

「形見分けには、発病以前に使われていた品をお使いください。間違えても病間に置かれていた調度はなりませぬ」

「はい、かしこまりました」

七十近い家司頭は、彼の言葉を一つひとつ書きとめてうなずいた。

「ところで家司頭どの、先ほど実勲さまにお目にかかった際、坂田木綿の寝間着というお言葉をうかがったのですが、それはいったいなんのことでございます」

「ああ、それは当家ゆかりの疱瘡除けでございます」

彼は平然とうなずき、坂田木綿の由来を手短に説明した。それは真葛の推測通り、八年前の伊予丸の疱瘡罹患にまつわる話であったが、初音の話と異なる部分が幾つかあった。

「坂田に着かれたとき、伊予丸さまはすでに発疹が始まり、どうにも手の施しようのないご容体でおられたとか……知らせを受けた信太夫さまは、すぐさま坂田に駆けつけられましたが、一目伊予丸さまをご覧になるなり、覚悟召されませとの文をご当家に送ってこられました」

当時、疱瘡による子供の死亡率は極めて高かった。ましてやその時、伊予丸は生後半年足らず。信太夫は水痘の甚だしさから、高熱には到底耐えられまいと判断したのであろう。

「ところが波尾どのが坂田木綿の寝間着をお着せした直後から、不思議にも全身の痘疹がおさまり始めたそうでございます。その日の午後、伊予丸さまの母君が坂田にご到着なさった時には、水痘こそひどけれど、熱は嘘《うそ》のように下がっていたとか」

ただ、と彼はついでのように付け加えた。

「波尾には伊予丸さまと同じ生れ月の息子がおりました。気の毒にもこの子は、伊予丸さまと前後して疱瘡を患い、坂田で命を落としたそうでございます。物事はとかく、うまくは参らぬものでございますな」

「波尾どののお子、つまり伊予丸さまの乳母子《めのとご》ですな」

「はい、長じておれば、伊予丸さまのよい遊び相手となりましたでしょうに。悲嘆にくれる波尾を哀れまれ、ご先代さまはその子の供養にと、大枚の金子をご下賜なさいました。おそらく坂田に、立派な墓が立っているはずでございます。もっとも――」

家司頭はわずかに声をひそめた。

「ご快癒の一部始終を聞かれた延季さまは、それからご禁裏などで事あるごとに、坂田木綿をまたとないありがたい品と吹聴《ふいちょう》なさいました。このためそれからというものご当家には、坂田木綿を譲ってほしいとの頼みがしきりで、差配するわたくしもおおわらわでございます」

「──つまりその木綿のおかげで、ご当家の懐は随分潤われたということですな。なにせ験のある疱瘡除けとなれば、金に糸目をつけぬお方は大勢おりましょうほどに。なるほど波尾どのへの供養の金など、ご当家にはさしたるご出費ではなかったわけですか」

もって廻った家司頭の言葉を、匡が一刀両断にぶった切った。日頃温厚な彼が、ここまで露骨な物言いをするのは珍しかった。

家司頭からすれば、累代《るいだい》の出入り医師は身内同然。延季亡き今、こっそり事の内幕を打ち明けても構わぬと思いはしても、かように激しい嫌味が返ってくるとは、予想していなかったのだろう。絶句する相手を、匡は切れ長の目でじろりと睨《ね》めつけた。

「要は延季さまは坂田木綿の話を聞くや、それをまたとない金儲けの手段になると思い付かれたのでしょう。領地の名産を高く売らんがために、ご自身の子の病すら利用なさるとは。淫祠邪教《いんしじゃきょう》を祀るおがみ屋と、何ら変りのないお振舞いでございまするな」

波尾の子供の死と当家の子の回復――それらを利用し、疱瘡による死を免れたいという人心につけこんだ先代に対する匡の舌鋒《ぜっぽう》は、容赦がなかった。

「伊予丸さまの回復の理由は存じませぬが、それが寝間着のおかげである道理がありますまい。そんな偶然を逆手に取り、なんたるこじつけをなさったことやら。おかげで都中でいったいどれほどの方々が、延季さまに金をむしり取られたことでござろうな」

「い、いくら藤林さまとて、お言葉が過ぎましょう。仮にも正二位権大納言の地位におわしたお方をおがみ屋呼ばわりとは」

「ええいッ、黙られよッ」

匡はきっと双の目尻を吊り上げ、家司頭を一喝した。あまりの豹変ぶりに息を飲む相手には構わず、厳しい口調で続けた。

「ご先代が茶道具の蒐集《しゅうしゅう》に血道を上げられ、ほうぼうの道具商に借財を作っておられたことぐらい、この藤林惟親《これちか》、よくよく承知しておりまする。家格の低い名家半家《めいけはんけ》ならいざ知らず、天下の権大納言さまが借金まみれとは、三条西家の名折れ。どうにか内々に返済せねばと焦っておられたところに降って湧いたのが、伊予丸さまの突然の回復。延季さまにはまさに渡りに船の事態でございましたろう」

家司頭は蒼白な顔で、へなへなとその場に坐り込んだ。

家政の全てを管理する家司頭は、こと家内に関しては時に当主以上の権限を有している。延季亡き後は、彼が坂田木綿売買の一切を管理し、三条西家の内証を潤すかたわら、そのおこぼれに与《あずか》っていたに違いなかった。

「気の毒なのはそれにだまされた方々。中には坂田木綿の効能を信じ、医師を呼ぶのが遅れたお家もあったに違いありません。そこを深くお考えめされませ。実季さまは父君が広めた話をお信じのまま、息を引き取られたのでございまするぞ」

一息に言うが早いか、匡は荒々しく相手に背を向けた。

「あ、義兄さま。お待ちください」

後を追う真葛を振り返りもせずに、匡はそのまま不機嫌な顔で鷹ヶ峰の役宅に戻ると、自室に籠《こも》ってしまった。

やはり木綿の奇瑞など、最初からなかったのだ。

（しかし――）

ならばどうして伊予丸は、信太夫ですら匙を投げた疱瘡に打ち勝ったのだろう。体力旺盛な若者であれば、奇跡的な回復もまま起こり得る。さりながら当時の伊予丸は、生後半年に満たぬ乳児。さような事があるはずがなかった。

　廊下を行ったり来たりしながらあれこれ思いを巡らせていると、初音が「あの……」と顔をのぞかせた。

　昨夜、匡に不平不満全てをぶつけたのがよかったのか、初音の顔からはあの思いつめた表情が消えている。辰之助がめきめきと快方に向かっていることもあり、その顔色はほの明るくすらあった。

「真葛さん、旦那さまにお目にかかりたいというご婦人がおいでなのだけど――」

「取り次いでも、義兄さまは今は誰にもお会いになられないと思います。後日にしていただいたほうがいいのじゃないでしょうか」

「それが――」

　初音は玄関の方角を振り返り、声を低めた。

「どうしてもお目にかかりたい。お会いできるまでここを動きませぬと、ものすごい剣幕でいらっしゃるの。いえ、別に声を荒らげられてはいないのだけど、何とも険《けわ》しい顔つきをしてらして」

「どういうお方でしょうか。もしわたくしでご用が済むのであれば、代わりにお話をうかがいますが」

「三条西家にお仕えする波尾さまと名乗られたわ。どうしても藤林家のご当代にお話しせねばならぬことがあるのですって」

「波尾さまですって？」

真葛が声を筒抜かせたのと同時に、匡の部屋の障子がからりと開いた。驚いたように唇を震わせる匡の顔が、薄暗い部屋の中にぽっかりと浮かんでいた。


東の薬草園から吹き込む風が、心なしか湿り気を帯びている。ゆるやかに起伏する畝《うね》の向こうに目をこらせば、暗い雲が西山の彼方に広がり、かすかな遠雷が響き始めていた。あと四半刻もすれば、激しい夕立が来るのだろう。

せっかく摘《つ》んだ薬草を濡らしてはならぬと、荒子たちが隣の調薬室に笊《ざる》を運び入れている。忙しげに働く彼らにちらりと目を投げてから、匡はうつむいたままの波尾を、

「この蒸し暑い最中、鷹ヶ峰の坂は、慣れぬ方にはさぞ急でございましたろう」

といたわり、井戸で冷やした塩入りの麦茶を勧めた。

「いいえ、信太夫さまご存命の折には、わたくしも幾度かこちらにうかがいましたので」

「さようでございましたか。それはまったく存じませんでした」

「最後にお邪魔しましたのは、信太夫さまのご葬儀の日。ご当代さまがご存知ないのは当然でございます」

ぽつりぽつりと口をきくが、波尾の言葉はひどく歯切れが悪い。初音を相手に一歩も譲らなかったとは思えぬ陰鬱《いんうつ》さであった。

「藤林さまにお目にかかっては、ご迷惑をおかけするやもとは思ったのです。ですがやはりどうしてもどなたかに真《まこと》のことを打ち明けねば、死んでも死にきれぬと考えまして——」

物騒な口走りに、匡とかたわらに控えていた真葛は、思わず目を見交わした。しかし波尾は自分が何を言ったのかもよく理解していない様子で、やつれた顔をぼんやりと上げた。

「真のこととはいったい何でござる。波尾どのの助けになるのであれば、それがしは何なりとお聞きいたしまする」

「はい、それは今から八年前、伊予丸さまを坂田にお預かりした折の出来事。あの坂田木綿にまつわる秘め事でございます」

波尾は本名をお波といい、十六の年に坂田の農家から三条西家に奉公に出てきた。

同じ屋敷の下男と結ばれ、男児を授かったものの、直後、夫はささいな怪我が元で死亡。乳呑児を抱えて途方に暮れていたところを哀れまれ、同月に生まれた伊予丸の乳母となったのであった。

「伊予丸さまが疱瘡にかかられ、坂田にお連れいたした直後、私の息子の芳吉《よしきち》も同じように熱を出しました。幸い芳吉の病状は軽かったのですが、伊予丸さまのご容体はそれとは比べものにならぬ重さ……私は夜もろくに眠らぬまま、懸命に二人の看病に務めました」

波尾の両親は既に亡く、一町あまりの田畑は兄夫婦が継いでいた。さりながら彼らは波尾たちに離れを貸しこそしたが、疱瘡を恐れ、彼女を手伝おうとはしなかった。乳母に雇われてほんの半年で、芳吉と左右の乳房を仲良く分け合う伊予丸に、波尾はわが子同様の愛情を抱くようになっていた。

だがそれを嘲笑《あざわら》うかのように伊予丸の容体は悪化し、鷹ヶ峰から飛んできた信太夫ですら首を横に振る危篤《きとく》状態に陥った。

全身を真っ赤に腫《は》らし、薄い胸を弱々しく喘《あえ》がせる幼児……口の中にまで現れた発疹が喉《のど》をふさぎ、か細い泣き声を上げるその痛々しさに、もともと気の弱い波尾の動揺は頂点に達した。

たまりかねて村はずれの神社でお百度を踏みもしたが、熱はどんどん上がる一方。三条西家から届けられた紅絵の勇ましさが、薄暗い病間で空々しく見えた。

「伊予丸さまが息を引き取られたのは、その翌日。伊予丸さまの母君が坂田にお越しになられる、ほんの半刻ほど前でございました」

その日、信太夫は生薬を補充するため、船で大津に出かけていた。

半月に亘《わた》る看病の疲れであろう。全身を血膿にただれさせた伊予丸の枕元で、波尾はほんの瞬きほどの間、うとうとと居眠りをした。夢うつつでも確実に耳に捉えていた伊予丸の喘ぎが止み、はっと我に返ったときには、目の前の赤子の息はすでに絶えていた。

「い、伊予丸さまッ」

あわてて取りすがっても、もとの容貌すら分からぬ目鼻立ちとなった赤子の身体は、どんどん冷たくなるばかり。皮肉にもそれとともに小さくなってゆく水疱を、波尾は呆然と見つめた。

「ああ、どうしよう……」

咄嗟《とっさ》に胸に浮かんだのは、家司たちから悪しざまに罵《ののし》られ、裸足《はだし》で三条西家の裏門から追い出される自分と芳吉の姿であった。

三条西家の威光のおかげで離れを貸してくれているが、もともと兄と波尾は仲が良くない。実家にも頼れぬ状況で、まだ乳呑児の芳吉と二人、どうして暮らしていけばよいのだ。

伊予丸の身体を褥に横たえ、波尾は隣の間で眠る芳吉の枕元にぺったりと坐り込んだ。こちらも疱瘡でひどいあばた面になりはしたが、昨日から熱は引き、信太夫からもう大丈夫と請け合われている。目の前の子が健《すこ》やかであればあるほど、激しい混乱が彼女を襲った。

「伊予丸、伊予丸はどこなのですッ。波尾ッ」

どれほどの時が経ったのだろう。聞き覚えのある声に顔を上げた瞬間、甲高《かんだか》い声とともに障子が、からりと開いた。被布《ひふ》をまとい、泥まみれの足袋を履いた女が伊予丸の母と気付いたときには、彼女は布団に横たえられた芳吉に覆いかぶさり、その身体をかき抱いていた。

「ここですかッ」

「伊予丸、しっかりするのです。伊予丸ッ」

「ち、違います。その子は――」

言いかけた言葉が、喉につかえた。

まだ乾き切らぬ瘡に覆われた芳吉を抱き、三条大橋の上で途方にくれる自分の姿が、またしても鮮明に眼裏《まなうら》をよぎった。

狭い京都では、噂話はすぐに広まる。主家の子をみすみす死なせた女子など、どこも雇ってはくれぬだろう。芳吉を死なせぬためにはこれしかないのだという声が、耳のすぐそばで波尾にささやいた。

そう、芳吉の面相は疱瘡でひどいあばた面に変っている。ましてやまだ言葉すらしゃべれぬ赤子。自分さえ口をつぐんでいれば、真実は知れぬままではないか。

「な、波尾。これはどういうわけです。ひどい熱で明日をも知れぬと聞きましたのに、すっかり熱が引いているではありませぬか」

赤子のそれとは思えぬほどにざらついた芳吉の頬を両手ではさみ、伊予丸の母は声を上ずらせた。

「そ、それが——」

その刹那《せつな》、芳吉の坂田木綿の寝間着が視界に飛び込んできた。

三条西家を出る際、家司は波尾に三反もの茜木綿を持たせてくれた。しかしそれらはすべて、発汗と膿が著しい伊予丸の寝間着に変っている。病状が軽いこともあり、芳吉にはもっぱら義姉が織った、坂田木綿の寝間着を着せていたのである。

「わ、私にも分からぬのでございます。今朝方、伊予丸さまにその寝間着をお着せしたところ、みるみるうちに熱が下がり、水疱まであっという間に治まってしまったのです」

「なんですと――」

伊予丸の母は驚きの声を上げ、はっと芳吉の寝間着を凝視した。

「波尾、ひょっとしたらこれは源為朝さまのご加護かもしれません。そうです。きっと為朝公が病に苦しむ子を哀れみ、ご加護をくださったのですわ」

そう叫ぶなり、彼女は懐から四つに折った紙を取り出した。朱の色も淋漓《りんり》とした筆で、為朝が五人張りの大弓を軽々と引いて見せる姿が描かれた、雄渾な紅絵であった。

「あ――ああ、よかった。波尾、そなたの甲斐甲斐しい仕えぶりを、為朝さまが嘉《よみ》されたのです。伊予丸、伊予丸、本当によかったこと」

うれし涙にむせび泣く彼女の背を見つめながら、波尾は早くも自分がついた嘘の大きさに慄《おのの》き始めていた。

「しかも私はすぐに、この嘘はつき通せぬと青ざめました。伊予丸さまの母君は欺《あざむ》けても、信太夫さまが戻って来られれば、二人の病状がまるで違っていることはすぐに露見するのですから」

その信太夫は間もなく、「早速このことを延季さまにお知らせせねば」と勇躍京に戻って行った彼女と入れ替わるように、坂田に帰って来た。

芳吉の枕元に座り込んでいた波尾から一部始終を聞くなり、彼はううむと腕を組んで黙り込んだ。

「信太夫さま、申し訳ありませぬ」

「波尾どのが言われたのは、確かに偽《いつわ》り。されど母君はそれをあっさり信じ込んでしまわれたのですな――」

「私が悪いのです。私がしっかりご看病していれば、伊予丸さまがご落命なさることもありませんでしたのに」

「いいや、波尾どの。それは違いまする」

信太夫は彼女の両肩を押さえ、一語一語嚙《か》みしめるように続けた。

「波尾どののご看病には、一つの落ち度もございませなんだ。伊予丸さまがお亡くなりになられたのは、ひとえにご定命でございます」

「ご定命ですと」

「さようでございます。無論、それがしとて医師の端《はし》くれ。ご投薬に手を抜いたつもりはありませぬ。されどかような激しい病の前には、我らは所詮無力な存在。神頼みを良しとするわけではありませぬが、病に打ち勝ち得るか否かは、結局のところみなご自身の体力次第なのでございます」

信太夫は四角い顔をこわばらせ、しばらくの間、眠る芳吉を凝視していた。やがて大きな息をつくと、拳で己の腿《もも》を打ち、天井を仰いだ。

「そろそろ母君さまが三条西家に着かれる頃。伊予丸さまご回復の報が延季さまのお耳に入るのも、間もなくでございましょう」

小さく身体を震わせる波尾を落ち着かせるように、信太夫はゆっくりと言葉を続けた。

「それがしは今、如何《いかが》すれば誰もが救われるかと思案しておりました。波尾どのが吐かれた嘘は、確かに許されることではございませぬ。されど今更それを暴き立て、伊予丸さまご逝去の真実を告げても、いったい誰が幸せになりましょうや」

一度望みを抱いただけに、伊予丸の母の失望は、非常なものとなろう。また波尾は彼を死なせたばかりかあらぬ偽りを述べたとして、一刻の猶予もなく屋敷から放逐《ほうちく》されるに決まっている。

だが熱こそ下がりはしたものの、芳吉はまだ病人。疱瘡が完全に癒えるまでには、あと半月以上かかる。下手にいま動かしては、別の病を併発する恐れもあった。

「よろしゅうございますか。亡くなられたのは、波尾どのの御子息の芳吉どの。伊予丸さまはひどいご面相にこそなられましたが、どういうわけか奇跡的な回復を遂げられたのです」

「の、信太夫さま――」

息を飲む波尾を、信太夫は強い眼差しで見下ろした。

「それがしは医師。人の命を守るのが務めでございます。されど如何に病癒えたとて、その後の生涯が不幸せであっては、何の命でございましょう。ましてや芳吉どのはまだ、病の最中。それを守らずして、何故《なにゆえ》医師と名乗れましょうや。すべての責めは、この藤林信太夫がこうむりまする。よろしゅうござるな」

されど、と彼はわずかに言いよどんだ。

「波尾どののももはや、このお子をわが子と思われてはなりませぬぞ。芳吉どのは重い疱瘡にかかられ、あえなく落命されたのじゃ。その事実を胸にしかと刻みつけ、これからのご生涯、伊予丸さまだけを守り、お仕えなされ。それがあなたさまに課せられた務めでござる」

「ち、義父上がそのような」

匡が呆然とつぶやくのに、波尾はこっくりと首をうなずかせた。

「到底信じていただけぬかもしれませぬが――」

「いいえ、さようなことはありませぬ。義兄さま、わたくしは波尾どののお言葉をまことと思いまする」

真葛はあわてて、波尾の言葉を遮った。

三歳の冬から自分を育ててくれた信太夫。女子には不要なほどの教育を授けながら、藤林家を継ぐことを強いもせず、思いのままに生きよと言ってくれた彼。そんな信太夫であれば、かような采配を振っても不思議でない気がした。

「そうか……そなたがそう申すのであれば、まことかもしれぬな」

信太夫は決して、波尾を助けるために真実を糊塗《こと》したわけではあるまい。ただ彼は、伊予丸の死によって、更に苦しむ者が出るのを避けたのだ。そして芳吉というまだ全快せぬ幼い患者を守るとともに、誰もにとって最も良き道を選んだのに違いない。

無論それは一見、医師としての職務を逸脱した行為とも映る。だが極言すれば医師とは人を救い、助けるのが務め。彼はその務めを果すために、辛い嘘を守ろうとしたのだろう。

信太夫が亡くなったのは、その年の晩秋。養子である匡にも、養い子である真葛にも、彼は伊予丸の件を隠し続けて逝ったこととなる。

「それからの私は芳吉を伊予丸さまと信じ、懸命にお仕え申し上げました。母としての名乗りが許されぬ辛さ悲しさは己への罰だと堪え、ただ伊予丸さまのつつがないご成長だけを祈念してまいったのです」

伊予丸が成長が遅く、長じるにつれ、その異常は歴然となった。疱瘡の際の熱によるものと、頭では理解している。だがそれすらが自分に対する神仏の罰であるかのように、波尾は感じた。

「かような差配をなさった信太夫さまを、時に恨む折もありました。ですがもしあのとき、三条西家を追い出されていたなら、私は芳吉ともども路上でのたれ死んでいたかもしれませぬ。信太夫さまはやはり、私ども母子をお救いくだされたのです」

さりながらそんな彼女がたった一つ、どうしても耐え難い出来事があった。それは伊予丸回復の報に接した三条西延季が、坂田木綿の寝間着を疱瘡除けの呪《まじな》いとして、高価で売り始めたことだ。

「ご存知やもしれませぬが、三条西家の台所はかつかつ。更に周囲にも申せぬ借財を抱えておられたご先代は、公家や出入りの富商に坂田木綿を高値で売り、それを返そうとなさったのです」

坂田木綿こそが真実の為朝さまご加護の品。それが証拠に、わが三男は御医師もが見放した疱瘡から回復した——との延季の言は、あっという間に狭い公家町を駆け巡り、三条西家には次々と人が訪れる騒ぎとなった。

坂田木綿に験などないことは、波尾が誰よりよく知っている。だがそれを口に出来ぬまま長い年月を過ごし、とうとう実季ぎみまで死なせてしまった——と彼女は嘆いた。

「実季さまが息を引き取られたと聞き、私はもはや生きていてはならぬと、お屋敷を出奔いたしました。とはいえこのまま死んでは、私の罪は隠されたままとなってしまいます。せめて誰かにこの事実を告げねばと思い、こうしておうかがいした次第です」

長い話を終えた波尾の顔は、わずかの間に十歳も老け込んだかのようであった。

「波尾どの、それがしとしてはこのお話、実勲さまに黙っているわけにはまいりませぬぞ」

「はい、覚悟いたしております」

波尾はやつれた頰に小さな笑みを浮かべた。

「もはや逃げも隠れもいたしませぬ。信太夫さまは私と芳吉を、救おうとしてくださいました。ですが長きにわたってお屋敷の方々を偽り続けた咎《とが》は、やはりこの身で受けねばなりませぬ」

しかし匡と真葛が波尾を伴って密かに三条西家に伺候すると、彼女の告白を聞いた実勲は、顔を強張《こわば》らせながらも、

「それでも伊予丸はこなたの弟でございます――」

と小さな呻《うめ》きを漏らした。

「いいえ、実勲さま。私は皆さまがたを長年、欺いてまいりました。何卒《なにとぞ》、何卒厳しいご処分を」

予想だにしなかった話に、実勲は黛《まゆずみ》の色が不自然と映るほどに青ざめている。だがそれでも彼は膝の上で両の拳を握り、いいえ、違いまする、ときっぱり首を横に振った。

「確かに伊予丸は、父の子ではないのかもしれませぬ。されどこなたはこの九年間、あれを弟と思い、あれもまたこなたを兄として慕うてくれました。世の中には、氏より育ちとの言葉もございまする。たとえわが家の血を引いておらずとも、伊予丸はこなたの弟でございます」

それに、と彼は自嘲するような笑みを片頬に浮かべた。

「この国の中心が江戸に移り、早二百年。公家は等しく凋落《ちょうらく》し、この家の家名とて、もはや有名無実と成り果てております る。大勢の家臣を抱える大名家ならいざ知らず、かように落魄《らくはく》したわが家で、三条西家の血がどうのと騒ぎ立て、なんの得になりましょう。実季亡き今、あれはたった一人残された、こなたの弟です」

「まことに――まことにそうお考えくださるのですか。あ、ありがとうございます」

激しくしゃくり上げる波尾のかたわらで、匡もまた深々と頭を下げた。

「されど実勲さま、こたびの一件は、義父信太夫の嘘より出たものでございます。波尾どのにお咎めはないとしても、せめてそれがしには厳しいお沙汰を――」

「さて、そう仰せられましても。父の責めを子が負うとなれば、こなたも坂田木綿の験などを吹聴した父の責めを受けねばならぬ道理でござるが。ああ、そういえば後で家司頭に、坂田木綿の売買を以後固く禁じねば」

実勲はその評判こそ承知していたものの、坂田木綿に非常な高値が付けられている事実までは把握していなかった。

「まったく、こなたを若造と思うて侮《あなど》ってからに――」

そう呟きながら、実勲は品のいい瓜実顔《うりざねがお》をしかめた。しばらくの間、唇をへの字に結んでいたが、やがて「そうじゃ」と満足げにうなずいた。

「なれば匡どの、伊予丸が成人するまで、時折あれを、鷹ヶ峰に遊びに行かせてくだされ」

思いがけない提案に瞠目《どうもく》する匡にはお構いなしに、実勲はわずかに口許をほころばせ、謡《うた》うような口調で続けた。

「実は伊予丸はああ見えて、こと草木魚虫に関しては興味が強く、暇さえあれば日がな一日、庭先で花を眺めておる子供でございます」

ゆくゆくは寺に入れて、僧にでもするしかないかもしれない。だが少なくともそれまでは好きな物に触れ、自由な時を過ごさせてやりたいのだと彼は語った。

「されどこの屋敷町では、近隣の家々の目もありましてのう。家内でも家司や女中たちが口やかましく、なかなか伊予丸を気儘《きまま》にさせてやれぬのでございまする」

「かしこまりました。謹んでお預かりいたしまする」

「その折には波尾、そのほうも伊予丸の供をするのじゃぞ。御薬園の方々にご迷惑をかけてはならぬでのう」

驚いて顔を上げる波尾に、実勲は小さく目元をなごませた。

「暇を取るなどという勝手は許さぬ。なにしろ伊予丸はそちの言うことしか聞かぬゆえ。あれが物心つき、人の話をちゃんと解するようになるまで、手塩にかけて伊予丸を養育するのじゃ。よいな」

「は、はい」

「ならばこれで話は終わりじゃ。暑いのう。すまぬが藤林どの、そこの障子を開けてくださりませぬか」

実勲は紗《しゃ》の道服の袖を揺らして、締め切っていた障子戸を指した。

この時真葛の脳裏でふと、信太夫の角ばった顔が紅絵の為朝像と重なった。やはりこの家は為朝公の御宿だったのかもしれぬ。そんな思いが胸をよぎった。

知らぬ間に、通り雨が過ぎたのか、縁先の向こうに広がる瀟洒《しょうしゃ》な庭はしっとりと濡れ、岩に置かれた苔が青々とした輝きを放っていた。

彼岸まではまだ間があるというのに、気の早い女郎花《おみなえし》が一叢《ひとむら》、池の端で蕾《つぼみ》をふくらませている。

「波尾さま、伊予丸さまとともに鷹ヶ峰に来られたら、是非、わたくしたちとともに薬草摘みを致しましょう。広い薬草園ですから、伊予丸さまもきっと気に入られるはずです」

「さようでございますな。ぜひとも」

真葛と匡の言葉に、波尾は再び涙ぐみながら、幾度も小さくうなずいた。

鏡のように凪《な》いだ池の面を朱色の蜻蛉《とんぼ》がついとかすめ、何かを追うかのように青い空に高く舞い上がった。

ふたり女房

小高い丘のそここに幔幕《まんまく》が巡らされ、酔客の声が青空にこだましている。山頂から望む東山の連嶺は、今が盛りとばかり美しく色づき、まさに錦繡《きんしゅう》を延べたが如《ごと》きあでやかさであった。

麓《ふもと》の茶屋から届けさせたのだろう。豆腐田楽の香ばしい匂いと酒の薫《かお》りが界隈《かいわい》に満ち、日がようやく頭上を越したばかりにもかかわらず、秋の野宴はまさに今がたけなわであった。

「初音《はつね》さまと真葛《まくず》さまは、お酒は一口も飲まはらへんのどすか」

甥《おい》の辰之助をはさんで毛氈《もうせん》に座る真葛と初音に、亀甲屋定次郎が重箱から料理を取り分けながら尋ねてきた。

豪奢《ごうしゃ》な三段重に詰められた料理は、木屋町の料亭・妹尾屋《せのおや》に拵《こしら》えさせたもの。煮しめ、鰤《ぶり》の味噌焼き、はたまたからすみやうるかといった酒肴の珍味に加え、小芋の煮ころがしやきんとんなど、子どもの口に合う品までがふんだんに詰め込まれている。

妹尾屋は亀甲屋の主《あるじ》・宗平の遠縁。毎年、鷹《たか》ヶ峰《みね》御薬園の人々を招いて催される紅葉狩りの際には、必ず弁当を注文する店であった。

「わたくしはともかく、義姉《ねえ》さまは一口ぐらい召しあがられてはいかがですか。たまには気散じも必要でございましょう」

「それを言うなら、真葛さん。あなたこそ一献、いただきなさい。毎日朝から晩まで、薬草園で働き通しなんですから」

わあっという声に振り返れば、すでに荒子《あらしこ》たちが亀甲屋の人々と、賑《にぎ》やかに盃《さかずき》を交わしている。

隣り合った幕の内から漏《も》れ聞こえる三味線、太鼓……。走り回る子どもたちの歓声に、どこかでうなられている詩吟《しぎん》や謡《うたい》が重なり合い、さほど広くない吉田山は蜂の巣をつついたような喧騒《けんそう》に包まれていた。

古社・吉田神社を中腹にいただくこの山は、別名神楽岡《かぐらがおか》とも呼ばれる小山。聖護院門跡《もんぜき》や後一条天皇陵など、天皇ゆかりの地を擁《よう》する一方、東山を一望し、赤松と紅葉の美しい景勝地として、京の人々に愛されていた。

紅葉の名所といえば、高雄や宇治の三室戸寺《みむろとじ》が有名だが、いずれも洛中からは少々遠い。これに対し洛東の吉田山は、鴨川を挟んでほんの目と鼻の先。それゆえ都人からは気軽な秋の散策地として親しまれ、高雄などと比べ女連れが多いのが特徴であった。

　里の者も心得たもので、季節になると山裾《やますそ》に数軒の茶屋が立ち、注文に応じて田楽や酒などを山頂に届けてくれる。立ち売りの餅屋や屋台などもそこここに現れ、普段閑静《かんせい》な小山は紅葉を愛《め》でる人々で大変な混雑となるのであった。

　亀甲屋による観楓《かんぷう》の宴は、十数年前から毎年催されているもの。信太夫存命の折は宇治近辺まで足を延ばしもしたが、この数年は初音や辰之助に配慮し、吉田山で半日を過ごすのが慣例であった。

「いいえ、わたくしはこの後、義兄《あに》上ともども光穏寺にうかがうので、今日はご無礼させていただきます」

「おや、こんな日にも往診どすか。匡《ただす》さまも大変でございますなあ」

　もともと匡は酒を嗜《たしな》まない。織部の筒茶碗で番茶をすする彼に、定次郎はすばしっこい目を投げた。

「どうせ光穏寺は鷹ヶ峰と同じ方角。それに患者が多いといっても、二人で手分けすれば大した手間ではありません」

「そやけどご両人さまとも、光穏寺さまには本当にようお尽くしになられますなあ。言うてはなんどすけど、一文の稼ぎにもならしまへんのに」

「それが藤林家の家訓ですから。初代が受けたご恩に比べれば、この程度は当然です」

小さく微笑《ほほえ》みながら、真葛はきんとんを頬張《ほおば》る辰之助の口許を拭《ふ》いた。

上御霊《かみごりょう》神社にほど近い光穏寺は、浄土宗の尼寺。庫裏《くり》に隣接する寮で身よりのない老人や病者を養っており、藤林家は先祖代々、この光穏寺に無償で往診するのが習わしであった。

その端緒は、今から二百年前。当時、徳川家康の小姓を務めていた藤林家初代・綱《つな》久《ひさ》は、天下分け目と呼ばれた関ヶ原の戦いにて、生死の境をさまよう大怪我を負った。その際、彼に甲斐甲斐《かいがい》しい手当を施したのは、家康の女右筆《ゆうひつ》であった妙均尼《みょうきんに》。綱久はその恩を忘れず、やがて彼女が務めを退き、光穏寺で小さな施行所《せぎょうしょ》を営み始めると、寺への惜しみない支援を誓ったのである。

以来、藤林家の歴代当主は折ごとの喜捨はもちろん、暇《ひま》を見ては寺に赴《おもむ》き、貧しい人々を診察している。歳末には荒子たちに餅を搗《つ》かせ、現住持・妙雲尼の指揮下、大掃除の手伝いをするのが、藤林家の年中行事でもあった。

「私はとんとご無沙汰しておりますが、妙雲尼さまはお元気なんどすか。もう七十は超えてはりますやろ」

「いいえ、それどころか、次の春が来れば八十におなりです。ですがそんなお年が到底信じられぬお元気さで、いまも寺の尼公《あまぎみ》たちを叱咤激励《しったげきれい》しながら、寮の運営に走り回っておられます」

丸い顔にころころと肥えた体軀《たいく》。小さい足を忙しく動かして駆けまわる妙雲の姿を思い出しながら、真葛は答えた。

真葛の知る限り、光穏寺には常に三十人近くの男女が養われている。中には親に遺棄された孤児も含まれ、檀家《だんか》の援助や篤志家《とくしか》の寄付だけでは、経営はとても成り立たない。

このため妙雲は暇さえあれば、近隣の商家や本寺である知恩院に支援を求めに行っている。その一方で孤児たちに読み書きを教え、病人たちの看護をし、八十間近とは思えぬ闊達《かったつ》な老尼であった。

「あれほど仰山《ぎょうさん》の方々を養《やしの》うてはったら、薬料だけでも大変ですやろ。真葛さま、ご入用な品があれば、いつでも申しつけとくれやす。布施代わりに、寄進させていただきます」

「ありがとう。その折はよろしく頼みます」

礼を言って、小皿に取り分けられた卵焼きに箸《はし》を伸ばした時である。

幔幕の向こうが突然騒がしくなり、「喧嘩《けんか》やあ」という大声が弾《はじ》けた。

花見、夕涼み、紅葉狩り……物見遊山の機会が多い京だけに、往来での悶着《もんちゃく》はさして珍しくない。しかし真葛たちがいっせいに顔を見合わせたのは、

「お侍や、お侍同士の喧嘩やで」

「刃傷沙汰《にんじょうざた》になったら、大変や。子どもらはあっちに行ったらあかん」

というがなり声がそれに続いたことである。

国内を代表する手工業都市・京都では、各藩が進んで京屋敷を置き、工芸品の調達や自藩の産物の売り込みに力を入れている。それだけに洛中には勤番を命ぜられた諸国の武士が多く闊歩し、様々なお国訛《なま》りが飛び交っていた。さりながら彼らはいずれも、京におわす天皇《みかど》を憚《はばか》り、騒動など滅多に起こさない。ましてや人出の多い行楽地で喧嘩をするとは、ありうべからざる事態であった。

「どうしたことでしょう」

初音が辰之助の肩を不安げに抱く間にも、人々の怒鳴り声は大きくなる一方である。幕が張り巡らされているせいで、外の様子がわからぬのがまどろっこしくて仕方ない。

真葛は手にしていた皿と箸を投げ出すように置いた。

「わたくし、様子を見て参ります」

「こらッ、待たぬか」

匡が止める暇もあればこそ、別珍の鼻緒の草履《ぞうり》を突っかけ、真葛は幕を跳ね上げて駆け出した。

見回せば赤松の木立の向こうに、黒山の人だかりが出来ている。まさに老若男女……美々しく着飾った娘や数人連れの若い衆の輪の中心で向き合っているのは、一方は年の頃三十半ば、他方は五十絡《がら》みの白髪混じりの侍であった。どちらも供の中間《ちゅうげん》と妻女とおぼしき女を連れ、刀に柄袋《つかぶくろ》をかけている。京詰めを命じられた藩士が、長閑《のどか》な秋日、紅葉見物にやってきたという気配である。

……と、そこまで眺め、真葛は首を傾《かし》げた。確かに輪の中心にいるのは侍二人だが、ただの喧嘩にしてはどうも様子が妙である。

「ええい、あなたさまでは埒《らち》が明きませんッ。わたくしがお相手致しますッ」

「みっともないぞ、汐路《しおじ》。いい加減にしろ」

「だいたいあなたさまがかように及び腰だから、田舎者と侮《あなど》られるのです。いいですから引っ込んでいてくださいッ」

若い方の武士がおろおろしながら、懸命に己《おのれ》の妻女を引き留めている。だが汐路と呼ばれた彼女は夫を一喝するなり、険《けわ》しい顔で初老の武士に向き直った。

その眉根は完全に吊《つ》り上がり、唇までが憎々しげに歪《ゆが》んでいる。ほっそりとした面におちょぼ口、なまじ垢《あか》ぬけた顔立ちをしているだけに、真葛の目にその面構えは驚くほど癇症《かんしょう》に映った。

「憚《はばか》りながら、こちらの腰のものにそちらの奥方さまが当たられたのは、まぎれもない真実。松の根が剝《む》き出しの山中ゆえ、おみ足が覚束《おぼつか》なかったのはわからぬでもありません。ですがそれで詫《わ》びの一つもないとは、あまりに無礼ではございませぬか」

嚙《か》みつかれた老武士の側は、汐路の金切り声に呆然としている。衆人環視の中で夫を叱責《しっせき》し、行き合った老武士に食ってかかるとは、烈女というべきか悪女というべきか。いずれにせよ女子《おなご》には稀《まれ》な激烈な怒りようであった。

「いやその、詫びを申そうとは思ったのじゃ。されど妻は元々、足が悪いのでな。よろめいて尻餅をついたゆえ、つい先にこちらの身体を案じてしまったのは相すまぬことであった」

「黙らっしゃいッ！」

根は悪い人物ではないのだろう。おろおろと言い訳する老武士を、妻女は厳しく怒鳴り付けた。背後でうつむいていた老妻が、びくっと肩をすぼめた。

「おみ足が悪いのであれば、なぜかような人混みにご妻女を連れて来られたのです。

幾ら洛中から近いとはいえ、小高い山。紅葉を愛でるにしても、配慮がなさすぎましょう」

彼女の背後では、夫が狼狽《ろうばい》しきった顔でしきりに袖を引いている。それをぱっと振り払い、若い妻女は更に険しい声で言いつのった。

「夫と同じ、京詰めのお方と存じます。慣れぬ土地での暮しは、相身互《あいみたが》い。非礼があれば早急にそれを詫び、互いのわだかまりをなくすべきでしょう。己の思慮のなさに起因した誤りなれば、なおのことではありませぬか」

「し、汐路。ここは人も多い。かようなところで無礼を申し上げるではない」

「無礼ではありませぬ。わたくしはこのお方に、人としてあるべき行いを説いているのです。今になってご妻女を気遣われるのであれば、まずかような雑踏に出て来られるべきではありますまい。駕籠《かご》で宇治あたりの閑静な寺に行き、心行くまで紅葉を楽しませて差し上げるべきでしょう」

「そ、それはごもっとも。それがしの配慮が足りなんだと言うよりほかござらぬ」

滔々《とうとう》と弁舌を振るう彼女に、相手は完全に圧倒されている。

武家の妻女の常識は、夫に細やかに仕え、慎ましく振る舞うこと。当世は酒を飲み、友人とともにこっそり芝居見物に出かける女子も増えていると聞くが、それはあくまで町方の話である。礼儀にやかましい武家では、女子が男の前に出るなど、まずあってはならぬ。あまりに型破りな態度に、怒ることすら忘れ果てた気配であった。

野次馬たちもそれは同様で、当初こそすわ喧嘩かと集まってきた人々は、今や珍獣を見るような眼で汐路を眺めている。それを察した夫は、首まで羞恥《しゅうち》に赤らませながら、妻の二の腕をしきりに引いていた。

それなりの禄高に与《あずか》っているのだろう。夫婦ともに身形《みなり》はよく、腰に帯びた両刀の拵えも際立っている。ただ夫の側は涼しげな目鼻立ちのわりに、おっとりと開いた眉間がなんとも気弱げで、一見して常から妻の尻に敷かれていると知れる風情《ふぜい》であった。

「いったい、何の騒ぎじゃ。これは」

振り返れば、匡が呆れ顔でもみ合う夫妻を眺めている。手際よく人垣をかき分け、

「まあまあ、ご両者とも落ち着きなされよ」

と四人の間に割り込んだ。

「それがしはご公儀より洛北鷹ヶ峰御薬園をお預かりいたす、藤林匡と申しまする。ご両者とも、いずこかの御家中の方とお見受けいたします。かような雑踏の中での悶着は、余人に迷惑。人目にもつきますれば、よろしければ我らの席にお移りになられませぬか」

半町ほど離れた幔幕を指す匡に、老夫婦と侍は安堵《あんど》の表情を浮かべた。しかし汐路と呼ばれた妻女だけは不機嫌そうに、夫の腕をもぎ放すと、

「なにも悶着を起こしているわけではありませぬ。わたくしはただ、侍としてのあるべき姿をこの御仁に説いていただけのことです」

と露骨に眉《まゆ》をしかめた。

「仲裁をとのお気持ち、ありがたく存じます。されどわたくしがこの方々に文句をつけたと取られるのは、大迷惑。言うべきことは申し上げました。わたくしはここで失礼いたします。――いきますよ、伍助」

言うなり汐路は中間《ちゅうげん》に顎《あご》をしゃくり、すたすたと坂を下って行った。夫を置き去りにしながら、まったくそれを斟酌《しんしゃく》する様子もない。冷淡とも我儘《わがまま》とも言える、唐突な態度であった。

「し、汐路。待たぬか、汐路」

置き去りにされた夫の狼狽ぶりに、いたたまれなくなったのだろう。老武士がもごもごと、

「いや、ご妻女の仰せられることももっとも。ひとえにそれがしが悪うございました」

といったことを呟《つぶや》き、老妻の手を引かんばかりにしてそそくさとその場を離れると、後にはしょぼんとしおたれた侍だけが残された。

「なんや、喧嘩やなかったんかいな」

「それにしても気ぃの弱いお侍さまもあったもんや。なんやいな、奥方さまに叱《しか》られて、蹴飛ばされた犬みたいな顔をしてはるやないか」

野次馬たちが、舌打ちしながら去っていく。

京詰めを命じられて、日が浅いのだろうか。見知らぬ土地での騒動に狼狽《うろた》えるのはわからぬでもない。それにしても妻女にあそこまで言いたいことを言わせるとは、理解の範疇《はんちゅう》を超えた話であった。

さすがに気の毒になったのだろう。匡の「よろしければ一献上がられませぬか」との誘いに、武士はおとなしく亀甲屋の宴席について来た。周囲の嘲《あざけ》りを含んだ眼差しから、とともかく逃げたかったのかもしれない。

空いた座に腰を下ろし、男は真葛が注いだ酒を、呷《あお》るように一気に飲み干した。そしてようやく人心地のついた顔で大きく息をつき、匡に向かって低頭した。

「お助けいただき、ありがとうございました。拙者は新発田《しばた》藩溝口出雲守家来、高浜広之進と申す者。この秋より京詰めを命ぜられ、江戸より罷《まか》り越したばかりでござる」

　顔立ちは決して野卑《やひ》ではないのだが、しきりに瞬《また》きをする癖のせいか、常におどおどとした雰囲気が漂っている。金がかかっていると一目で分かる身拵えだけに、その態度は見る者にひどくちぐはぐな印象を与えた。

「ところで先ほど藤林さまと言われましたが、ひょっとして禁裏御典医の任においでの藤林先生でいらっしゃいますか」

「いかにもさようでございまする」

「それは名だたる耆婆《ぎば》扁鵲《へんじゃく》のお手を煩《わずら》わせ、申し訳ございませぬ」

　いっそう肩をすぼめる広之進に、匡がおや、と眉根を寄せた。畿内ならさておき、遠国《おんごく》諸藩の藩士の中には、藤林御薬園の存在を知らぬ者も多い。ましてやその当主が禁裏御典医を兼ねているなど、よほど京の事情に通じた者でなければわからぬ話であった。

「卒爾《そつじ》ながら、高浜さまは京詰めは初めてでいらっしゃるのですか」

　匡の不審に気付いた真葛は、新しい銚子《ちょうし》を取り上げながら、それとなく口をはさんだ。

　外見に似合わず、いける口なのだろう。彼は拒む様子もなく酌を受け、はい、と小さくうなずいた。

「以前は江戸藩邸におり、此度《こたび》が初めての京詰めでございます。一緒におりました妻は汐路と申し、江戸生まれの江戸育ち……祝言をしてまだ一年足らずゆえ、京見物を兼ね、それがしとともに上洛した次第でございます」

なるほど垢《あか》ぬけた汐路の容貌も、江戸育ちと聞けば合点が行く。それにしてもあの激烈な気性はどうした次第だろう。

真葛たちの疑念を察したのか、広之進は盃を置き、居住《いず》まいを正した。

「お恥ずかしいところをお見せ致した藤林さまゆえ、包み隠さず申し上げましょう。高浜の家は新発田藩では代々馬廻組頭を仰《おお》せ付けられる名家。実はそれがしは、縁あって汐路の夫となった養子なのでございます」

その一言で、おおよその話が見えてきた。

誰かに己の鬱憤《うっぷん》を聞いてほしかったのかもしれない。広之進は膝《ひざ》の上で拳を握り、更に言葉を続けた。節くれだってはいるが、男にしてはひどく白い、なめらかな手であった。

「もともとそれがしは、祖父の代からの浪人者。江戸では存知寄りの米問屋で帳付けをして、日々の糧《かて》を得ておりました。それが狼藉者《ろうぜきもの》にからまれていた高浜の義父を助けたのが縁で、汐路の婿《むこ》となった次第でございます」

北国・越後の新発田藩は、五万石の小藩。それでも長年の浪々の身を思えば、婿入りが叶《かな》うだけで夢のような話である。

だが思いがけぬ縁組に戸惑い、最初は義父を救った柔術の腕のおかげと信じていた広之進はすぐに、その思い込みが誤りだったと悟らされた。

祝言から五日、十日と経つにつれ、妻となった汐路の本質があらわになってきたからである。

「妻は決して、気立ての悪い女子ではございませぬ。いや少々気性が激しすぎるだけで、むしろ一本気な、竹を割ったような質《たち》と申せましょう」

まず違和感を覚えたのは、彼女が女中や下男の失態に、容赦なく声を荒らげることだった。

「人は誰しも、間違いを犯すものじゃ。さようひどく叱《しか》るではない」

広之進の取り成しに、汐路は「あなたさまは黙っておいでなさいッ」と甲高《かんだか》い声を上げた。そしてこれをきっかけに彼女は次第に広之進の前でも、勝気な本性を隠さなくなっていったのである。

自邸の庭に入ってきた隣家の犬を、下駄で力いっぱい蹴飛ばす。誰ぞが広之進を養子と侮ったと耳にすれば、相手の屋敷に乗り込んで苦情を言い立てる……。

祝言を挙げたとき、汐路はすでに二十五歳。なるほどその年まで養子が見付からなかったのも道理。要は婿の来手のない家に引っ張り込まれたと理解したときには、彼は勝気な妻に、完全に頭を抑えられていた。

だが汐路はそれでいて、決して彼を養子と侮りはしなかった。ただひたすら広之進の弱気さを叱りつけ、彼に仇《あだ》なそうとする者には自ら文句を言う。それがかえって夫を萎縮《いしゅく》させ、同輩たちの更なる陰口を呼ぶことには、まったく思い至っていないらしかった。

「それは……実に勇ましい奥方でいらっしゃいますな」

匡の当たり障りのない相槌《あいづち》に、広之進は複雑な面持ちでうなずいた。

「その一点さえなければ、それがしには過ぎた妻。いえ、そもそも文句の言える筋ではないのでござる」

広之進を婿に選んだ義父は、彼に家督を譲った三月後、「これで楽隠居ができるわい」と喜んで国許に去った。娘に甘く、人の好い義父の恩を思えば思うほど、ますます汐路に頭が上がらなくなる。

仕官から半年余りで上洛を打診された際も、汐路は尻込みする広之進を蹴飛ばすようにして、その話を受けさせた。

「江戸屋敷の方々はみな互いに、長年の昔馴染《むかしなじ》み。口さがない者たちばかりでいけません。こんなところにいては、あなたさまはますます小さくなるばかり。知己の少ない京屋敷に赴任なされば、少しは気も晴れられることでしょう」

なるほど汐路の言動はすべて、夫を案じればこそのもの。家付き娘の傲慢《ごうまん》ではない。ただ惜しむらくはそれが完全なまでに行き違っているのが、この二人の不幸とも言えた。

「実はそれがしは浪人をしておった折、一時、この京や大坂にいた時期もござる。それゆえあまり上方《かみがた》には行きたくないのじゃが、と申しましたが、妻は聞く耳を持たず、半ば引きずられるようにこちらに赴任した次第でございます」

なるほどそうであれば、匡を知っていた理由も合点が行く。とはいえ、事はまったくもって夫婦間の話。ましてや今日知り合ったばかりの余人が口出しできる内容ではない。

このとき、眼下に美々しい伽藍《がらん》を連ねる真如堂《しんにょどう》で、七つを告げる鐘が鳴った。その途端、広之進があっと叫んで飛び上がった。

「なんと、もはや夕刻ではございませぬか」

「何か御用でもおありでいらっしゃいましたか」

「そういうわけではありませぬ。ただこのような時刻まで出歩いていては、またしても妻に怒られてしまいまする」

あたふたと両刀をたばさむ姿は、寄り道を咎《とが》められた子どものそれとほとんど変わらない。匡や真葛ばかりか定次郎までが、呆気《あっけ》に取られた顔になった。

「ひょっとしてお屋敷に帰らはる時刻まで、奥方さまに決められてはるんどすか」

「いいえ、そうではございませぬ。貧乏暮らしの長かったそれがしにはよく分かりませぬが、高浜ほどの家ともなれば、昼には昼の、夜には夜に着るべき着物があるのだとか。それを着替えもせず暗くなるまで出歩いては、また汐路が角を出しまする。藤林さま、このお礼はまたいずれ、御薬園にうかがわせていただいた折にでも」

着物にはそれ相当の格があり、時刻によって着るべきものが変ってくる。なるほど藤林家でも外出着と内着、昼の着物と夜の着物はちゃんと区別されている。とはいえ禁裏への参内《さんだい》時をのぞけば、大の大人が血相を変えてまで遵守《じゅんしゅ》せねばならぬ話でもあるまい。

察するに汐路は身形に構わぬ夫を度々叱り付け、高浜の当主にふさわしい身拵えをさせようと躍起なのだろう。そうでなければ、広之進がここまで必死に帰ろうとする理由が知れぬ。

啞然《あぜん》としている藤林家と亀甲屋の面々に頭を下げ、広之進は慌《あわ》ただしく坂を駆け下りていった。股立《ももだ》ちを取った袴《はかま》の裾から細い脛《すね》がのぞき、あのような姿をなさったと知れれば、また奥方に怒られるのではないかと真葛は案じた。

爽やかな秋風がみなの目を覚まさせるように吹き過ぎ、色づいた紅葉が一枚、膝先に舞い降りてきた。


酒宴がお開きとなった後も、荒子たちの興味は先ほどの夫婦に向けられどおしであった。

「世の中には、わけのわからん夫婦《めおと》が仰山いるものや。けど、あれほどのお家は見たことないわ」

「そやけどそれもこれもすべて、旦那《だんな》さまを思えばこそ。そう思えば、なんやいじらしいやないか」

手回しのいい定次郎は、吉田神社の参道に数挺の駕籠を待たせていた。垂れの向こうの荒子たちのやりとりをぼんやり聞いていた真葛は、鴨川にかかる板橋を渡りきったところで駕籠を止めさせた。先頭を行く匡も、それは同様であった。

「定次郎、今日は馳走《ちそう》になったな。わしと真葛は光穏寺に参るゆえ、ここで失礼致す」

「へえ、こちらこそお忙しい最中ご足労いただき、ありがとうございました。初音さまと辰之助さまは、わたくしが間違いなく鷹ヶ峰までお送りさせていただきます」

洛中の東の大路である寺町筋には、大小の寺院がずらりと軒《のき》を連ねている。どこからともなく香煙の漂ってくる道を過ぎ、京の七口の一つ・鞍馬《くらま》口の手前でひょいと路地を折れる。表通りのにぎわいとは裏腹に、川堤の下に畑に囲まれた粗末な堂舎を見せているのが、目指す光穏寺であった。

近づいてくる二人に気付いたのだろう。畑で鍬《くわ》を振るっていた中年の男が、頬《ほお》かむりを取ってぺこりと頭を下げた。大きなひきつれ傷が頬に走り、ぎょろりとした目が見るからに恐ろしげな三十男であった。

「おお、栄蔵《えいぞう》ではないか。精が出るのう。その後、身体の調子はいかがじゃ」

「へえ、おかげさまで。もうまったく、腹も痛みまへん」

「されど無理をしてはならぬぞ。おぬしの体内には、まだ病魔が巣くっておる。それをなだめなだめ、長い付き合いをしていくことが肝要じゃ」

栄蔵は大きな身体を縮こめるようにして、もう一度、へえ、とうなずいた。頬の傷にはおよそ似つかわしくない、神妙な態度であった。

彼は元々、北野遊郭界隈《かいわい》を塒《ねぐら》にしていたならず者。胃の腑《ふ》の病に苦しめられ、遊び人仲間からも見捨てられた挙句、この光穏寺に転がり込んできたのであった。

幸いにも病は、ほんの三月ほどの療養で軽快した。それにもかかわらずいまだ寺男の真似事《まねごと》をして寺に居続ける彼は、今では男手の足らぬ寺内でそれなりに重宝されていた。

「診察に参ったのじゃが、妙雲さまはおいでかな」

「へえ、今日は天気がようございましたさかい、朝から庫裏《くり》の片付けをしてはります。いい加減終わる頃どっしゃろ」

ところで、と栄蔵はちらりと周囲を見回して声をひそめた。

「ええところで、藤林さまにお目にかかれました。最近、ちょっと気になることがございますのや」

「気になることじゃと――」

光穏寺は堂舎の四囲に、数町の畑を営んでいる。冬枯れの始まった野面では、痩《や》せた鴉《からす》が二羽、餌《えさ》をついばんでいるばかり。以前の生業《なりわい》を忍ばせる鋭い目を細め、栄蔵は実は、と切り出した。

「ここのところ、ちょいちょい、妙な男が寺をうかがってますのや。最初は、子どもを捨てようか迷ってる親やと思うたんどす。けどそれにしては、少し身形がよすぎますねん」

捨て子を働く親にも、それ相当の親心はある。捨てられた先で子が苦しまないかと案じる親が捨て場所を下見しに来るのは、さして珍しくなかった。

「身形がよすぎる男のう。ひょっとしておぬしの回復を知ったかつての仲間が、おぬしを再び悪の道に引きずり込もうとしているのではあるまいか」

「それやったら、ご心配なく。そういう奴らやったらこの春先、叩《たた》きのめして川にぶち込んでやりました。あれに懲《こ》りて、しばらく光穏寺には寄り付きまへんやろ」

「なんじゃと。すでにさようなことが起きておったのか。まったく、油断も隙《すき》もない奴じゃ」

呆れ声を漏らす匡に、栄蔵は照れたようにえへへと頭をかいた。悪戯《いたずら》を咎められた子どものような表情であった。

「ですが春先では、まだ水が冷たかったでしょうに。それに流れの速い川に突き落としたりして、大丈夫だったのですか」

「へえ、真葛さま、ご心配は無用どす。すぐにわしが引き上げましたし、様子を見ていた妙雲尼さまが、奴らに熱い甘酒を作ってくださいましてなあ。空っぽの米櫃《こめびつ》を漁《あさ》って、なんとかやりくりしている有様じゃ、むしろ余った金があれば、こちらに寄進してくだされと言いながら、寺の中を隅々まで案内しておやりになりました」

あの妙雲のやりそうなことだ。真葛と匡は、ちらりと目を見交わした。

「この寺がそないに貧乏とは、思うてもいいへんかったんどっしゃろな。奴ら、なんや狐につままれたような顔で引き上げていきましたわ。そやさかい、当座、ここには手出しせえへんはずどす」

「おぬしのような用心棒がいてくれれば、妙雲さまもさぞ心強かろう。それでその不審な男は、いつから姿を見せておるのじゃ」

「そうどすなあ。わしが気付いたのは一月ぐらい前。それ以来、五、六日にいっぺんは見かけますわ」

笠《かさ》をかぶっているため顔は分からぬが、年齢はおそらく三十そこそこ。いつも裏の土手道や畑の際から寺の様子をうかがっており、栄蔵が声をかけようとすると、素早く顔を背《そむ》けて走り去るという。

「ひょっとしたら、布施屋に誰ぞ親族がいるのかもしれぬのう」

匡は形のよい顎《あご》を撫《な》でて呟いた。

光穏寺の病人の中には、親兄弟や子どもに捨てられた者も多く含まれている。やむを得ず血縁を遺棄した人物が、後になってからこっそり寺を訪うのは、ごく稀《まれ》に起こる話であった。

しかし子どもはさておき、捨てられた自覚がある大人は、そんな親族に何らかの恨みを抱いている。妙雲や匡たちには心を開くものの、世の中への呪詛《じゅそ》を胸の底に溜めている者は、この寺では少なくなかったのである。

「互いが心のわだかまりをすんなり解ければよいのじゃが。さもなくば少々ややこしいことになりそうじゃな」

寺内をうかがっているところからして、その人物が後ろめたい事情を抱えていることは間違いない。来たるべき騒動を思い、匡はすでにうんざりした顔つきであった。

「してその件は、すでに妙雲尼さまもご存知なのか」

「へえ、しばらくは様子を見なはれとのお言葉どした」

「確かに、無理やりひっ捕らえるわけにもいかぬでのう」

匡がうなずいたとき、光穏寺の門のかたわらに小柄な人影が現れ、

「栄蔵、栄蔵どの、どこにおられますする」

と呼び立てる女の声が、野面に響いた。

「おう、お香《こう》さま。わしはここでございます」

その途端、栄蔵はそれまでの低い声をひどく穏やかなそれに変えた。鈴をつけた竹《たけ》杖《づえ》で地面をさぐり、草履の爪先をよろめかせる人影に、慌てて駆け寄って行った。

「畑仕事をしていたため、お側を離れておりました。なにか不都合でもございましたか」

「日が暮れて参ったせいか、部屋の中がまったく見えなくなってしもうたのです。水を飲みたいのじゃが、湯呑みの在り処がわからなくて――」

「へえ、分かりました。すぐにお持ちいたします」

栄蔵に請け合われると、お香は虚ろな目を宙に据《す》えながら、再び施行所の方へ戻って行った。

身に着けているものは継《つぎ》の当たった袷《あわせ》だが、背筋はすっきりと伸び、声にも張りがある。かつては素性正しい家の出であったことを忍ばせる、凜然《りんぜん》たる態度であった。

「お香どのの目は、相変わらずか。前に置いて行った薬は、ちゃんと服しておられるか」

門を潜りながらの問いに、栄蔵は大きくうなずいた。

「薬も飲んでおいでどすし、目を洗う薬湯もちゃんと使うてはります。ただ明るいうちはまだ物の影かたちが分からはるようどすけど、夕刻になるともういかんようどすなあ」

「お身体のほうはいかがじゃ」

「そっちも一進一退。具合がよいとああやって起きて来られますけど、普段はじいっと床に臥《ふ》せってばっかりでらっしゃいますわ」

「さようか。こちらも痛ましい話じゃのう」

匡は暗い目付きで溜息《ためいき》をついた。

お香は二十八歳、光穏寺に厄介《やっかい》になっている女子の一人である。浪人だった夫は三年前、仕官の伝手《つて》をさがすため江戸に行ったまま消息を絶ち、彼女は下京《しもぎょう》の裏長屋で針仕事をしながら彼の帰りを待ち続けていた。

そんなお香が病に臥したのは、二年前。激しい動悸《どうき》や震え、果ては嘔吐《おうと》に苦しめられ、針すら持てなくなった彼女は、あっという間に食い詰めた。しかも病は間もなくその目の光すら奪い、一人での生活も覚束なくなった彼女は、長屋の差配の仲立ちで光穏寺にやってきたのである。

匡の診立《みた》てでは、お香の病は俗にいう飲水《いんすい》の病（糖尿病）。この病は不摂生な暮らしをし、美食に慣れた者に見られるものだが、ごく稀《まれ》に通常の生活を送る人々でも発症することがあった。

　普通の患者であれば、酒を断ち粗食を心がけさせるのが治療の第一歩。しかし彼女の場合は反対に、まず三食きちんと食べさせねばならない。その上で補中益気湯《ほちゅうえっきとう》や清心蓮子飲《せいしんれんじいん》を服用させ、体力保全に努めさせるよう、匡は指導していた。

　寺に引き取られ、質素ながらも三度の食事を取るようになると、その病状は幾分軽快した。だが匡や真葛がどれほど投薬を繰り返しても、目の光だけは元に戻らなかった。

　光穏寺では病状の軽い者は田畑を耕したり、庫裏の手伝いをするが、目の見えぬ彼女はさしたる役に立たぬ。針仕事も出来ず、日がな一日横になっているだけのお香に向ける患者仲間の目は、恐ろしく冷ややかであった。

　加えて彼らは、病んでも武家の気位を忘れぬ彼女を煙たがり、ともすればその病まで悪口の種にすることがあった。

「けっ、どこの奥方さまか知らんけど、妙雲さまのお世話になっている点では、わしらのお仲間。それをいつまでも高飛車な物言いをしおってからに」

「ほんまにそうや。妙雲尼さまはお優しいさかい、ああでもせねば心の支えが折れてしまうのじゃと言わはる。じゃがわしらからすれば、実にけったくそ悪い話じゃ」

「一日中寝て過ごし、ごくたまに起きると、栄蔵はんを自分の下男みたいに使いよって。まったく栄蔵はんも栄蔵はんや。あんな女子に顎で使われ、やに下がってるとは情けないわい」

「あれでほんまに北野遊郭の用心棒やったんかいなあ」

確かに栄蔵のお香への態度は、彼らの腐《くさ》す通り。さりながらそれは当人たちも気付いていない無意識の行動に起因していると、真葛は睨《にら》んでいた。

なにしろ光穏寺の病人たちは、ならず者あがりの栄蔵を恐れ、常に遠巻きにしている。尼公たちとてそれは同様で、彼に屈託なく接するのは院主《いんじゅ》の妙雲と目の見えぬお香ぐらいであった。

人は誰しも、異分子を排除しようとするものだ。ましてや施行所という狭い世界であれば、その傾向はなおのこと強くなる。

だが目の見えぬお香は彼の頬の傷を知らず、その面構えに怯《おび》えもしない。だからこそ栄蔵はお香にはあるがままの態度で接し、その命令に従っているのだろう。ひょっとしたら栄蔵がいまだに寺男同然の暮らしを続けているのも、そんな彼女に淡い思いすら抱いているゆえではないか。二人を見守る中で、真葛はそう推測していた。

「匡さま、お香さまの目は、もうようならへんのどすか」

二人を庫裏へ導きながら、栄蔵はぎょろりとした目を不安げにしばたたいた。

「お香どのの病はちと厄介でのう。今の本邦の医学では、治せぬ業病じゃ。身体の具合はようなるはずじゃが、目の方はますます光を失うやもしれぬ」

「さようでございますか――」

「そんなことより栄蔵、そなたとて持病を抱えた身。凪の冷たい野面で畑仕事などしておっては、元の木阿弥《もくあみ》になることもありうる。寺の役に立とうとの心構えは立派じゃが、決して無理をしてはならぬぞ。さあて、回診を始めると致すか」

言いながら匡は下駄を脱ぎ捨て、大股に庫裏へと上がり込んだ。どこかで薬湯を煎《せん》じているのだろう。いがらっぽい薬の匂いが、つんと鼻をついた。

庫裏では白衣に襷《たすき》をかけた妙雲尼が、若い尼たちを叱り飛ばしながら納戸の整理をしていた。真葛たちの姿を見留めるや抱えていた葛籠《つづら》を放り出し、棟続きの寮へせかせかと先立った。

「ここ数日、朝晩急に冷え込んで参ったためか、子どもたちが揃って寝込んでおる。そちらは別室に移してあるゆえ、後で見舞ってやってくりゃれ」

間もなく八十になる妙雲尼の背丈は、匡の胸ぐらいまでしかない。それでいて肌はつるりと色艶よく、声にも張りのある矍鑠《かくしゃく》とした老尼であった。

「それは大変でございますな。熱は如何ですか」

「うむ、一応ありあう薬は飲ませたのじゃが、すでに二、三日に亘《わた》って高熱が続いておる。ひょっとしたら風疫《ふうえき》（インフルエンザ）かも知れぬわい。今日おぬしらが来なんだら、鷹ヶ峰に使いを出そうと思うていたところじゃ」

だだっ広い寮ではあちらこちらに、病人たちが横になっている。男は東、女は西に分けて布団を延べ、それぞれの枕上は無地の二つ折り屏風《びょうぶ》で覆われていた。

「真葛、わしは先に子どもたちを診て参る。おぬしはこちらの患者たちを頼む」

「はい、かしこまりました」

横になったままの人々を順番に診察しながら、真葛はそれとなく一人一人の様子に目を配っていった。胸の隅には、先ほど栄蔵が話していた不審な男の件がひっかかっている。

この寺の病人たちはいずれも、世間から捨てられたとの負い目と恨み、それに人の救いへの感謝を複雑な形で抱え込んでいる。仲間の誰かが親類に引き取られるとなれば、言葉に出来ぬ嫉妬で身を焦がす者も多いに違いなかった。

要らぬ騒動を避けるためにも、出来れば他の者には知られぬように、男を親族に引きあわせてやりたい。そのためには彼がいったい誰を探しているのか、いち早く知らねばならなかった。

「おや、真葛さまのお手の冷たいこと。外はそれほど寒うございましたか」

床に半身を起こしたお香が、瞼《まぶた》に触れた真葛の手に驚きの声を上げた。当人は気付いていないが、わずかに熱が出ている。そのせいで、彼女の手をひどく冷たく感じた様子であった。

「かような寒風の中、わざわざお運びいただき、ありがとうございます。今日は幸い気分もよく、先ほども少し外を歩いてまいりました」

お香は少なくとも匡や真葛には、一度も権高《けんだか》な素振りを見せたことがない。むしろ人に養われる身に堕《お》ちた己を恥じてか、常に恐縮した態度を取っている。そんな対応の違いが、彼女が病人仲間から疎《うと》まれる理由でもあった。

「それはよろしゅうございました。今日は所用があり、ずっと外に出ておりました。そのために、手が冷えてしまったのでしょう。こちらこそ申し訳ありません」

「ここに寝ていても、風が日に日に寒さを増していると分かるほどです。おそらく東山界隈はそろそろ、紅葉が美しく色づいていることでございましょうなあ。夫がおりました頃は、時折、紅葉を愛でて山々を歩いたものでございます」

見えぬ目を宙に据え、お香は懐かしげにつぶやいた。

「ご夫君は秋がお好きだったのでございますか」

「いいえ、秋を好んでいたのはわたくしの方です。夫はむしろ、秋は物悲しゅうてならぬと申しておりました」

なるほど澄み切った秋の空気は、病《や》み臥《ふ》してもなお武家の矜持《きょうじ》を失わぬお香に、いかにも似つかわしかった。

「なにしろ夫はひどく気弱な質《たち》でございましたもので。そうは言ってもわたくしが紅葉を見たいと申すと、嫌な顔もせずに付き合ってくれました。ええ、とても心根の優しい夫だったのでございます。嵐山に神楽岡……もし目が治ることがございましたら、ぜひもう一度、夫とあの美しい山々を眺めたいものでございます」

「けっ、またお香さまののろ気かいな。こんな施行所暮しに堕ちて紅葉見物とは、よう言うたもんや。だいたい三年も前に出て行った旦那が、今更帰ってくるかいな」

隣に臥していた中年の女が、憎々しげに舌打ちした途端、お香の顔色が変わった。

「なにを申すのですか、無礼者」

「無礼者とはなんやいな。うちはごく当たり前のことを言うただけやわ。三年いうのは、物事の一つの区切り。あんたの旦那はんは今頃お江戸の町で、新しい女房とうまくやってはるに決ったるわいな」

　枕屛風の向こうで半白の髪の女が立ちあがり、お香を憎々しげに見下ろした。

「まだ診察中です。揉《も》め事はおやめくださ い」

「そうは言わはりますけど、真葛さま。このお香はんはいっつもうちらを見下し、つんと澄ましてばっかり。たまにはこれぐらい言わせてもらわな、胸のつかえが取れまへん」

「なんですと――」

　真葛を押しのけるようにして、お香が布団の上に跳ね立った。見えぬ目を声の方角に据え、あらぬ宙を睨み付けた。

「そなたにあれこれ言われる筋合いはありませぬ。わたくしは夫の帰りが楽しみだと申しただけではないですか」

「それが耳障りなんどす。うちだけではなく、ここのみんなは身寄りに捨てられ、光穏寺さまのお世話になるしかない身。あんたさんかてそれは同じどっしゃろ。それをいつまでもいつまでも帰らへん旦那のことばかり、夢物語みたいにいいくさってからに――」

「夢物語ですと。広之進どのは必ずや、わたくしを迎えに戻って来られるはず。それをかよう悪しざまに申すとは、もはや我慢がなりません」

そう叫ぶなりお香は枕屛風を蹴飛ばし、隣の女に飛びかかった。成り行きをうかがっていた周囲の女たちが、二人を引き分けようとしてか、どっと押し寄せる。あっという間に辺りは大乱闘の場に変じた。

「な、なにをしてるんどす。喧嘩は、喧嘩はいけまへん――」

妙雲尼が大声を上げ、すっ飛んできた匡と栄蔵が女たちを引き剝《は》がしにかかる。衿《えり》がはだけ、胸乳《むなち》をあらわにした老婆、着物を裾までまくりあがらせながらなおお香の顔を引っかこうとする女……すさまじい騒ぎを目の前にしながらも、真葛はお香が口にした名に呆然としていた。

(広之進どの、ですと――)

これは偶然の一致だろうか。あの気弱な男の顔が脳裏に浮かび、ぱっと弾けてすぐに消えた。

ほうほうの体で引き分けた女子たちは、みな申し合わせたように引っかき傷や擦《す》り傷を拵えていた。その手当てをするうちに短い秋の日は落ち、比叡の山から吹き下ろす寒風が、寮の軒端を叩き始めた。

「あとはうちがしっかり、説教して聞かせるわい。お香どのに食ってかかった女子はんはご亭主に逃げられ、流れ流れてここに来たお人。つまるところ、いまだいちずに旦那はんを待っているお香はんが妬《ねた》ましかったんどすやろ」

真葛と匡を送り出しながら、妙雲は聞かせるともなくつぶやいた。

どこから引っ張り出してきたのか、その片手には破れかけた提灯《ちょうちん》が提げられている。危なっかしげに炎を揺らす提灯を渡しながら、彼女はほうっと息をついた。

「それにしてもお香どのは気丈な女子じゃ。三年も経《た》てば、いい加減にご夫君のことなど、忘れてもよかろうになあ」

「先程お香どのは、広之進どのという名を口走られました。それがお連れ合いの名でいらっしゃるのですか」

「広之進どの、じゃと――」

真葛の問いに、匡が目を見開いた。どうやらお香が口にした名前までは、耳に届いていなかったらしい。

二人の様子にはとんと無頓着《むとんちゃく》に、妙雲は小さな頤《おとがい》を引いた。

「おそらくそうであろうなあ。実はうちも、お連れ合いの名を耳にしたのは初めてなのじゃ。浪人とはいえ、素性正しき武士。その妻が施行所の世話になっていると知れれば夫の名折れと言い募り、いまだ姓すら教えてくれぬままじゃからのう。いじらしいというかなんというか、かような賢婦《けんぷ》を置いてご亭主はどこに行ってしまわれたのやら」

少々愚妻でいらした方が、お香どののためにはよいのやもしれぬ、と呟き、妙雲尼は庫裏に戻って行った。

見上げれば頭上では、秋の星々が澄んだ輝きを放っている。だがその清《さや》けき光とは裏腹に、真葛の心は晴れなかった。

高浜広之進はかつて、上方にいたことがあると言っていた。時期は合致する。あの気弱な彼のことだ。仕官の口を求めて江戸に向かったのはよいが、汐路の父に真実を打ち明けられぬまま、ずるずると祝言の日を迎えてしまったのに違いない。

気丈に夫の帰りを待つお香と、柔弱な夫の盛り立てに全神経を注いでいる汐路。どちらが先に真実を知ろうとも、大騒動になることは想像に難くなかった。

「まったく人の世とは、思うがままにならぬものじゃのう」

同じことを考えていたのだろう。匡が背の薬籠《やくろう》を揺すり上げて溜息をついた。

「病を軽快させるのに、心の喜びに勝る薬はない。ご夫君のご帰洛を教えて差し上げたいのはやまやまじゃが、これではどうにも――」

言いかけて、彼はふと言葉を切った。形のよい目が、畦道《あぜみち》のかたわらに建つ地蔵堂に向けられている。またしても提灯の灯が揺らぎ、小さな社の陰に何者かがうずくまっているのがはっきりと知れた。

二人に気付かれたとは、思ってもいないのだろう。こちらに背を向け、じっと身をひそめている。真葛は思わず匡を振り返った。

月明かりのない夜だけに、人影の顔容《かおかたち》まではははっきりとは知れぬ。ひょっとしてあれが、栄蔵の言っていた不審な男であろうか。

匡は何も言うなと目顔で告げ、ゆっくりと道を歩みだした。そのまま無言で寺町筋まで出てから、ようやく大きな息をついた。

その間に、真葛の胸には一つの推測が浮かび上がっていた。いや、きっとそうだ。そうに相違ない。

「義兄さま、今の御仁はもしかして、高浜広之進どのではないでしょうか。お香どのが光穏寺に入ったことを聞き及び、こっそり様子をうかがいに来ておられるのでは――」

「ふむ、そうやもしれぬのう」

振り返った野面は闇に沈み、意外なほど遠くで光穏寺の甍《いらか》が光っている。匡はわずかに眉根を寄せて、小さな舌打ちを漏らした。

「しかしもしさようであれば、広之進どのはつくづくお心の弱いお方じゃ。いずれ折を見て、わしはあの御仁を叱責するべきやもしれぬ」

「どうしてでございますか」

かつての妻の去就を夫が案じるのは当然。そう思っていた真葛は、意外な匡の言葉に気色ばんだ。

「どうしても何も、広之進どのはすでに新たな妻を娶《めと》られた身ではないか。仮にお香どのに心を残していたとしても、物陰からぐずぐず様子をうかがって、それがいったい何になろう」

匡にしては珍しい、斬りつけるような語調であった。

「なるほど仕官の口を得るためとはいえ、妻がおりながら他の女を娶った広之進どのは責められるべき。されど為《な》してしまったことは、もはや元には戻せぬ。かくなる上は二人の女子に対し、誠意を持って接するのが義であろう」

己の行為を悔いるのは勝手だが、もしここで汐路と離縁すれば、広之進はまた扶持《ふち》を離れ、元の貧乏暮しに戻る。お香の病が癒《い》えぬ今、それは決して誰のためにもならぬ選択であった。

ならば彼がすべき第一は、お香のことをすっぱり諦《あきら》めること。その上で堂々と彼女に面会し、いくばくかの金を置いて離縁するのが筋と匡は説いた。

「かような始末すらできず、陰からこそこそ様子をうかがっておっては、お香どのの苦しみを長引かせるばかり。要は広之進どのは気弱さのあまり、己の果たすべき務めから逃げておられるのじゃ」

語るにつれて、だんだん腹が立ってきたのだろう。匡は背の薬籠を下ろし、真葛に押しつけた。

「ううむ、このまま引き上げるわけにはいかぬ気がしてまいった。真葛、暫時《ざんじ》、ここで待っておれ」

「どこに行かれるのですか」

「まだ広之進どのがおられぬか、ちょっと見て参る。場合によってはこのまま、御薬園までご同行いただこうぞ」

食うに困った痩《や》せ浪人が、仕官の口を得るため様々な嘘をつくことはままある話だ。広之進がそれだけ追い詰められていたとすれば、汐路との婚姻をあながち責められもせぬ。だがそれはそれとしても、お香との仲をうまく清算することも出来ぬとは、なんたる腑甲斐《ふがい》なさだろう。いくら気弱にしても、これは少々度を過ぎている。匡の口だしは余計な気もするが、かような手助けでもない限り、彼はお香に会うのをずるずると延ばし続けるに違いない。

さりながら息せききって戻ったにもかかわらず、先ほどの人影はもはや地蔵堂にはなかった。光穏寺に戻り、栄蔵に手伝わせて付近を探したが、男はかき消すように姿を消していた。

「ここのところしばしば見かけた不審な男。それがお香さまの旦那さまかもしれへんのどすか――」

「まだそうと決まったわけではない。お香どのには、何も申してはならぬぞ」

「へえ、わかっております」

匡から事情を打ち明けられ、栄蔵は無骨な顔をくしゃっと歪めた。まるで恐ろしい赤鬼が尻を蜂に刺されでもしたような顔つきに、真葛はちくりと胸を痛ませた。

栄蔵はお香にかしずくことを、心の支えとしている。だからこそかつての仲間たちの誘いも撥ねつけ、光穏寺でまっとうな人生を歩み出そうとしているのだ。もしここでお香が広之進と再会すれば、彼はようやく胸に抱いた純な思いを擲《なげう》ち、再び悪の道に踏みこんでしまうかもしれない。

栄蔵の小さな恋のためには、お香はこのまま光穏寺に寝起きし続けてくれたほうがよい。しかしそれは同時に、彼女の望みを否定し、その不幸を願うことでもある。人の世とは、なんと生きづらいのだろう。

匡の薬籠が両の肩に強く食い込んでくる。それを揺すり上げながら、真葛は野面の果てに小さな明かりを点《とも》す光穏寺をじっと見つめた。驚くほど近くで夜鴉《よがらす》が鳴き、重い羽音を夜空に響かせた。


翌朝、匡は荒子たちに、交代で光穏寺に詰めるよう命じた。表向きは寺の雑事を手伝うためと言ったが、それが広之進を捕まえるためであるのは明白であった。

「かような手間をかけずとも、新発田藩の京屋敷に赴《おもむ》き、高浜どのにお目通り願えばよろしいではないですか」

「愚か者。そんな真似をすれば、すぐさま汐路どのの耳に一切が届いてしまおう。ことを穏便に収めるためにも、光穏寺に来られたところを捕まえるしかないのじゃ」

「それでしたら義兄さま、わたくしがしばらく光穏寺に参りましょう。子どもたちの風疫も心配ですので」

この当時、インフルエンザは風邪の一種と考えられていた。特に享和《きょうわ》年間（一八〇一～一八〇四）に爆発的罹患者を出したそれは、折しも流行っていた八百屋お七の小唄にちなんで「お七風邪」と名付けられていた。

高熱を伴うインフルエンザは、体力のない子どもには命取りになる病。なるほど真葛が寺に詰めるに越したことはなかった。

「ふむ、確かにそれも一理ある。されどそなたはどうも、物事を大袈裟《おおげさ》にしてしまう向きがあるからのう。広之進どのをお見かけしたら、穏やかに庫裏にお招きした上で、急いでわしを呼びに参るのじゃ。わかったな」

しつこく念押しされて向かった光穏寺では、栄蔵がいつもの如く畑仕事に勤《いそ》しんでいた。麦でも蒔《ま》くのだろう。まっすぐに整えられた畝《うね》が、彼の意外な几帳《きちょう》面《めん》さを物語っていた。

「これは真葛さま」

腰をかがめた栄蔵は、これだけはなかなか改まらぬ凄《すご》みのある目つきで真葛を見上げた。頭では分かっていても、つい怯えを抱く眼光の鋭さである。なるほど、これでは患者たちが怯えるのも無理はない。

「今朝また暗いうちに、誰かが寺の周りをうろうろしてましたわ。わしが水汲《く》みを始めたら、釣瓶《つるべ》の音に驚いたのか逃げて行きましたけどな」

「今朝早く、ですか」

昨夜についでまた今朝もとは、広之進はよほどお香の身を案じていると見える。それにしても彼はあの汐路の目をどうやって盗み、ここまで足を運んでいるのだろう。

「この調子やったら、きっと今晩も姿を現すに違いありまへんわ。次こそふん縛って、捕まえてやります」

意気込むように袖をからげた二の腕には、目も覚めるような緋色《ひいろ》の龍の入れ墨が入っている。これは少々、困ったことになってきた。

「栄蔵、乱暴はいけませんよ」

「へえ、分かってます。そやけどお香さまを置き去りに、三年もの間姿を晦《くら》ましていたご亭主。どういう事情があってお香さまを悲しませたのか、なにがなんでも聞き出さな、わしの腹の虫が治まりまへん」

「ご夫君にも深い事情があったのでしょう。とにかく栄蔵、次にその人影を見かけたら、庫裏に来ていただくよう穏便にお願いするのです」

言い置いて、真葛は布施屋に向かった。

まだ日が高いだけに、患者は縁先で繕《つくろ》いものをしたり、尼公たちを手伝って夕餉《ゆうげ》の支度をしたりと思い思いに過ごしている。

ちらりとのぞいた寮ではお香が床に横たわり、見えぬ目を宙に向けていた。布団の薄い盛り上がりが、まるで彼女の去就の頼りなさそのもののようだ。

お香は広之進を、優しい夫と称した。だがその心根の優しさが、お香を今の境遇に叩きこんだのだと言っても、あながち間違いではあるまい。彼はその始末を、ちゃんとつけられるのだろうか。今は一刻も早く広之進が姿を現してくれるよう、願うしかなかった。

昨日、匡が置いて行った薬がよく効《き》いたのだろう。子どもたちはみな熱も下がり、粥《かゆ》を口にするまでに回復していた。

「なあなあ、お姉ちゃん。裏の柿の実がちょうど色づいてんねん。取りに行ったらあかんか」

「いけません。最低でもあと二日は、おとなしく寝ていなさい」

「そやけど急がな、鴉どもに食われてまうねん。なあ、すぐに戻って来るさかい」

聞き分けのない彼らをどうにかなだめ、ついでに施行所の患者たちを回診するうち、短い秋の日はあっという間に暮れてしまった。

妙雲尼たちが本堂でお勤めを済ませて眠りにつくと、光穏寺は死に絶えたような静けさに包まれる。わずかな灯火を頼りに、離れの一室で書見にふけるうちに、寺町筋の方で四つ（午後十時）の鐘が鳴った。

手入れもろくに行き届いていないせいで、そこここから隙間風《すきま》が入ってくる。賀茂の流れが間近なためか、寒さ防ぎの襟巻と皮足袋だけでは、沁《し》み通ってくる冷えには到底抗じきれない。身八つ口に片手を差し入れて指先を温めようとしたとき、縁先の襖《ふすま》がほとほとと叩かれた。

「真葛さま。わしどす、栄蔵どす」

どうやら、寺門脇の野良小屋で夜鍋仕事をしていたらしい。胸先や袖口に藁《わら》をつけた栄蔵は、白い息を吐きながら早口で続けた。

「土塀の向こうに誰かいてます。例の奴とちゃいますやろか」

とうとう来たか。急いで下駄をつっかける真葛に、ただ、と彼は早口で付け加えた。

「おかしなことに、小《ち》っちゃな話し声が聞こえますねん。どうやら一人やのうて、三人ぐらいが外をうろちょろしてるみたいどす」

「なんですと」

二人なら、汐路が再々外出する広之進を問い詰め、無理矢理同行してきたとも考えられる。だが三人とは、いったいどういうわけだ。

とにかく様子を見に行こうと、真葛は手燭《てしょく》に灯りを移した。庫裏を回り込んで寺門に向かったそのとき、視界の端を黒い影がよぎった。

ふり仰げば屈強な男が二人、土塀の上によじ登り、今しも庭に降りようとしている。尻《しり》っ端折《ばしょ》りに頬かむり、どこからどうみても盗っ人の風情であった。

「こらあ、光穏寺さまに押し入るとは、どこの不埒者や」

栄蔵の怒鳴り声に、男たちはうろたえたように顔を見合わせた。すぐさま身を翻《ひるがえ》し、どすんと音を立てて、土塀の向こう側に飛び降りた。

「待ちやがれ、逃がすもんかい」

寺門の際のくぐり戸を開けて飛び出した栄蔵は、はっとたたらを踏んで脇に飛びのいた。白刃が闇に光り、続いて飛び出そうとした真葛の鼻先をかすめた。

「真葛さま、危のうおすから引っ込んどいておくれやす」

言うなり栄蔵は第二の刃を振るってきた男に組みつき、その腕を素速く捻《ね》じ曲げた。

真葛が携えていた手燭の灯りが、男の顔を明るく照らしつけた。

「お、お前は小次郎やあらへんか——」

栄蔵が驚きの声をほとばしらせ、畦道《あぜみち》の果てを睨み付けた。

すでに脱兎の勢いで逃げ出したのであろう。先ほどの男たちの姿は、既に見当たらない。それでも闇の彼方から微《かす》かに、ばたばたという草履の音が聞こえた。

「畜生、お前ら。わしを仲間に引き戻そうとするばかりや飽き足らず、光穏寺さまに押し入るとはどないな了見やねん。妙雲尼さまのお情けを忘れたんかいな」

「栄蔵、この者は知り合いなのですか」

「へえ、北野の遊郭で一緒に用心棒をしていた仲間どす」

栄蔵は懐から藁縄《わらなわ》を取り出し、じたばたと暴れる小次郎を手早く縛り上げた。

年の頃はまだ二十歳前後。細い目に何とも小暗いものを湛《たた》えた男であった。

「こいつら、妙雲尼さまのお言葉を聞いてもなお、この寺に金目のものがあるはずと睨み、こうやって押し入ってきたんどっしゃろ。ええい、一緒にいたのは誰や。喜助と伝七か、それとも権兵衛かいな」

「けっ、これまでさんざんしたいことをしておいて、今になって寺男の真似事かいな。後生を願うには、ちょっと早すぎるんとちゃうか」

小次郎は地面にかっと痰《たん》を吐き、唇を歪めた。

「喜助らは逃げたわけやあらへん。今頃、土手のほうに回って、そっちから寺に忍び込んでるはずや」

「な、なんやて――」

栄蔵の顔色が変わるのを、小次郎は小気味良さげに見上げた。

「栄蔵はんは腕も立つし、そりゃ寺にとってはええ用心棒やろ。けど身体は一つしかないもんなあ。言うとくけど、あの二人の仕事は速いで。そろそろ尼さんたちを脅し付け、金を出させている頃や。あんたに邪魔されて気も立ってるやろし、行きがけの駄賃に火ぃでもつけるかもしれんなあ」

施行所をはさんでいるせいで、寺門と土手側の裏口はずいぶん離れている。それでも何とかして盗っ人どもを防がねば、と真葛が走り出したときである。

「痛たたっ、何をするねんッ」

「そないにせんかっても、歩くわいな。後ろからこづくのはやめてくれや」

野太い悲鳴が、闇の奥から響いた。見れば築地塀《ついじべい》に沿って二つの人影が、よろめきながらこちらにやってくる。その背後にうっそりとたたずむ人物に、真葛は声を筒抜かせた。

「ひ、広之進さまではございませぬか」

呼ばれた側は思いがけぬ真葛の姿に、ぎょっと立ちすくんだ。しかしすぐに我に返り、目の前を歩む二人の男の襟髪をつかむと、彼らを栄蔵の足元に強引に引き据えた。

「これはいったい、どういうわけでございます」

「それを尋ねたいのは、それがしのほうでござる。いましがた土手道を歩いておりましたら、こやつらが塀をよじ登ろうとしているところを見掛けまして。思わず駆け寄って投げ飛ばしたところ、寺門側に仲間がいると白状致しましたゆえ、ここまで案内させたのでござる」

栄蔵と小次郎の顔を、彼は交互に見比べた。栄蔵のあまりの悪人面に、こいつも仲間だろうかと戸惑った面持ちであった。

「それはお助けいただき、ありがとうございます。こ奴らは北野遊郭界隈に巣くうならず者ども。この寺に押し入ろうと目論んだ悪党でございます」

「この寺に押し込みを働くつもりだったですと。それはなんたる不届きを――」

はっと表情を引き締めた彼に、真葛は広之進が偶然土手道を通りかかったわけではないと悟った。

栄蔵や真葛が見かけた男が彼であったのか、はたまた小次郎たちであったのか、今となっては判然としない。とにかく広之進はやはり、ここにお香がいると知り、今夜も寺の周囲をうろうろしていたのだろう。

「こ奴らを番屋に突き出さなあきまへんな。妙雲尼さまをお起こししてきますわ」

そう言って駆け出そうとした栄蔵を、広之進が慌てて呼び止めた。

「なんどすか」

「その……妙雲尼さまとはここの院主どのじゃな。こちらにお香と申す女子がいると聞いたが、それはまことであろうか」

「へえ、確かにおいででございますが」

そう答えてやっと、目の前の人物がお香が待ち焦《こ》がれている夫と察したのだろう。

栄蔵の顔からみるみる血の気が引いた。

「そうか――やはりここにおるのか」

広之進は唇をかみしめて、双眸《そうぼう》を閉ざした。だがすぐに両の手を拳に変えると、足元の土を蹴立てるように踵《きびす》を返した。

「広之進さま、どちらに参られます」

追いすがる真葛を、彼はあの気弱げな表情で振り返った。

「それがしがこの盗っ人どもを捕まえたのは、ご内密に願いまする。この者どもはあの寺男が捕えたことにでもしておいてくだされ」

「お待ちください。お香どのはあなたさまの奥方でございましょう。一言も話もなさらずに、このまま立ち去られるおつもりですか」

「そ、そうどす。真葛さまの言わはる通りどす」

このとき栄蔵が、広之進の前に立ちふさがった。顔はまだ青ざめているが、一歩もここを通さぬとの気迫に満ちた表情であった。

「お香さまは三年もの間ずっと、旦那はんの帰りを待ってはったんどっせ。それをこのまま黙っていなくならはるなんて、あまりに殺生《せっしょう》やおへんか。せめて、せめて声だけでも聞かせてあげとくれやす」

「かようなことをしても、何にもならぬわい。いっそわしは死んだものと思うていたほうが幸せじゃ」

「そないなこと、あらしまへん。お香さまは今でもずっと、旦那はんのことを待ってはりますのや」

そう叫ぶなり、栄蔵は広之進を突き飛ばすようにして寺内に駆け戻った。表の騒動に気付いたのだろう。庫裏や施行所のあちらこちらに灯《とも》りが点り、幾人かの患者が恐々とこちらの様子をうかがっている。

縁側を這《は》いあがった栄蔵は、すぐにお香を背負って駆け戻ってきた。うちかけられた掻巻《かいまき》の朱色が、夜の底に鮮やかに浮かび上がった。

「お香――」

広之進の喘《あえ》ぎ声に、お香は見えぬ目で必死に声の主を探ろうとした。その仕草だけで妻の異常を覚ったのだろう。広之進の顔に驚愕《きょうがく》の表情が広がった。

「旦那はん、声を聞かせたげておくれやす。お香さまはずっとずっと、あんたはんの帰りを待ってはったんどっせ」

「あなた、そこにおいでなのでございますか」

宙をさまようお香の手を、広之進は強く握りしめた。お香の眉《まゆ》がぴくり、とかすかに動いた。

「お香、すまぬ。せっかく戻ってまいったが、わしはすぐにまた、旅に出ねばならぬのじゃ」

広之進は懐から小さな金袋を取り出した。わずかに逡巡《しゅんじゅん》してから、お香を背負った栄蔵の懐にそれをねじ込んだ。

「もはやわしのことなど待たぬほうが、そなたの幸せじゃ。おぬしを今背負っている男はのう、この寺に忍び込もうとした狼藉者《ろうぜきもの》を一人で三人も捕えたぞよ。いつ戻るか知れぬわしを待ち続けるより、かような男に守られて幸せに暮らすのじゃ。よいな」

言うなり広之進は、お香の手をもぎ放そうとした。だが彼女はその手を逆に両手で強く握り締め、次の瞬間、ぱっと突き飛ばすように放した。何か熱いものにでも触れたような、唐突な態度であった。

「――なるほど、あなたさまのお言葉、よくよく分かりました」

まるで人が変ったような凛とした声が、彼女の口から漏れた。そのあまりの変わり様に、広之進はおろか栄蔵までが、ぎょっと背のお香を振り返った。

「またしても長い旅に出られるのであれば、確かにわたくしは足手まとい。もはやあなたさまのことはお待ちいたしませぬ」

「お、お香」

思いがけぬ言葉に、広之進は足を地面に縫い付けられたように立ちすくんでいる。見えぬ目をそちらに振り向け、お香はやつれた顔ににっこりと笑みを浮かべた。

「ですがこれからわたくしが誰と幸せになろうと、もはやあなたさまには関わりありますまい。かようなことはお気になさらず、どうぞ道中、つつがなくお過ごしくださ い」

一息に言い放ち、彼女は静かに頭を下げた。そして栄蔵に「もはや、床に帰らせてくだされ」とささやきかけ、振り返りもせずに門の内に姿を消した。

広之進はそんな妻をぽかんと口を開いて見送っていたが、やがて深い息をついて踵を返した。その背は悄然《しょうぜん》として、ひどく薄っぺらい。その姿が畦道の果てに消えたとき、真葛は彼が秋枯れの野面に溶けてしまったかのように思った。

初冬の気配を帯びた風が、音を立てて襟元を吹きすぎた。

二日後、真葛と匡が訪ねた新発田藩京屋敷に、高浜広之進の姿はなかった。いや、広之進だけではない。初老の留守居役は、妻女の汐路も中間もが彼とともに慌ただしく京を去ったと、しきりに首をひねりながら語った。

「よんどころのない事情が出来、致仕《ちし》いたしたいと言い出しましてのう。高浜家は藩祖秀勝公以来の古参、わしの一存では請けられぬと申したところ、ならば城代さまの許可を戴くと申し、すぐさま国許に向かってしまいましたわい」

「ご妻女もご一緒にでございますか」

「はい、見送りに参った者たちによれば、普段であればつべこべ文句を言いそうなあの汐路どのが、珍しく神妙な顔で広之進どのに付き従っていたとか。いったい如何《いか》なるわけがあったのでござろう」

留守居役に礼を述べて屋敷を出ると、大路には眩《まぶ》しい秋の日差しが砕けていた。

結局、と真葛は澄んだ秋空を見上げ、胸の中で呟いた。

広之進はどこまでも気弱な男であった。お香に真実を告げることすら出来ず、己の行為を恥じたまま、光穏寺から逃げ去った。その上、彼女を不幸にしてまで手に入れた禄までこうして投げ捨てるとは。まったく、性根が据っていないにも程がある。目の見えぬお香がだまされてくれたからよかったようなものの、そうでなかったらどう

た。

考えれば考えるほど、腹の中がかっかとしてくる。真葛は落ちていた石を軽く蹴った。

石は向かいの神社の鳥居に当たった後、ぽちゃんと音を立ててどぶに落ちた。

だが彼女の腹立ちとは裏腹に、匡は妙に上機嫌であった。

「今日もよい天気じゃのう。そろそろ紅葉の季節も終わる。折角じゃ、もう一度、神楽岡に足を伸ばして帰るか」

「わたくしはそんな気分ではございません」

ぷん、と真葛はそっぽを向いた。

「ひょっとしてそなた、広之進どのの致仕を怒っておるのか」

「当たり前でございましょう。義兄上こそ、あれほどあの御仁に腹を立てておられたのに、今日はまたどういう心変りでいらっしゃいます」

麹《こうじ》売りが天秤棒を担いで、傍《かたわ》らを通り過ぎて行く。中秋から冬までのほんの短い期間にのみ現れる麹売りは、都に冬の訪れを告げる風物詩でもあった。

角を曲がって行くその姿を見送り、匡は唇の端をふっとゆるめた。

「広之進どのはおそらくお香どのの失明に衝撃を受け、発作的に禄を離れたいと言い出されたのであろうな。されどあの気弱なお方が、その意思を貫けるはずがあるまい。汐路どのが国許にしおらしく付き添うて行かれたのは、今は頭に血が上っているゆえ、下手に口だしはすまい。国許に戻り、ご尊父どのの力を借りて、翻意させればよいと思われたためじゃろう。ご夫君の意に従うと見せかけながら、汐路どのは広之進どのをうまく謀《はか》られたのじゃ」

えっ、と立ちすくむ真葛を、彼は面白そうに見下ろした。

「汐路どののことじゃ。国許に着けばうまく夫を丸め込み、致仕願いを取り下げさせてしまわれよう。やはりあの方は賢婦なのかもしれぬな」

それに、と続ける口調はどこか楽しげですらあった。

「お香どのはお香どので、広之進どのの嘘をすでに見破っておられるぞよ。だからこそ、夫を突き離し、私は私で生きて参りますと言われたのじゃ」

「なんでございますと――」

あの夜の光景が、一幅の絵のように蘇《よみがえ》った。夫の手を突き飛ばすように離したお香。立ちすくむ広之進。闇の中に鮮やかに浮かんでいた播巻の朱色。

「ですが、目が見えぬお香どのが何故――」

「そなたはあの晩、お香どのが広之進どのの手を取ったと申したな。それでお香どのは、広之進どのが今、裕福な暮らしをしていると気づいたのだろう」

内職に忙しい浪人の手は、ひどく荒れるものだ。だがお扶持をいただき、妻にかしずかれる侍の手はしなやかで美しい。

お香は夫の手の感触で、彼の今の境遇を覚ったのだ。その上で真実を口に出来ぬ広之進を突き離し、彼に見限りを付けたのに違いない。

お香はやはり賢婦であった。それも夫の嘘に丸め込まれるふりをしてやれるほどの。そして悄然と屋敷に戻った広之進から真実を告げられた汐路もまた、「前の妻に申し訳が立たぬ。致仕したい」と気弱を吐いた彼を立ち直らせるため、とりあえずはしおらしく国許に同道した。おそらくは道中の泊り泊りで、帰着した国許で、彼女は折に触れて夫を叱咤し、その心の弱さに怒るのだろう。

妻とは強いものだ。ただひたすら夫に尽くし、時に夫の側が持てあますほどの情愛を注ぎ続けてきた二人の賢婦。彼女たちは広之進の気弱さに呆れ、怒りながらも、それぞれたくましく生きようとしている。何やら自分たちが、要らぬ一人相撲を取っていたような気がした。

「結局女子たちからすれば、世の男など幼い童《わらわ》同然なのやもしれぬのう。わしも気付いておらぬだけで、実は初音にうまく操られているのであろうか」

こうじ、こうじという長閑《のどか》な売り声がふと途絶え、「へえ、麹どすか。一升六文どす」という声が路地の向こうから響いてきた。

雲一つない空を行く千鳥の影が、鳥居の際《きわ》にくっきりと落ちていた。

初雪の坂

山風が日毎に涼しさを増すにつれ、鷹《たか》ヶ峰《みね》を囲む山々は鮮やかな紅に変じた。今年は冬が早いのだろう。ようやく彼岸を過ぎたばかりというのに、御薬園からほど近い紙屋川の河原の芒《すすき》はすでに呆《ほう》け、旅人の眼を喜ばせた撫子《なでしこ》の花も枯れ果てている。

「真葛《まくず》さま、そろそろ河原の瞿麦子《くばくし》が採り頃のようどす。今日辺り、集めに行きまへんか」

荒子頭《あらしこがしら》の吉左《きちざ》に誘われ、瞿麦子摘《つ》みに出かけた真葛が鷹ヶ峰御薬園に引き上げたとき、短い秋の日はもう西山に沈みかけていた。

瞿麦子は河原撫子の種子。この植物は全草に薬効があるが、わけても種子は強い消炎・利尿作用を有する。浮腫《ふしゅ》や月経不順にも効があるため、鷹ヶ峰御薬園ではこれを園内に植えるとともに、周辺の野山でも採取し、常に欠かさぬように心がけていた。

紙屋川は正しくは柏川《かえがわ》といい、平安京の西堀川。川べりで禁裏《きんり》御用の綸旨《りんじ》紙を漉《す》いたことから、この通称がある。

西を大北山、東を洛中を一望する台地に囲まれた鷹ヶ峰は、中央を走る街道沿いに家々が立ち並ぶ狭隘《きょうあい》な地。それだけに紙屋川は界隈《かいわい》の人々にとっても、大切な水源である。また御薬園の者たちには、水辺に生える薬用植物を育《はぐく》む、まさに命の川であった。

「真葛さまと二人がかりでしましたのに、まだ河原の半分も集められてしまへん。明日はもう一人、手伝いが必要どすな」

「では太郎介を連れていきましょう。あれも御薬園に奉公に来て、既《すで》に半年。山々の薬草について、学び始めてよい頃です」

まだ十七歳の若い荒子の顔を思い浮かべ、真葛は弾んだ声を上げた。だがすぐに道の先の光景に目を留め、おや、と呟《つぶや》いた。

鷹ヶ峰は、京都の七口の一つである長坂口から山陰に続く丹波街道の入り口。地方と京を結ぶ交通の要衝《ようしょう》だけに、道の西側には様々な商家・宿屋がずらりと軒《のき》を連ねている。

街道の東側の土塀は、藤林家が管理する鷹ヶ峰御薬園のものである。その中ほどに構えられた屋敷門の前に、人だかりが出来ていたからだ。

明るいうちに京に降りようと急ぐ旅人たちが、人垣の内側を興味深げに眺めている。馬の轡《くつわ》を取った馬子や近郷の畑からの帰りと思《おぼ》しき百姓までが、泥まみれの足を留めていた。

「何事でしょう」

「なんや、聞き覚えのある声がしますな」

小走りに駆け寄れば、覚えがあるのも道理。藤林家荒子の又七《またしち》が、十二、三歳の少年と取っ組み合いの喧嘩《けんか》をしている。いや、喧嘩というのは正確ではない。

「い、いたた。噛《か》みついたな、この餓鬼《がき》ッ。いい加減におとなしくせえッ」

かきむしる少年の手を押さえ、噛みつく口をふさぐ又七は、秋もたけなわというのに、薄い額に大汗をかいている。かたわらでは太郎介が、二人の迫力に手だし出来かねる様子でおろおろとしていた。

体格は又七の方が勝っているが、少年は押さえようとする手をかいくぐり、足をばたつかせ、一向に抵抗を止める気配がない。

街道界隈に暮らす孤児であろう。垢《あか》じみた蓬髪《ほうはつ》に、ぼろ同然の膝切《ひざき》り姿……。声一つ上げず必死にもがく一方で、何とか逃げ道を見つけようと四方にすばしっこい目を投げる様は、どこか手負いの獣《けもの》じみていた。

「何をしてるんや、お前ら」

「あ、吉左はん」

かけられた声に、気を取られたのが悪かった。

次の瞬間、少年は又七の向う脛《ずね》を力いっぱい蹴飛《けと》ばすと、太郎介の手をかいくぐり、人垣の間をすり抜けて走り去った。小鼠《こねずみ》か狐かと疑うほどの、逃げ足の速さである。

右の脛を胸元に抱え、又七がその場に跳ね上がった。

「い、痛たたッ。子どもの癖《くせ》に、なんちゅう馬鹿力や」

「どうしたことです、これは。大の大人二人がかりで、子どもをいじめるとは」

周囲の眼も忘れ、真葛は思わず強い口調で彼らを問いただした。

御典医《ごてんい》として禁裏にも出入りが許される藤林家に仕える者は身を律《りっ》し、人々の模範になるよう努めねばならぬ。それが貧しい浮浪児に、暴力を振るうとは何事だ。

よほど痛むのだろう。脛を抱えてその場に座り込んだ又七は、真葛の言葉に、めっそうもないと首を横に振った。

「わしらはいじめてなんか、いいしまへん。真葛さま、あれは盗っ人でございまっせ」

「盗っ人ですと――」

意外な言葉に、真葛は少年が駆《か》け去った方角を振り返った。

野次馬たちは早くもつまらなそうに散り始め、街道は鮮やかな夕映えに染め上げられている。宿屋の客引きの声に顔をしかめながら、又七はへえ、とうなずいた。

「半年ほど前から、倉の薬の減りがおそろしく早いさかい、妙やなと思うていたんどす。それとなく気をつけていたら、先ほどあの子どもが懐《ふところ》になにか詰め込んで、倉から出てきました。追っかけて暴れるのを取り押さえようとしていたところに、真葛さまたちが通りかからはった次第どす」

藤林家の薬倉は役宅の東、大宮村に通じる小路のそばに建てられている。真葛や匡、荒子たちが頻繁《ひんぱん》に出入りするため、鍵をかけるのは夜間だけ。風通しの目的からも、日中は原則開けっ放しである。

そこを狙《ねら》っての犯行だろうが、まだ少年の分際で天下の御薬園に忍び込むとは、何というしたたかさだ。真葛は驚くよりも先に、まず呆《あき》れた。

御薬園の出納係である又七によれば、盗難の被害はこの半年で一貫（約三・七五キログラム）近く。ただ幸いにも盗られたのは秦皮《しんぴ》（トネリコの樹皮）や釣樟《なみくぬぎ》（クロモジの根皮）など、比較的安価な生薬ばかり。量こそ膨大《ぼうだい》だが、金に換算すれば、損害は微々《びび》たるものという。

「それにしても、御薬園の倉に忍び込むとは。最近の孤児は、性悪なんどすなあ」

丹後・若狭に通じる丹波街道は、京の東北・大原口から伸びる若狭街道、鞍馬口に端を発する鞍馬街道と並び、山陰からの物資を運ぶ重要な街道である。

日本海側からの物資運搬といえば、鯖《さば》街道とも称される若狭街道が有名だが、実際のところ、若狭からの荷は丹波街道を経て届けられることの方が多かった。険阻《けんそ》な山に囲まれた若狭街道に比べ、丹波街道は沿道に集落が多く、起伏も比較的穏やか。そんな点が、運脚の衆に重宝がられたのである。

このため狭隘な地形にもかかわらず、鷹ヶ峰には京・丹波・若狭各国の材木商や薪炭商が軒を連ね、その活気は下手な宿場町の比ではない。商談を当て込んだ小料理屋や飛脚屋が賑《にぎ》わい、荷駄を連れた馬子が大勢行き交う同地は、京の生活を支える、まさに「京の口」であったのだ。

町が栄えれば、多種多様な人々が自然と集まってくる。門付《かどづけ》に立つ瞽女《ごぜ》、用心棒と称して小銭をせびるならず者……それらに混じって、親のない子らが車押しや荷運びでその日の糧《かて》を得る光景は、鷹ヶ峰に育った真葛には馴染《なじ》み深いものであった。

「その荷、五文で構へんさかい、持たせておくんなはれ。なあ、お願いや」

「やかましいなあ。ここには丹後田辺（舞鶴）の見樹寺さまから修理のためお預かりした、大事な香炉が入ってるんや。お前らに割られでもしたら、番頭のわしの首が飛んでしまうがな」

「それやったらおっちゃん。その肩荷だけでも持たせてくんなはれ。それやったら、三文でええさかい」

「阿呆、こんな軽い荷ぐらいなら、誰かて苦もなく持てるわい。ああもう、やかましいやっちゃ。ほれ、一文やるさかい、さっさと去《い》なんかい」

今もちょうど、お店者《たなもの》らしき中年の旅人が、子どもたちにまとわりつかれている。だがいくら目をこらしても、立ち騒ぐ彼らの中に、先ほどの少年の姿はなかった。

孤児の中には空腹に突き動かされ、かっぱらいや置き引きを働く子もいる。先ほどの彼もおおかたそんな手合いだろうが、盗んだ品はどこかで金に替えねばならぬ。

鷹ヶ峰には数軒の薬屋があるが、いずれも実直な商いをする店ばかり。あの少年はいったいどこで、薬を金にしているのだろう。

その夜、役宅の母屋で、義兄の匡と膳を並べて夕餉《ゆうげ》を取りながら今日の次第を語ると、

「それは、お嬢さま。おそらく小吉《こきち》に違いありまへん」

匡の妻の初音《はつね》とともに給仕をしていた通い女中のお兼《かね》が、口を挟んできた。

お兼は、馬子をしていた夫を数年前に亡くし、女手一つで七歳の娘を育てる寡婦《かふ》。実家である長坂の登り口の茶店から、毎日半刻かけて藤林家に通って来る。街道筋に

知己《ちき》も多く、界隈の噂に詳しい働き者であった。

「こちらさまから坂を少し上がった安養寺さまの縁の下に、寝起きしている子どもどす。一年ほど前にどこからともなくやってきて、普段は農家の手伝いや車押しで、小銭を稼いでいるようどすわ」

鷹ヶ峰に出没する孤児は、六、七人。いずれも紙屋川の橋近くの地蔵堂で、群れ集まって暮らしている。だが一匹狼の性なのか、小吉は彼らとは行動を共にせず、安養寺の軒下で一人、寝起きしているという。

年は地蔵堂の子らより少し上。それでも一人ぼっちの境遇が心もとないのか、雨の日など、寺の築地塀《ついじべい》の際《きわ》でぽつんと膝を抱え、人気《ひとけ》の絶えた街道を恨めしそうに眺めていると、お兼は語った。

「薬倉の品はすべて、ご公儀からの預かりもの。それに手をつけるとは実にふてぶてしい行いじゃ。されどまだ十二、三の子どもとなると、厳しく処罰するわけにもいかぬ。頭の痛い話じゃわい」

酒を嗜《たしな》まぬ匡が、白湯《さゆ》をすすりながらつぶやいた。

「それで真葛、又七の具合はいかがじゃ」

「はい、よほど強く蹴られたのでしょう。脛の腫《は》れがひどうございましたので、山梔《さんざ》子《し》末と黄蘗《おうばく》末を酢で練り、湿布を施しました。幸い骨は無事。二、三日で痛みも引きましょう」

　山梔子末は梔子《くちなし》の果実を干し、粉末にしたもの。また黄蘗末は黄蘗の樹皮の粉末。どちらも打撲の特効薬であった。

　かつて大津の酒屋で手代をしていた又七は、力仕事はあまり得意ではない。本当なら太郎介が率先して捕まえるべきだったが、彼は身体こそ大柄だが、頭の回転が少々ゆっくりに過ぎる。言われたことをしっかり咀嚼《そしゃく》してから行動に移す、歯がゆいところの多い青年であった。

「とりあえず倉に鍵をかけ、不審な者の出入りを厳しく禁ずるのじゃな。さて、それで盗みを止《や》めてくれればよいが」

　匡は、なるべく穏便に事を済ませたい顔付きであった。

　何せ鷹ヶ峰薬草園で採取された生薬は、匡が禁裏御典医として用いる分を除き、すべて公用に充《あ》てられるのが決まり。いわば小吉の盗みは、天下の財物に手を付けているに等しい。これが表沙汰になれば、匡は厳しい叱責《しっせき》を受け、小吉も重罪に処せられるに決まっている。少年自身のためにも、下手な騒ぎ立ては禁物であった。

「されど安養寺と言えば、光悦寺や常照寺と並ぶ鷹ヶ峰の名刹《めいさつ》。かような寺の住持が、軒下に孤児を住まわせてそのままとは、どういう了見じゃ。食うに困る破れ寺《や》でもないのじゃから、拾い上げて小坊主として使ってやればよかろうに。それが御仏の慈悲《じひ》というものではないかのう」

光悦寺は元は、寛永の三筆にも数えられた江戸初期の町衆・本阿弥光悦《ほんあみこうえつ》の草庵である。

元和元年（一六一五）、徳川家康は洛外の警備を命ずるため、光悦に鷹ヶ峰の北方数万坪の原野を下賜《かし》。そこで光悦は一族郎党に加え、刀、蒔絵《まきえ》、絵画、陶芸などの各職人を同地に移住させ、鷹ヶ峰界隈に一種の工芸村を経営し始めた。

とはいえ工芸品は、作るだけでは意味がない。職人たちが手掛けた品々を買い取る商人が、街道を多く往来するようになると、それまで辻斬り追い剝《は》ぎの横行する物騒な土地だった鷹ヶ峰は一度に繁栄。旅人も増え、現在の殷賑《いんしん》の基礎を築いたのである。

このため光悦寺には今も参詣者が絶えず、近隣の常照寺や源光庵とともに、人々の厚い崇敬を集めていた。

安養寺は比叡山の末寺。決して大きな寺ではないが、本尊の阿弥陀如来像が目病《めやみ》に効くとの評判で、参拝者も多い。それだけに匡の口振りには、不審の色が濃くにじんでいた。

「いいえ、安養寺の範円《はんえん》さまも、小吉を小僧にしようと、幾度も説いて聞かせたそうどす。けど小吉は言う事を聞かへんばかりか、無理やり頭を剃《そ》りこぼそうとした住職さまの手に嚙みつき、逃げてしまったのやとか。そんなご無礼をしてもなお、本堂の床下から出て行かへんのどすから、よくよく肝が太いんどっしゃろなあ」

「なるほど、ご住持どのも少年の先行きに、見て見ぬふりをしているわけではないのだな」

　安養寺の範円は、五十歳前後。若い頃は叡山《えいざん》東塔で修行を積み、その後長らく近江国坂本の里坊《さとぼう》にいたとかで、首はがっしりと太く、肩も厳《いか》めしく盛り上がっている。よほど人使いが荒いのだろう。真葛が知る限りでも三、四人の小坊主が半年も経《た》たぬうちに暇を取り、今では範円と七十過ぎの寺男の二人で寺を守っている。

　それにしても範円のあの荒々しげな風貌《ふうぼう》を見る限り、かれに孤児を案ずる優しさがあるとは考え難い。首を傾《かし》げた真葛に気付いたのだろう。お兼は少しばかり言いよどみながら、更に言葉を続けた。

「これは噂どすけど、安養寺に修行に入った小坊主さんたちはみな、その、範円さまと折り合いがつかずに寺を出ていったとか。小吉を小僧になさろうとしはったのも、多分、そういうおつもりだったんどっしゃろなあ」

言外の意味がよく分からず、真葛は目をしばたたいた。だが「なるほど」と不快そうにつぶやいた匡の声音で、すぐに事態を飲み込んだ。

十歳前後の少年を性のはけ口とすることは、女人禁制の寺院ではさして珍しくない。ましてや叡山などという俗世と隔絶された山中で修行を重ねてきた範円であれば、その傾向がなおのこと強いのであろう。

ちらりと見た限り、泥と垢にまみれていたものの、小吉は目元涼しく、小刀で刻んだように顔立ちのきりっと引き締まった少年であった。親も家もない苛酷な生活に苛《さいな》まれ、それでもまだ生きる活力を失わぬ野性は、衆道《しゅどう》を好む者の眼に、室育ちの小坊主にはない鮮烈さを与えるのかもしれない。

「されどまあ小吉とやらも、深い思案があって、わが家を狙ったわけではあるまい。面倒かも知れぬが、しばらくの間は昼間でも倉にしっかり鍵をかけ、夜は荒子たちに見廻りを致させよう」

この時期は薬草園や山々で生薬を集めるかたわら、冬に備えて園の手入れもせねばならぬ。そんな多忙な最中に、更にもう一仕事増えるわけか。

だがそれもこれも、小吉にこれ以上の盗みを止めさせるためなら仕方があるまい。真葛の溜息《ためいき》を映したように北風が強く吹き、障子の桟《さん》をかたかたと鳴らした。

気の早い梟《ふくろう》の声が微《かす》かに響き、風音にまぎれてすぐに消えた。

一口に夜回りと言っても、藤林家が管理する薬草園は南北併せて千四百坪に及ぶ。四囲に築地塀と風塞《かぜふさ》ぎの杉並木が設けられてはいるが、もぐり込む隙間は幾らでもあった。

「まさか畝《うね》に植わっている薬草まで、引き抜いて持って行きまへんやろ。巡回するんは、倉の近辺だけでええと思いまっせ」

口ではそう言いながらも、やはり心配なのだろう。吉左は十人の荒子たちに御薬園の隅々まで油断なく見廻るよう指示を出した。しかしその夜も翌夜も、小吉らしき少年は姿を現さなかった。

無論、倉には一日中鍵をかけ、これまで以上に管理を厳重にしている。どうしても扉を開ける時は必ず誰か一人を近くに置き、決して監視を怠らなかった。

又七の調べでは、先日盗まれたのは、五味子《ごみし》が半匁《もんめ》。これは滋養強壮・鎮咳《ちんがい》に効果のある朝鮮五味子の果実だが、栽培が容易なため、またしてもさしたる被害額ではない。鼠に食われたと思えば、充分諦《あきら》めのつく話であった。

「できればこのまま、盗みをやめてほしいものじゃがのう」

匡たちの願いが通じたのか、何事もないまま半月ほどが経ったある日である。

「た、大変でございます、真葛さま」

集めてきたばかりの薬草を井戸端で洗っていると、表が急に騒がしくなり、太郎介が両手を振りまわしながら駆けてきた。

「きゅ、急病人でございます。匡さまはどちらにいはりますか」

「今日は朝から、東山の青蓮院《しょうれんいん》さまに往診に行っておられます。病人であれば、わたくしが参りましょう。患者はどこのどなたですか」

たくしあげていた裾《すそ》を下ろし、桶《おけ》の水につけていた薬草を手早く引き上げる。後は誰か、荒子が片付けてくれるだろう。

「へえ、氷室屋《ひむろや》のご隠居が昼餉《ひるげ》を食うなり、泡を吹いてぶっ倒れたそうでございます。全身を痙攣《けいれん》させて、呼んでも揺すっても返事があらへんのやとか」

「氷室屋の仁右衛門《じんえもん》どのがですか」

安養寺隣の隠居所で妾《めかけ》と二人で暮らす、室町の呉服問屋の隠居である。年は六十八歳。確かにいつ倒れても不思議のない高齢だが、酒も煙草もたしなまず、孫に近い年頃の妾との暮らしを楽しむ、矍鑠《かくしゃく》とした人物であった。

それに比べれば、妾のお佳《よし》のほうがずっと身体が弱く、真葛もこれまで幾度か往診をしているほどである。

　彼女が倒れたのならまだ分かるのだが、と思いながら役宅の裏口に回ると、隠居所の小女が台所の土間で下駄の歯を鳴らして足踏みしていた。真葛の姿を見るや、青ざめた唇を震わせ、

「早う来とくれやす。お願いどす」

と、すがりつかんばかりの顔つきになった。

「昼餉はなにを召しあがられました。ここのところ体調を崩しておられたとか、顔色がすぐれなかったとか、そういうことはなかったですか」

　藤林家から氷室屋の隠居所までは、ほんの五、六町の距離。薬籠《やくろう》を持った太郎介と坂道を駆けながら問いただすと、小女は頬《ほお》を強張《こわば》らせながらも、案外はきはきとした口を利いた。

「旦那《だんな》さまはいつも朝が遅いので、お昼と言うても、召しあがられたのは粥《かゆ》が一膳と魚の煮びたしが一皿だけ。ただこの二、三日、風邪ぎみでひどい咳《せき》をしてはりましたので、食後にお佳さまが煎《せん》じ薬を一杯、飲ませてあげてはりました」

「煎じ薬で人は倒れますまい。いったいどこで求められた薬です」

「はい、お隣の安養寺さまからいただかれた、咳止めどす」

「安養寺からですと――」

そういえば隠居の仁右衛門と安養寺の範円は碁敵《ごがたき》と、小耳にはさんだ覚えがある。小吉の顔がちらりと脳裏をかすめた。

隠居所に着くと、小女は枝折戸《しおりど》を押し開け、真葛を庭先から母屋へと招き入れた。それとほぼ同時に障子戸が開き、丸髷《まるまげ》の根方に地味な笄《こうがい》を挿した女が、泳ぐような足取りで縁側によろめき出て来た。仁右衛門の妾のお佳であった。

「ま、真葛さま、旦那さまが大変なことに――」

彼女の背後の六畳間では、昼餉の膳が覆り、信楽《しがらき》の湯呑みが敷居際に転がっていた。こぼれた粥に白髪頭をひたして、仁右衛門が仰向けに倒れている。かっと眼を剝《む》き、喉《のど》を掻《か》きむしった姿は、脈を取るまでもなくとうに息絶えていた。

そこここに残る嘔吐《おうと》の跡からして、少なくとも衝心《しょうしん》の発作ではなさそうだ。見開いたままの双の瞼《まぶた》を下ろし、真葛は湯呑みを取り上げて、中に残った匂いを嗅《か》いだ。

「だ、旦那さまは――」

「お気の毒ですが、すでに事切れておられます。もはや手の施しようはございませんこと」

それよりも、と真葛は泣き崩れそうになるお佳に、強い口調で畳みかけた。

「この煎じ薬の残りを出してください。今すぐにです」

突然の仁右衛門の死に、狼狽《ろうばい》しきっているのであろう。お佳は言われるまま、足をもつれさせながら奥に引っ込み、すぐさま紙袋を手に戻ってきた。

「これまでも幾度か、安養寺さまからお薬をいただいてましたんや。そやけどこんなこと、一度もあらへんかったのに——」

仁右衛門の胸にすがりつき、お佳はわっと泣き伏した。

紙袋には干からびた山葵《わさび》を思わせる鱗茎《りんけい》が数個、収められていた。大きさは親指の先ほど。太い節がそこここに浮いている。

「これを煎じてご隠居に飲ませられたのですか」

問いただしたが、お佳は激しく泣きじゃくるばかりで、ろくな返事が返って来ない。真葛は庭先に突っ立ったままの太郎介を振り返り、

「吉左を呼んできてください。それと念のため、青蓮院の義兄上にもご一報を」

と命じた。

ひょっとするとこれは、厄介《やっかい》なことになるかもしれぬ。嫌な予感が胸の中でふくらみ始めていた。

間もなく太郎介に導かれ、あたふたと飛んできた吉左は、その場の光景に一瞬棒立

ちになった。だがさすがに年の功。すぐに我に返ると、小女に四囲の障子戸を閉めさせ、

「いったい、これはどういう騒ぎでございます」

と声をひそめた。

「わかりません。どうやら安養寺どのからいただかれた薬が、悪かったらしいのですが」

「どれ、ちょっと見せとくれやす」

真葛の手から紙袋を受け取った吉左はその中身を改めるなり、えっと声を上げた。

「これは毒芹《どくせり》の根やおへんか。こんなものをご隠居はんに煎じて飲ませはったんどすか」

毒芹は水辺に生える、芹に類似した毒草である。やはりそうか、と真葛は息をついた。

同じ有毒植物でも、附子《ぶし》（トリカブト）はすぐれた強心・鎮静作用を有し、薬としても有効。関節炎に効く大防風湯、下痢や腹痛に効のある温脾湯《うんぴとう》などにも用いられ、その用途は一般に考えられているよりはるかに広範である。

一方、毒芹は花・葉・地下茎全てに毒性がある上、致死率が非常に高い毒草。紙屋

川沿いに多く生えてはいるものの、どう扱っても薬には転用しようのない危険な植物だった。

「毒芹の根なんか飲ませたら、こない小柄なお年寄りは、ひとたまりもありまへんやろ。どういうわけでそんなことをしはったんどす」

「そ、そやけど」

このときようやくお佳が、袂《たもと》で顔を押さえて振り返った。悲嘆と困惑で、美しい瓜《うり》実顔《ざねがお》が歪《ゆが》んでいる。

「確かにこれまでいただいてきたお薬とは違いますけど、その薬に間違いはないはずどす」

断定する口調に、真葛は一瞬、己《おのれ》の耳を疑った。

「安養寺さまが言わはるには、それは他ならぬ藤林家さまからいただかれたお薬やとか。そんな薬が、旦那さまを死なせるわけあらしまへんやろ」

「藤林家からですと。お佳どの、それはまことですか」

「うちは嘘《うそ》なんかついていまへん。そうでなくても旦那さまは、お小さいとき、お医師の匙《さじ》加減の過ちから、すぐ治る腹痛をむざむざ数ヶ月も長引かせたとかで、大の薬嫌い。安養寺さまはそれを案じて、『天下の御薬園で採れたこの生薬なら、万に一つの間違いもございませんぬ』とわざわざお持ち下さったんどす」

「ですが――」

と抗弁しかけた真葛を、吉左が目顔で制した。

自分たちが知らないところで、御薬園の薬が市井に出るわけがない。が、お佳はこれを藤林家から分け与えられたと、信じ切っている。取り乱している彼女にいくら間違いを指摘しても、素直に聞き入れられるとは考えがたい。下手をすれば仁右衛門の死は御薬園のせいだと、騒ぎ立てられかねなかった。

そうでなくとも万一の誤噫《ごえん》を防ぐために、匡は薬草園への毒草の持ち込みを堅く禁じている。これが藤林家から出たものでないことは、天地神明に誓って明らかであった。

だとすれば安養寺の範円は何故、この毒芹を御薬園からの品と言ったのだろう。どこかに大きな誤解か過ちが隠れているに違いなかった。

真葛が目まぐるしく頭を働かせている間に、吉左はお佳と小女に今後の処理をてきぱきと指示していた。

「とりあえず匡さまが戻り次第、すぐご検死をしていただきまひょ。お佳はん、ご隠居はんをこのままにしておけしまへんさかい、まず室町のご本家さまに女子衆《おなごし》はんを走らせなはれ。とりあえずご当代と、ご葬儀のことを決めななりまへんやろ」

「は、はい」

「それと町役にも、この旨をお届けしなあきまへんな。死因は藤林家の匡さまがすぐに明らかになされると、一言申し添えるんどっせ」

矢継ぎ早に指示を与え、吉左は真葛と太郎介を引きずるようにして氷室屋の隠居所を後にした。お兼をすぐに手伝いに寄越すと言い残すのも、忘れなかった。

「え、えらいことになりましたな、真葛さま」

人通りの絶えぬ街道を早足で下る吉左の顔は、蒼白に変わっていた。

「さよう案じることはありますまい。仮に奉行所が出張り、これは毒殺と言い立てたとて、毒芹の出どころが藤林家でないことは、少し調べればすぐに知れます。誰かが藤林家に罪を着せんと、御薬園の名を借り、仁右衛門どのに毒芹を渡したのでしょう」

「誰か――それはお隣の範円はんどっしゃろか。けど、そんなすぐに犯科人と知れるような真似を、頭のええお坊さまがするわけありまへんわなあ。誰かが範円はんをもあざむいて、毒芹を渡したんどっしゃろか」

隠居所を後にするとき、安養寺の本堂からは木魚の音と低い読経が漏《も》れていた。

真葛は安養寺範円とはほとんど言葉を交わしたことがないが、荒法師がそのまま年を取ったような彼に、仁右衛門を殺害する理由があるとも考え難い。だとすれば誰が何のために、氷室屋の隠居を殺《あや》めたのだ。

何となく人目をはばかりながら御薬園に帰り着くと、ちょうど匡が青蓮院から戻って来たところであった。どうやら迎えとは行き違いになったらしい。

「いかがいたした。三人とも、顔色が悪いぞ」

「それが――」

真葛から一部始終を聞きとるや、匡はさっと頰を強張らせた。

匡はもともと、洛中の本道医。生真面目な人柄と医術の腕の確かさを買われ、先代信太夫の夫婦養子となったのである。それだけに、自分のあずかり知らぬところで、藤林家の名を冠せられた毒薬が、人一人の命を奪った事実に、驚愕《きょうがく》を隠せぬ顔付きであった。

「並の死であれば、わしが出張る所ではない。されど他ならぬ御薬園の薬と称するものを服用しての不審死とあれば、黙っているわけにはいかぬわい」

どさくさまぎれに持ち帰ってしまった紙袋の中身を一瞥《いちべつ》するなり、匡は着替えもせぬまま、中間《ちゅうげん》を伴に屋敷を飛び出した。

それとほぼ入れ違いに、今度は町役を務める材木商・乙訓屋《おとくにや》正之助《しょうのすけ》があたふたと役宅に飛び込んできた。

　本来なら、幕府直轄の御薬園は京都所司代預かり。いくら同じ町内とはいえ、町役の差配とは全く関わりない理屈である。

　だが鷹ヶ峰に長く住まいし、街道沿いの人々から「鷹ヶ峰のご典医さま」と慕われる藤林家である。お住から事の次第を聞かされ、取るものもとりあえずすっ飛んできた様子であった。

「いえね、あたくしは何も、藤林さまが氷室屋の隠居に一服盛ったとは思っておりません。ですがなにせ事が事。町役として見て見ぬふりも出来ませんので、こうしてうかがった次第でございます」

　乙訓屋は藤林家の古くからの患家。役宅の一室に正之助を通し、真葛は彼と膝《ひざ》を突き合わせた。

「わたくしどもも、大変なことと考えております。今、義兄が氷室屋どのの別墅《べっしょ》に向かいましたが」

「はい、先ほどそこで、お目にかかりました。けど真葛さま、腹蔵ないところをお聞かせいただきたいのですが、氷室屋のご隠居が飲んだ薬は本当に、こちらさまから出たものではないのですか。今、安養寺さまにも立ち寄ってお聞きしてきたのですが、範円さまはあれは間違いなく藤林家さまの品と言うてはるのですが」

「そもそもこちらでは毒芹は扱っておりません。反対におうかがいしますが、だいたい範円どのはなぜ、御薬園の生薬なる品を所持しておられたのです。ご存知の通り、御薬園の薬はすべて禁裏とご公儀御用の品。一部の患家を除き、一般への頒布《はんぷ》は許されておりませんのに」

その件ですが、と正之助はわずかに声をひそめた。

「真葛さまは小吉と申す、安養寺さまの軒下に暮らす子どもをご存知でいらっしゃいますか」

どうやら嫌な予感が、的中してしまったようだ。真葛は目を見開いた。

「その子どもがこちらさまの倉から薬を盗み、範円さまに買い取ってもらったのだそうです。偸盗《ちゅうとう》は五悪の一。範円さまも常々、決して盗みはならぬと小吉を諭《さと》してはったそうどすが、奴《やつ》は言う事を聞かぬばかりか、あろうことか藤林家さまの生薬に手を付けたのだとか。ですがことを荒立てては、小吉は天下の御薬を盗み取った重科人として処罰されてしまいます。哀れな孤児を庇《かば》おうと、やむを得ず薬を買い取り、親しい仁右衛門どのに分けて差し上げた結果がこの始末。わしの憐憫《れんびん》の情がかような事態を巻き起こしてしもうたと、範円さまは先程氷室屋の隠居所に駆けつけ、ひどく悔やんでおられました」

「それは違います。確かに小吉は数度、藤林家の倉に盗みに入りました。ですが、盗った品はいずれもありがちな生薬ばかり。それに先程も申した通り、わが家の倉には毒芹など置いてありませぬ」

薄ら寒いものが、真葛の背中を走った。

なにか得体の知れぬ悪意が、鷹ヶ峰を取り囲んでいる。目に見えぬそれを弾《はじ》き返そうとするかのように、真葛は強く唇を噛みしめた。


薬倉の盗難の仔細《しさい》を聞き取るなり、乙訓屋正之助はすぐさま人を安養寺に走らせた。しかし本堂の軒下に小吉の姿はなく、先代住職の代から安養寺に仕える老下男は、昨夜から彼の姿が見えぬと語った。

「いつも日暮れに握り飯を二つ、縁側に置いてやってるのじゃが、それすら手をつけぬままでございます。他に行くあてがあるわけでもなし、いったいどこに参ったのでございましょうなあ」

曲がった腰に手を当てながらの口ぶりには人の良さと小吉を案ずる心根の優しさが

はっきりにじんでいた。

匡はまだ、御薬園に戻ってこない。勧めた茶に手もつけぬまま、乙訓屋正之助は斜めに差し込む秋の陽に眩《まぶ》しそうに眼を細め、ううんと腕をこまねいた。

「嫌な想像でございますけど、小吉はこちらさまから盗んだ生薬と偽《いつわ》り、安養寺さまにわざと毒草を渡したのではないですやろか」

先ほどからずっと胸にわだかまっていた疑念をとうとう吐き出したような、重い口調であった。

なるほど、毒芹は瞿麦子同様、紙屋川沿いに多く自生している。その気になれば幾らでも入手は可能だった。

「以前、無理やり小坊主にされかけて以来、小吉は範円はんを恨んでたんと違いますやろか。それでわざと毒草を渡し、範円はんを殺そうとしたとは考えられまへんか」

「ですが、範円どのは盗んできた品と知りながら、小吉から生薬を買い取ってやったのでしょう。恩人に、そのような真似をするでしょうか」

「いくら恩を与えたかって、所詮《しょせん》は親も知れへん孤児。いつこっちの手を嚙むか分からへん相手です。範円はんのご厚情に甘えながらそんな恐ろしい企てを考えたとて、なんの不思議もありまへんやろ」

正之助は乙訓屋の四代目で、三十三歳。決して悪い人物ではないが潔癖な質《たち》で、意図せぬ傲慢《ごうまん》さを常にどこかに漂わせている。貧しい者を見下し、街道沿いの乞食や浮浪児たちにもひどく冷淡であった。

確かに彼の弁は至極筋が通っている。小吉が昨夜から姿を晦《くら》ませている点も、その推測を裏付けているとも言えた。

「小吉は多分、範円はんがお隣に毒草を差し上げはったのに気づき、あわてて寺を飛び出したんでございましょう。本当やったら今頃、血泡を吐いて棺桶に入ってはったのは範円さま。それを思うと仁右衛門はんは、とんだ災厄に巻き込まれはったわけですなあ」

繁華な洛中にもぐり込んだのか、それとも街道を北にたどり、山深い丹波や若狭に逃げたのか。雪の来襲にはまだ少し間があるだけに、少年の足でも峠越えはさほど難しくないはずだ。

「とりあえず、何とか小吉を捕まえなあきまへん。やれやれ、えらいことになりました」

小吉がまだ近くに隠れている可能性もある。今夜のうちに若い衆を集めて、山狩りをしようとつぶやきながら、正之助は帰って行った。

その背を縁先から見送り、真葛は正之助の言葉を脳裏で反芻《はんすう》した。

自分は小吉をよく知らない。しかし小僧にされかけたというだけで、住職に殺意を抱くものだろうか。それに毒芹は確かに誰でも採取可能だが、なんの知識もない孤児が、どこでそんな知識を仕入れたのだろう。

考えれば考えるほど、小吉が犯人とは考えづらくなるが、あらゆる状況が彼の仕業と物語っている。

そうこうしているうち、匡が竹皮草履《たけかわぞうり》を鳴らして役宅に戻ってきた。検死が終わったわけではない。氷室屋の隠居所には、町役や本宅から飛んできた氷室屋の主《あるじ》夫婦、更には奉行所から来た同心が詰めかけている。小吉の逃亡と盗難の経緯から、彼らは藤林家に対する嫌疑をほぼ解いているが、念のために御薬園で栽培される薬草と近隣の山野から採取された生薬全百二十種の台帳を、彼らに開示するのだという。

「又七が一分の漏《も》れもない台帳を作ってくれていたのは、幸いじゃ。過去十数年に遡《さかのぼ》るこれを見れば、皆、わが家は無関係と得心しよう」

責任感の強い匡のことだ。すべての台帳の中身をきちんと説明する心づもりに違いない。おそらく戻りは深夜になるだろう。

初音とともに夕餉を済ませ、早々に床に就いたものの、様々な疑念が入り乱れ、なかなか眠気が訪れない。風が出てきたのだろうか。杉木立が激しく騒ぐ音を聞きながら、それでもようやくうとうとと浅い眠りに落ちかけた時である。

どこかで鳥の啼《な》く声がして、真葛ははっと眼を覚ました。いや、鳥ではない。数人が騒ぎ、怒鳴《どな》り合う声が、風に乗って微《かす》かに聞こえてくる。

寝間着に羽織をひっかけ、真葛はこっそり廊下へ出た。闇の奥に目を透かせば、役宅の北東、薬倉のかたわらで数人がもつれ合っている。提灯《ちょうちん》の灯りにぼうっと浮かび上がった顔が吉左や又七と気付き、彼女は急いで庭下駄をつっかけた。

「これは真葛さま。ちょうど今、声をおかけしようと思うていたところでした」

吉左が小腰をかがめる隣では、又七ともう一人の荒子が、暴れる子どもたちを懸命に取り押さえている。小吉か、と思ったが、相手は二人。しかも一人は十歳になるかどうかの少年。もう一人はまだ六、七歳と思《おぼ》しき少女であった。

どちらも小吉同様、蓬髪に継《つぎ》の当たった膝切り姿。荒子に両手を摑《つか》まれ、少女の方はすでに半べそをかいている。

垢まみれの貧しげな身形《みなり》には、見覚えがある。紙屋川近くの地蔵堂に暮らす、浮浪児に違いない。

「この子らが倉に忍び込もうとしてたんどす。そやけどこの間の小吉とは、どうも違う子みたいどすな」

「まったく御薬園の生薬ばかり盗み取るとは、鷹ヶ峰の孤児どもはどいつもこいつも不届き者ぞろいでございますわい」

又七が溜息をついたとき、年上の少年が違うわい、と怒鳴った。小吉と違って、臆病そうな顔つきだが、どうにも黙っておられぬといった声音であった。

「わしらは盗みに来たんやあらへん。小吉兄ちゃんを探しに来たんじゃ」

言うなり少年は、又七の向う脛を蹴飛ばそうとした。だがさすがに前回で懲《こ》りたのだろう。又七は思わぬ敏捷《びんしょう》さでそれを避けると、暴れる彼を無理やりその場に引き倒した。

「放さんかい。どうせおっちゃんたちが、兄ちゃんをどこかに閉じ込めてるんやろ。わしらもそこにぶち込むつもりなんやな」

「小吉を探しに来たのですと」

真葛は少年の傍《かたわ》らにしゃがみ込み、あまり手荒はせぬようにと、目顔で又七を制した。

「おお、そうや。あの兄ちゃんが、わしらを見捨てていなくなるわけあらへん。おおかたお前らが、どこかに閉じ込めてるんやろ」

「小吉の行方は、わたくしたちも探しているのです。それよりもそなたたちは、街道の地蔵堂に暮らす子どもたちですね。小吉とはそんなに親しいのですか」

少年は先ほどから、小吉を兄ちゃんと呼んでいる。一匹狼で安養寺の軒下に暮らす彼相手とは思えぬ慕いようであった。

真葛の穏やかな物言いに、少年は警戒を含んだ上目使いで、じっと彼女を睨《にら》んだ。素速く周りを見回してから、渋々のように口を開いた。

「親しいもなにも、小吉兄ちゃんはわしらの兄ちゃんじゃ。わしたちが今日の食い物に困っていたり、雨で稼ぎがなかったりすると、兄ちゃんは決まって、米や銭を分けてくれるんじゃ」

「そなたたちは、地蔵堂暮らし。小吉は安養寺の軒下に寝起きし、住まいは離れ離れでしょう。それにもかかわらず、小吉はそなたたちを養っていたのですか」

真葛の問いかけに、少年はこくりと垢まみれの首をうなずかせた。それと同時にべそをかいていた少女が、わっと甲高《かんだか》い泣き声を上げて両手で顔をおおった。

ざあっと杉木立が騒ぎ、凍《い》てつくような風が真葛たちの頬を叩《たた》いた。

少年は新太郎《しんたろう》、少女はお澄《すみ》と名乗った。地蔵堂に暮らす孤児は六人。その中で十歳の新太郎は最年長、お澄は小さい子らの母親代わりという。

新太郎たちが初めて小吉と出会ったのは、昨年の冬。数日にわたって雪が降り続き、街道から旅人の姿がぱたりと絶えた日であった。

冬は家のない彼らには厳しい季節。そのうえ旅人が減り、荷持ちや車押しが出来ぬとあって、新太郎たちは飢え切っていた。

水だけは裏の紙屋川で飲めるが、満足な食い物などもう幾日も口にしていない。腹だけがぷっくりと膨《ふく》れ、指先がひどくむくんでいた。

地蔵堂の戸には閂《かんぬき》などない。寒風が吹きすさぶたびに片扉がぱたぱたと開き、雪混じりの風が吹き入ってくる。

小吉はその戸の前にのっそりと立ち、狭い堂の奥を覗《のぞ》き込んだ。身を寄せ合う新太郎たちの姿に軽く目を見開くと、懐から数枚の小銭をつまみ出し、ほらよ、と投げ込んだ。

気まぐれな旅人や街道の者が、ごくたまに施しをくれることはある。しかしそのときの小吉はどこからどう見ても、自分たち同様の貧しげな姿。他人に金を与える余裕があるとは、到底思われなかった。

「なんや、取らへんのか。まあええわ、この雪は当分降りやまへんやろ。しばらくはおとなしく引っ込んでるこっちゃ。下手にうろうろ歩き回って、行き倒れてもつまらへんしなあ」

そのとき新太郎は年下の子たちを背にかばいながら、目の前の少年が自分たちを地蔵堂から追い出すつもりではと疑った。

世間は孤児に厳しい。悪さをしていないのに野良犬でも追い払うように石を投げられ、悪しざまに罵《ののし》られる日々は、彼らの小さな心に年齢以上の傷と警戒心を与えていた。

地蔵堂は小さいものの頑丈な作りで、雨風は充分にしのげる。持ち主の神社はとうの昔に廃《すた》れ、誰が住みつこうと文句を言う者はいない。

家のない者にとって、安全な塒《ねぐら》は命の次に大事な存在。新しくやってきた年配の浮浪児が、安住の宿を奪おうとしていると考えるのは、至極当然であった。

だが新太郎の心配をよそに、その日から小吉は数日置きに地蔵堂をのぞき、何がしかの金や食い物を置いて行くようになった。ある日、お澄がこっそりと後をつけ、小吉が街道外れの安養寺の軒下に寝起きしていると知ると、子どもたちは彼への警戒を徐々に解いて行った。

小吉は年上だけに要領がよく、旅人が少ない日には杉坂村や大宮村まで足を延ばし、野良仕事や牛馬の世話で小銭を稼いでくる。また荷車を押すついでに京見峠を越え、丹波まで足を延ばすことも珍しくなかった。

「まったく、しかたあらへんなあ。少しは自分たちの才覚で稼がなあかんやろが」

幼い子どもを背中にくくりつけた新太郎に舌打ちしながらも、少ない稼ぎを分けてくれる小吉。そんな彼を子どもたちはいつしか兄ちゃんと呼び、実の兄同然に頼りにするようになった。

少ない言葉の端々から察するに、彼はもともと近江坂本の生まれ。父母を早くに亡くし、彦根の親戚の元に引き取られたが、叔父や叔母と折り合いが悪く、七歳の秋に養家を飛び出したという。

定まった塒《ねぐら》を持たず、流浪の暮らしを続けてきたためだろう。小吉は恐ろしく勝気な少年で、手間賃を誤魔化そうとした百姓相手に一歩も引かぬ喧嘩をしたり、子どもたちを邪慳《じゃけん》にあしらった宿屋の井戸に猫の死骸を投げ込んだりと、ほうぼうで騒動を起こした。

だがそれらはすべて生き抜くための手段であり、貧しさゆえの妬《ねた》み嫉《そね》みからではない。この一年の間に、自分たちは幾度小吉に助けられたか知れないと、新太郎は幾度もつかえながら語った。

「小吉兄ちゃんかて、御薬園の薬に手をつけたらあかんとは分かってたんや。そやけど、お三輪《みわ》の病気が全然ようならへんさかい、どうしても薬を飲ませてやりとうて——」

「お三輪とは誰のことじゃいな」

子どもたちの境涯に哀れを覚えたのだろう。又七の物言いは、いつの間にか随分柔らかく変わっていた。まだ小さくしゃくりあげながら、お澄がとぎれとぎれに答えた。

「四つになる、うちの妹どす。まだ暑い時分にひどい下痢をして、それ以来、ずっと腹痛《はらいた》と熱が治まらへんのどす」

子どもたちがいくら懸命に働いたとて、彼らの稼ぎでは満足な薬など求められない。小吉はお三輪の病を知るなり、止める新太郎たちを振り切って、藤林家に忍び込んだ。そして盗み出した生薬をそのまま洛中に運び、二条薬種街の生薬屋で入用な薬と交換してきたのであった。

薬種街には、洛外の百姓たちが野良仕事の片手間に集めた薬草を専門に扱う店がある。小吉もおおかたそんな店に、生薬を持ちこんだのだろう。安価な生薬をあえて選んだのは、不審を抱かれぬための知恵かもしれなかった。

「兄ちゃんが薬屋で聞いてきた話では、お三輪の病は下腹辺りの腑臓《ふぞう》の爛《ただ》れによるものなんやって。交換してもらった薬を煎じて飲んだら、少しはようなるんやけど、それが切れたらすぐにまた、腹が痛いとしくしく泣き出すんや」

こうして小吉は、しばしば御薬園に侵入するようになった。とはいえ又七に見つかった後は、さすがに危惧《きぐ》を抱いたのだろう。

「そろそろ、別の稼ぎ口を探さなあかんなあ」

と悔しげに舌打ちしていたという。

ところが、そんな悠長を言っておられない事態が勃発《ぼっぱつ》した。ここしばらくの急な冷え込みが悪かったのか、お三輪が急に病状を悪化させたのだ。

激しい腹痛に襲われ、いつもの薬を飲ませてもまったく効果がない。水が湯に変りそうな高熱にうかされ、粥も水もすべて吐き戻す苦しみぶりに、

「しかたあらへん。もう一度だけ、御薬園に忍び込んで来たる。危ないさかい、本当にこれが最後や。その代わり、大枚の金になる薬を盗ってきたるわい」

と言い置き、小吉が地蔵堂を出て行ったのは、昨日の明け方。だが待てど暮らせど彼は戻って来ず、不安に苛《さいな》まれた新太郎たちはとうとう、御薬園にもぐり込む決意をしたのであった。

「小吉が姿を消したのは、昨日の朝。それに間違いないのですね」

真葛の念押しに、子どもたちはこくんと首をうなずかせた。物静かな口調にほだされてか、二人ともに逃げる気配はない。それればかりかどうやら小吉がここにはいないと悟り、心細さに襲われ始めた様子であった。

「又七、台所の残りでいいですから、この子たちに何か食べさせてやってください。それから吉左は私の伴を」

「どこに行かはりますのや」

「地蔵堂に、お三輪とやらの様子を見に行きます。病が篤《あつ》いと聞いた以上、放っておくわけには行きません」

真葛の言葉に、新太郎とお澄がぱっと顔を輝かせた。孤児とはいえ、街道育ち。藤林家の真葛のことは、噂に聞いているのだろう。

あり合う薬を薬籠に詰めて地蔵堂に向かったものの、堂扉はぴったり閉ざされ、呼びかける声にも応答がない。それでいて内部には、人の気配が濃厚にうかがわれた。

「怪しい者ではありませぬ。新太郎とお澄から話を聞き、お三輪の容体を見に参っただけです」

辛抱強く呼びかけると、やがてぎぎ、と戸が開かれ、やせこけた子どもたちが怯《おび》え顔をのぞかせた。

むっと饐《す》えた匂いが鼻をついたが、ここで怯《ひる》むわけにはいかない。提灯を持った吉左を戸口に待たせ、真葛は四つん這《ば》いになって堂に入った。

内部は三畳敷きほどの板間になっており、天井は腰を屈《かが》めねばならぬほどに低い。もともと地蔵菩薩が安置されていたのか、中央に粗末な石の台座が据《す》えられていた。そのちょうど真裏、積み上げられた藁《わら》の山の中に、小柄な少女がぼんやりとした顔で臥《ふ》せっている。長患いのせいか顔色はどす黒く、子どもとは思えぬ皺《しわ》に覆われていた。

新太郎たちの話を聞く限り、お三輪の病はいわゆる大腸の炎症。だとすればしっかり養生させ、六君子湯《りっくんしとう》もしくは十全大補湯《じゅうぜんだいほとう》の服用で快癒《かいゆ》すると考えていたが、予想以上に衰弱がひどい。

鷹ヶ峰は今から、冬に向かう。すでに今夜など冬かと疑うほどに冷え込み、爪先《つまさき》がかじかみ始めているほどだ。

いくら雨露がしのげるとはいえ、お三輪はまだ幼い女児。この地蔵堂で臥せっていては、治る病も悪化する一方だろう。

真葛は自分を遠巻きにする子どもたちを、それとなく見回した。いずれも五、六歳前後。哀れなほどやせ、目を落ち窪《くぼ》ませている。

洛中市街の八割を焼き尽くした十四年前の天明の大火以来、京都の経済は悪化の一途をたどっている。御所・二条城・京都所司代などの要所を筆頭に、焼失家屋約四万、死者二千人近くを数えるこの大火は、応仁の乱以上の被害を京都に与え、火災から十数年を経た今も、洛中のそこここに大きな爪痕《つめあと》を残していた。

火事の後、すぐに元の勢いを取り戻したのは、材木商などごく一部の商店のみ。織物を始めとするあらゆる手工業の生産が停止したため、多くの商家は軒並み営業中止に追い込まれ、ばたばたと店仕舞いした。

禁裏出入りの和菓子屋・近江大掾《だいじょう》虎屋なども その例に洩《も》れず、天明の大火以降、経営は驚くほどに悪化していた。当時の当主は、危機に瀕した経営を立て直すための改革を断行せざるをえなかったという。

町の経済が逼迫《ひっぱく》すれば、そこここで夜逃げや子捨てが起こるのは道理。この子どもたちも、そんな時節の申し子に違いなかった。

他人事《ひとごと》ではない。真葛とて藤林信太夫が養ってくれなければ、同じように路頭に迷っていたかもしれないのだ。温かい藤林家で養父母の慈愛に包まれて育った自分は、たまたま僥倖《ぎょうこう》に恵まれたに過ぎない。

子どもたちの黒ずんだ顔の中で、白目の明るさだけが妙に際立っている。不安と不信、心細さが入り混じったその目付きに、考えるよりも先に言葉が滑り出た。

「御薬園の長屋が、確か空いているはずです。ここにいては、治る病も治りませぬ。そなたたち、今から藤林家においでなさい」

「ま、真葛さま、なにを言わはります」

戸口にいた吉左が、狼狽した顔を突き出した。

「確かに荒子長屋には一室、空き部屋があります。そやけど、御薬園はご公儀からのお預かりもの。いくら真葛さまとて、勝手に人を住まわせたりしはっては、匡さまからきつう叱《しか》られまっせ」

「ですがこの子たちをそのままにはできますまい。薬瞑眩《めんげん》せずんば、その疾瘉《やまいい》えずとの言葉もあります。義兄上とて、頭ごなしには怒られぬはずです」

眩暈《めまい》がするほどの強い薬を用いねば、難病は治らない――すなわち、非常な覚悟をもって事に当たらねば物事は成し遂げられないとの『書経』の一説を真葛は引いた。

確かに、藤林家の邸内に引き入れた彼らが、大人しくしているとは限らない。小吉の如く、盗みを働く可能性とてある。乙訓屋正之助のように孤児たちを見下し、顔を背《そむ》け続ければ、余計な災厄は避けられるだろう。だが――。

「病の者を放っておくことは出来ませぬ。将軍さまであろうが、主上《おかみ》（天皇）であろうが、病に臥せばみな同じ患者。身分や生まれ育ちで差別しては、薬園内にお祀《まつ》りする薬師如来さまにも申し訳が立ちますまい」

　薬園の東の薬師堂に安置される薬師如来立像は、丈六尺。藤林家初代・道寿綱久《つなひさ》が鷹ケ峰御薬園を賜った際、故地である駿河《するが》から将来した古仏である。

　瑠璃光《るりこう》を以《もっ》て衆生の病苦を救うとされる薬師如来は、大国主命や少彦名命《すくなびこなのみこと》と並んで、医薬の守り手。苦悩解脱《げだつ》、飲食《おんじき》安楽を誓った如来の請願は、医に携わる者であれば常に懐持《かいじ》してしかるべきものであった。

　真葛は子どもたちの中でもっとも大柄な少年に、お三輪を背負わせた。ぐったりとした身体は火のように熱く、眸《め》は虚《うつ》ろに潤んでいる。熱だけでも早く下げねば、取り返しのつかぬことになりかねない。

「さあ、行きますよ。新太郎やお澄も待っていますから、心配せずとも構いません」

「お姉ちゃん。ちょっと、ちょっと待って」

　このとき、お三輪を背負った少年が振り返り、寝藁の山を指差した。

「その中に、大事なものが隠してあるねん。地蔵堂を離れるんやったら、それも持っていかなあかん」

　彼の声に、他の子どもたちも、そうや、そうやったと言いながら、いっせいに寝藁に手を突っ込んだ。そのうちの一人が間もなく、古ぼけた油紙に包まれた書状のようなものを引っ張り出した。

「これ、小吉兄ちゃんからわしらが預かったものやねん。兄ちゃんが帰って来はるまで、わしらがしっかり見張っておかなあかんのや」

大柄な少年は誇らしげにいい、それを自分の懐に突っ込んだ。

「大事なものであれば、自分の住処《すみか》に隠しておくべきでしょう。それをなぜ、小吉はそなたたちに預けたのですか」

「そんなん、わしらは知らへん。けど小吉兄ちゃんはこれさえあれば、あの糞《くそ》坊主に一泡吹かしてやれるねん、といつも口癖のように言うてたわい。兄ちゃんの塒は安養寺の本堂下。そんなところに隠してて、糞坊主に見つかったらかなわんと思うてたんとちゃうかなあ」

「あの糞坊主とは、誰のことじゃいな」

少年からお三輪を受け取りながら尋ねる吉左に、彼は「なんやそんなことも知らへんのかいな」と唇を尖《とが》らせた。

「この辺で糞坊主というたら、安養寺の坊主に決ったるわいな。あいつ、わしらがいっつも腹を空かせてるのを知ってるさかい、やれ粔籹《おこし》があるから分けてやろうの、豆餅を食べて行けだのと甘い言葉をかけてきよる。それでついふらふらと誘い込まれると、男だろうが女だろうが、裾をめくったり胸をべたべた触ったりと、気持ち悪いことばかりしよるねんで」

「寺男はんは、ええ人なんやけどなあ。坊主のしてることにも気づかんと、いつもにこにこしてはるだけ。まあ、年も年やから、しかたあらへんけど」

真葛と吉左は顔を見合わせた。だがそんな二人にはお構いなしに、少年は眉《まゆ》をしかめて吐き捨てた。

「兄ちゃんが一人で安養寺の軒下に暮らしてるんは、そんな坊主に仕返ししてやるためなんやそうや。わしかてあいつに一泡吹かせてやれるんやったら、兄ちゃんの頼みぐらい、何でも聞いたるわいな」

どうやら安養寺範円は、裏にまったく違う顔を隠しているようだ。

ようやく上った月の光が、藤林家へと急ぐ子どもたちの背を明るく照らし出している。彼らをとりあえず台所へ導きながら、真葛は月影の下、青い海のように葉をそよがせる薬園に考え込む目を投げた。

役宅の一間にぽうっと灯りが点《とも》され、初音の声が微かに洩れてくる。それに応じる低い声の主は匡であろう。ようやく、氷室屋の隠居所から引き上げてきたのに違いない。

さて、この次第を今すぐ匡に話すべきか。説教の一つや二つは元より覚悟の上だが、青蓮院への往診を皮切りに、朝から立ち働き詰めの義兄をこれ以上煩《わずら》わせるのも気の毒だ。とりあえず今夜は子どもたちを寝かせ、明日、事情を打ち明けても構うまい。

心得たもので、又七は台所の残りの飯で握り飯を拵《こしら》え、真葛の戻りを待っていた。子どもたちにそれを与え、お三輪には煎じ薬を飲ませていたときである。

街道の方角でけたたましく野良犬が吠え、同時に屋敷門が慌ただしく連打された。

「何事でしょうか」

「病人かもしれまへんな。ちょっと見て参ります」

しかし跳ね立って行った吉左はすぐさま青ざめた顔で戻ってくると、敷居際に突っ立ったまま、

「真葛さまッ、えらいことになりました」

と声を筒抜かせた。どんな時でも礼儀正しい彼には、珍しい狼狽ぶりであった。

「安養寺の範円はんが殺されはったそうどす。下手人は例の小吉……寺の蔵に放り込まれていたのを抜け出して、本堂の鉦《かね》で範円はんを殴り殺したんやそうでございます」

「なんですと」

子どもたちは握り飯に食らいついたまま、ぽかんと吉左の顔を見上げている。だが何が起きたのか理解できぬのは、真葛たちも同様であった。

知らせにやってきたのは、乙訓屋の手代であった。

小吉は範円を殺害するとその足で、通夜の真っただ中であった氷室屋の隠居所に赴《おもむ》き、まだ残っていた乙訓屋正之助たちに犯行を自白……。帰路についていた奉行所の同心たちを呼び戻すやら、町役たちが再び招集されるやらで、隠居所の周りはすでに蜂の巣を突っついたような騒ぎという。

「されど小吉が寺の蔵に放り込まれていたとは、どういうことです」

「昨日から姿が見えへんというのは、範円はんの口から出まかせ。さっき、子どもらが言うてた通り、あれはまあえらい坊さんだったようでございます。氷室屋のご隠居と碁敵というのかて、表向きの話。本当は妾のお佳はん目当てでしげしげ通っていたのを仁右衛門はんに嫌がられ、これまで何度も口喧嘩になっていたそうどす」

それでも仁右衛門の側が折れ、両者の関係が何となく続いていたのは、氷室屋の隠居所が安養寺の借地だったためであった。しかし数ヶ月前、今度は碁の対局中の些細な揉め事から仁右衛門との仲が気まずくなると、範円は十年の借款契約の地所をすぐに立ち退けと言い出し、毎日のように直談判に乗り込んできた。

さすがの仁右衛門も、これにはひどく怒った。たかが碁の局面一つで地所争いなど非道にもことがある。これまで地主だと思って見て見ぬふりをしてきたが、隣り合わせだけに、範円が時折、貧しい子らを連れ込んで何をしているのか、彼はよく承知していた。

「そないご無体を言わはるんどしたら、私とて黙っていいしまへんえ。あんたさんが坊主の癖になにをしてはるのか、一度、町役の方々を招いて、よう聞いていただきまひょ」

孤児相手の淫《みだ》らがましい行いだけなら、町役たちとてさほど咎《とが》め立てはすまい。だが範円が妾のお佳にしつこく言い寄ったばかりか、仁右衛門の留守に彼女を寺に引き入れようとした一部始終まですべて暴露すると言われ、範円は追い詰められた。

安養寺住職の職は、叡山から任ぜられたもの。町役の指弾を受ければ、職を追われかねぬためである。

「それで渋々、仁右衛門はんに詫《わ》びを入れはったんどすけど、腹の中は煮えくり返っていたんどっしゃろなあ。小吉から買い取った品と言うて仁右衛門はんに毒芹を渡し、見事、ご隠居に毒薬を飲ませはった次第のようどす」

仁右衛門も当初はもちろん、持ち込まれる薬を用心していた。しかし範円は妾のお佳にも謝罪し、彼女の血の道の病に効く薬を持ち込み、数ヶ月がかりで隠居たちを懐柔したのであった。よくよく用意周到な男と言わざるをえない。

「可哀想なんは、犯人にさせられた小吉。いきなり範円はんに縛り上げられ、蔵に放り込まれてから丸二日、水も食い物も与えられなんだそうどす」

所詮は親も家もない、野犬のような孤児。範円を殺そうと企み、それが失敗して逃亡したと言い立てれば、誰も疑うまいと考えたのだろう。そしておそらくはそのまま蔵の中で飢え死にさせるか、ほとぼりが冷めた頃に殺害するかして、山中にこっそり埋める腹だったに違いあるまい。

「されどそれが反対に、蔵を抜け出した小吉に殺されるとは。まさに因果応報。いや、仏罰と言うべきかも知れぬのう」

いつの間にか廊下に立っていた匡が、うっそりと呟《つぶや》いた。びくっと震えあがって壁際にしさる子どもたちを見やり、大きな溜息をついた。

「いったいいつから、わが家は布施屋になったのじゃ。さりながら、この寒空に放り出すわけにも参らぬ。二条の亀甲屋にでも相談して、どこか奉公先を見つけてやるとするか――」

匡の語尾がふと途切れた。板間の端に置かれた油紙の包みに、目を留めたのである。

「それは子どもたちが、小吉から預かったと申していた品です。そういえば、中身は何なのでしょう」

「ふむ、範円が幾ら悪人とはいえ、殺人は殺人。これから小吉は奉行所に引っ立てられ、ご詮議《せんぎ》を受けることとなろう。まだ年少とはいえ、それなりの咎《とが》めは免れられまい。大事な品なら、急いで当人の元に届けてやらねばならぬ。――よいな、中身を改めるぞ」

子どもたちに断った上で油紙を取り払うと、中には一通の書状が収められていた。ひどく古び、なぜかわずかに端が焼け焦《こ》げている。その書面に素速く目を通し、匡ははっと表情を険《けわ》しくした。

「いかがなさいました、義兄上」

「これは坂本の宿坊・康慶院《こうけいいん》の範円坊なる僧侶が、近江坂本の紙屋・永倉屋《ながくらや》より、三百両の金子を借りたとの借用証文じゃ。日付は寛政七年五月、すなわち今から七年前になっておる」

「康慶院の範円坊とは、範円どののことに違いありますまい。安養寺に入られる以前は、坂本の里坊におられたと聞いておりますゆえ」

「うむ、されど何故その証文を、小吉とやらが持っておるのじゃ」

子どもたちの耳を憚《はばか》り、二人は廊下に出た。ひそひそと額を突きあわせている間に、気を利かせた吉左が又七を引っ張ってきた。

又七がかつて働いていた大津と坂本は、目と鼻の先の距離。それだけに又七は永倉屋の名に、へえ、知ってます、とあっさりうなずいた。

「永倉屋言うたら、叡山に経文用の紙を納めてはった大店《おおだな》。湖西では知らん者のない、羽振りのええ店でございました。そやけど確か六、七年前に火事を出し、類焼こそせえへんかったものの、お店は丸焼け。主《あるじ》夫婦は亡くなり、まだ六歳ぐらいの息子はんだけが、親族に引き取られたと聞いてますわ」

そういえば――と又七は細い目を宙に据えた。

「火元は店の裏口近くの、人気のない場所。火の出る少し前に、下駄ばきに頭巾《ずきん》姿の男が、近くをうろうろしていたそうで、永倉屋に恨みのある者の仕業《しわざ》やないかと、当時は随分噂になりました。そやけど怪しい者はとうとう見つからず、ご詮議はうやむやになってしまったはずどす」

「放火の疑いがあったということじゃな」

「そやけど主夫婦に加え、主立った番頭や手代までが亡くなってしまったとあって、結局真実は藪《やぶ》の中。今となっては、噂でしかあらしまへん」

「下駄ばきに頭巾姿の男か。里坊の僧侶は調べ上げたのだろうか」

「さあ、どうでっしゃろ。なにせ坂本の里坊は叡山の直轄地。下手な詮索《せんさく》をすると、天台座主《ざす》さまのご威光を笠に着た坊さんが、額に青筋を立ててねじ込んできますさかいなあ。怪しいと疑《うたご》うていても、証拠もなしには手出し出来んかったのとちゃいますか。そやけど永倉屋はんが坊さん相手に金貸しをしてはったとは、ついぞ知りませなんだわ」

「まともな商人であれば、取引先とも言える里坊の僧侶に金を貸すまい。おそらくはさんざん泣きつかれてのことだったのであろう。これは再度のお調べを、願い出るべきやもしれぬのう」

硬い声で呟き、匡は手の中の証文を畳んだ。その丁寧な手つきに、真葛は匡が自分と同じ推測を胸に抱いているのだと悟った。

永倉屋に火を放った人物は、範円だったのではないか。下駄ばきに頭巾姿は、僧侶の外出着。人には言えぬ借金をした範円が金策に困り、借りた金をもみ消すために放火を働いた可能性は充分に考えられる。

だとすれば、小吉の犯行はただの自己防衛ではなく、立派に両親の仇《かたき》を討ったということになる。

匡はすぐさま証文を懐に、氷室屋の隠居所に向かった。だが一足違いで小吉は同心によって、東町奉行所に引っ立てられていった後であった。

相次ぐ血腥《ちなまぐさ》い事件に、町役の乙訓屋正之助は憔悴《しょうすい》した顔を隠せなかった。しかし匡から範円の借用証文を示されるや、さすがに表情を改め、大きな目をぎょろりと剥いて証文を見つめた。

「借金の証文としては、何の不備もありまへん。出るところに出れば、すぐさま返済を命ぜられる、確かなもんどす」

匡は満足げに、大きく一つうなずいた。

永倉屋が焔《ほのお》に包まれた時、小吉の両親はすぐさまそれが範円の仕業だと察したのだろう。彼の証文を息子に託したのが、その何よりの証拠だ。また父母は幼い息子に、無事に生きのびるためには、この証文の存在をすぐに明らかにしてはならぬと言い聞かせたのに違いない。だから小吉は引き取られた親族の許では、決して証文のことを口にしなかった。そして養家を飛び出した後、一枚の証文だけを頼りに親の仇を探し続け、鷹ヶ峰にたどり着いた。いつか親の仇を討ち、寺の住職に収まっている範円から三百両を取り戻すべく、暗い軒下で虎視眈々《こしたんたん》と機会をうかがっていたに違いない。

その彼に無実の罪を着せようとし、逆に撲殺《ぼくさつ》された範円。もし彼がこの数年で罪を悔い、慈愛溢れる僧に変っていれば、こんな事件は起こらなかったはず。まさに因果は巡り巡り、範円は自らの手で己が首を絞めたのだ。

「では正之助どの、これよりそれがしとともに奉行所にご同行くだされ。範円を殺《あや》めたのは、確かに裁かるるべき罪。されど非はもともと、すべて範円にありまする。ましてや永倉屋の火事が奴の仕業だったとすれば、小吉は見事親の仇を討った道理。お咎めを受けるにしても、それ相当の酌量をしていただかねばなりませぬ。すべてを証明するためにも、何としてもこの証文を届けてやらねばなりますまい」

かしこまりました、とうなずき、正之助は立ち上がった。

その横顔には賤《いや》しい浮浪児と侮《あなど》っていた小吉への、わずかな畏敬《いけい》が浮かんでいる。同じ大店の子として生れ、そのまま安穏と主に収まった自分と、親の仇を探してさまよい続けた小吉。己と彼の間の格差を思い、悄然《しょうぜん》としている様子であった。

藤林家の屋敷門の前に立ち、真葛は街道を南へと急ぐ匡と正之助を無言で見送った。

先ほど九つ（午前零時）の鐘が鳴ったばかりで、辺りは深い闇に包まれている。ひたひたと急ぐ二人の足音だけが静寂にこだまし、太郎介の掲げた提灯が暗がりの一角を切り取るように明るませていた。

範円の悪事を暴くには、相当な日数がかかるだろう。さりながら仮に永倉屋の放火と仁右衛門殺しが範円の仕業と知れたところで、小吉はやはり範円殺しの罪を背負わねばならぬ。人一人を殺めて、無罪放免になるわけがないのだ。よくても所払い、悪くすれば追放。いずれにしても、小吉が鷹ヶ峰の土を踏むことは二度とあるまい。

帰る家もなく、たった一人、厳しい世間を生きて来た小吉。親の仇を取るため、地蔵堂の子どもたちとの共住みすら避けた小吉。彼にとって新太郎やお澄たちは、奪われた家族そのものだったのではなかろうか。

新太郎たちが小吉をどれだけ案じているか、真葛は彼に伝えたかった。言葉に出来ぬ胸からこぼれ出したかのように、白いものが風に舞い、遠ざかる匡たちの背に渦を巻いた。

今年最初の雪が舞った、凍えるほどに寒い夜であった。

粥杖《かゆづえ》打ち

溶けきらぬ雪が、杉の梢《こずえ》に綿のように留まっている。

この冬は冷えが厳しく、新春を迎えた翌日にも、膝《ひざ》まで埋まるほどの雪が降った。それでもさすがにここ数日は寒さも和《やわ》らぎ、枝先からは雪解け水がしきりに滴《したた》っていた。

十歳になったばかりの辰之助が、涙を浮かべた目で杉の高枝を見上げている。その視線の先では糸の切れた凧《たこ》が枝にからまり、長い尾を寒風に揺らしていた。

「心配ないですから、母屋《おもや》に戻りなさい。凧は必ず荒子《あらしこ》たちが取ってくれます」

「でも、叔母《おば》さま――」

真葛《まくず》の慰めに、辰之助はくすんと洟《はな》を啜《すす》り上げた。

羅生門《らしょうもん》の鬼退治を描いた凧の真ん中から、渡辺綱《わたなべのつな》がかっとこちらを睨《にら》んでいる。

昨年末、延島杳山《のべしまようざん》が持参した江戸土産《みやげ》であった。

杳山は本草学の泰斗《たいと》・小野蘭山の高弟。昨年は江戸医学館の要職にある蘭山の命を受け、江戸と京を幾度も忙しく往き来していた。

「いやはや、江戸の土産と申してもあちらの品は雑駁《ざっぱく》で、京に勝るものはなかなか見つけられませぬ。かような玩《もてあそ》びでございますが、ご子息に差し上げてくだされ」

「しばしば京と江戸を往復しておられるのじゃ。お気遣いはありがたいが、毎度毎度、土産なぞ無用でございますぞ」

思いがけぬ玩具に喜んだ辰之助は、荒子たちに隠れ、こっそり薬園の端で凧を揚げた。しかし洛中を一望する鷹《たか》ヶ峰《みね》は、思いのほか風が強い。吹き上げてきた南風はあっという間に凧をさらい、風防ぎに植えられた木の一本に糸をからめてしまったのである。

辰之助の父、すなわち真葛の義兄である匡《ただす》は、少々頭が固いのが難。彼に知られる前に凧を外さねば、雷が落ちるのは必定《ひつじょう》であった。

「いいですか。これに懲《こ》りたら、二度と御薬園の内で遊んではいけませんよ」

真葛の言葉に、辰之助は双眸《そうぼう》に涙を含んだまま、こっくりと顎《あご》を引いた。

「分かればいいのです。さあ、顔を洗ってらっしゃい。そんな泣き面では、すぐに義《あ》姉上《ねうえ》に見付《か》かってしまいますよ」

母屋に駆け戻る辰之助を見送り、真葛はやれやれと溜息《ためいき》をついた。

荒子頭の吉左はいま、高梯子《たかばしご》を取りに行っている。彼が戻ってきたら、荒子の誰かに凧を取ってもらうこととしよう。

今日は小正月十五日。まだ松の内とはいえ、幕府直轄《ちょっかつ》の鷹ヶ峰御薬園に休みはない。梅や山茱萸《やまぐみ》はすでに蕾《つぼみ》をふくらませているし、寒さ防ぎの藁《わら》を換えたり、畝《うね》に肥料を加えたりといった細かな作業は、むしろこの時期の方が多いのだ。

そんな最中にまた一つ、余計な仕事が増えるとは。盆も正月もないとは、まさにこのことだろう。

しかし暦とは正直なもので、季節は確実に春に近づいている。こういう時期は毎年、病人が急増するものだ。そうなる前に、生薬を余分に整えておくべきかもしれない。

御薬園の経理を預かる又七も、鍬《くわ》を振るっていた手を止め、真葛の提案に同意した。

「確かに春先は毎年、生薬の値が急騰《きゅうとう》するもの。それにこないだの大雪のせいで、園内の山椒や五加皮《ごかひ》などは、軒並み細枝を折ってしまいました。ひょっとしたら今年は、例年にない高値《こうじき》の年になるかもしれまへん。いざという時に品切れを起こされては、困ります。今のうちに、少々多めに仕入れといたほうが、ええかもしれまへんなあ」

「わかりました。ちょっと義兄上《あにうえ》に相談して参ります。吉左が戻ってきたら、爪のこと、よろしく頼みます」

御薬園預《あずかり》と禁裏《きんり》御典医を兼職する匡は、三日に一度、御所に参内《さんだい》する。今日は確か午後から出仕のはずだ。

だが意外にも彼はすでに威儀《いぎ》を整え、気難しい顔で薬籠《やくろう》の中身を改めていた。

「本日はひどくお早いですね。先に患家を廻られるのですか」

「いや、そうではない。今日は小正月。午《うま》の上刻（午前十一時）より宮内で粥杖《かゆづえ》打ちが行われるゆえ、少し早めに参内いたすのだ」

言いながら匡は桂皮《けいひ》や樸樕《ぼくそく》、川骨《せんこつ》などを薬籠に収めた。

桂皮と樸樕は熱・痛み取り、川骨は止血に作用する生薬。これらに丁子《ちょうじ》・大黄《だいおう》・川芎《せんきゅう》・甘草《かんぞう》を加えたものは治打撲一方と呼ばれ、打撲に効のある煎薬であった。

「粥杖打ちの日は、ほうぼうで怪我人が出るからのう。それがしだけではなく、手の空いた御典医たちは総出で出仕するのが習わしなのだ」

粥杖打ちとは『源氏物語』や『枕草子』にも登場し、平安の昔から宮中で行われる年中行事である。

小正月十五日、宮城では望粥《もちがゆ》とも呼ばれる小豆《あずき》粥を食する。粥杖はこの粥を炊いた際の杓子《しゃくし》。これで子のない女性の尻を打てば、男児を産むと言い習わされていた。

本来、粥杖打ちは女房衆の間で行われる行事であったが、時代が下がるにつれ、男女や身分の高下を問わず、うっかりしている者を誰でも打ち叩《たた》く遊戯へと変化していた。その一方でいまだ、女が男を打てば彼の子を孕《はら》む、またその逆もあるとの伝承も残っており、老齢の貴族が孫ほど年の離れた女房を追い回したり、好意を抱く若公卿《わかくぎょう》を上臈《じょうろう》が狙《ねら》ったりという騒動が起きるのが毎年の恒例。だが普段、取り澄ましている宮内には珍しいこの行事には、多くの怪我人がつきものであった。

「逃げようとして高欄《こうらん》を踏み外した男女、誤って裾《すそ》を踏んで転んだ婢《はしため》などが、典薬寮《てんやくりょう》に次々担ぎ込まれてくるからのう。昨年など途中で薬が切れ、薬種街より慌《あわ》てて取り寄せる羽目になったわい」

普段、慣例ずくめの堅苦しい日々を送る禁裏の人々にとって、粥杖打ちは年に一度のうっぷん晴らし。常々嫌っている男、もしくは反対に思いを寄せている男の尻を狙《ねら》うのは、女房たちの数少ない娯楽だったのである。

「そういえばこの数年、粥杖のたびに義兄上は苦労しておられますね。以前はさほどにぎやかな行事ではなかった気がするのですが」

「うむ。ここ最近の粥杖打ちは、みな少々羽目を外しすぎじゃ。されど主上《おかみ》は故事を愛され、故典旧儀の復興に力を惜しまぬお方。『延喜天慶《えんぎてんぎょう》の御世よりの習わしに、腹を立てるのは無粋じゃぞ』とのたまわれては、我らも黙って見守るしかないからのう」

当今《とうぎん》・兼仁《ともひと》（光格天皇）は、閑院宮典仁親王《かんいんのみやすけひと》の第六皇子。早逝《そうせい》した後桃園天皇の後嗣《こうし》として帝位についた彼は、近代稀《まれ》に見る復古派の天皇であった。

中世以来絶えていた宮廷儀式を再興したり、石清水《いわしみず》八幡宮などの臨時祭を復活する一方、天明の飢饉《ききん》の際には千五百石の米を賑恤《しんじゅつ》。長らく幕府の管理下に置かれていた朝廷の権威回復に努め、京の人々から厚い尊敬を集めていた。

匡は薬籠の蓋《ふた》を閉め、そうじゃ、と真葛を振り返った。

「そなた、今日は急ぎの仕事はあるのか」

「いいえ、特にございません。ただそろそろ季節の変わり目。亀甲屋に生薬を注文したほうがいいのではと思い、ご相談にうかがったのです」

「かようなことは明日でもよかろう。それよりそなた、本日わしの助手として、禁裏に随行してくれぬか。何しろ小正月の典薬寮は大忙し。それでいて、どの御典医も決まって弟子たちを伴われぬからなあ」

普段、身分の低い官人や女房の診察には、典医の弟子たちが当たる。だがまだ若い彼らに、女房たちがあられもない姿で担ぎ込まれてくる粥杖は、少々刺激的に過ぎる。宮城の権威を守るためにも、この日だけはあえて弟子を同行せぬのが御典医たちの慣例だったのである。

真葛は先代藤林家当主・信太夫を始めとする著名な医師たちから、一通りの医術の手ほどきを受けている。なるほど本日の助手にはもってこいであった。

「かしこまりました。少々お待ちください」

急いで身形《みなり》を改め、真葛は匡とともに宮城へと向かった。まだそこここに雪を残す千本通を南に下り、一条通を折れる。乾御門《いぬいごもん》を経て、白砂の敷き詰められた禁裏に入った途端、宮内とは思えぬ喚声《かんせい》が響いてきた。

「まだ午の刻にはなっておらぬはずじゃが――」

匡がつぶやくのを待っていたかのように、おすべらかしの若い女官が二人、物陰からぱっと飛び出し、匡と真葛を挟みこんだ。

「わっ、何をいたすッ」

止める暇もない。それぞれ手にしていた杓子を振りかざし、二人は匡と真葛の腰をぺたりと打った。幸い、粥まみれの杓子が使われていた古《いに》しえとは異なり、現在使われているのはただの素木の杓子。それにしても力任せの殴打に、真葛は思わずその場に尻餅をついた。

じんじんと腰が痛むのは、冷え切った板間のせいだけではあるまい。笑い転げながら逃げて行く女官たちの背を、真葛は呆然《ぼうぜん》と見送った。

更《さら》なる犠牲者が見つかったのだろう。廊下の果てで「うわっ」という悲鳴が弾《はじ》け、甲高《かんだか》い笑い声とばたばたという足音が交錯《こうさく》した。

「やれやれ、今年は常にも増して、羽目をはずしているようだな。まったく我らまで狙い討ちにするとはけしからん」

同じように板間に坐り込んだ匡が、眉《まゆ》をしかめて腰をさすった。

典薬寮の詰所に出向けば、被害に遭《あ》っていない医師は齢《よわい》七十を過ぎた岡朔定《おかさくじょう》ただ一人。典薬頭以下残る十数人はすべて、出仕した途端、女官や公卿たちに粥杖をお見舞いされていた。

「やあ、藤林どの。ご苦労でござる。真葛どのは今日は助っ人でございますか」

「そのお顔からして、ご両人ともすでに粥杖を食らわれましたな。いやはや、災難でございます」

賀川満定《かがわまんじょう》、御薗常言《みそのつねとき》といった典医たちが、苦笑ぎみに二人を迎えた。賀川家は産科、御薗家は鍼灸《しんきゅう》を専《もっぱ》らとする医家で、先代の賀川満郷《まんごう》・御薗常斌《つねあき》はともに真葛の師。いわば満定と常言はそれぞれ、彼女の年の離れた兄弟子であった。

「それにしても此度《こたび》は少々、やりすぎではありませぬか。まったく、悪ふざけにも程がありましょう」

「まあ、それもまた天下泰平の表れ。今年は悪い風邪の流行もなく、比較的穏やかに春を迎えられました。衆庶《しゅうしょ》が新玉《あらたま》の春を寿《ことほ》いでいると考えれば、怒るわけにも参りますまい」

彼らが苦笑する間にも、怪我人が続々と詰所に担ぎ込まれてくる。

腰を押さえて呻《うめ》く若い公卿、もみ合って縁先から落ちた下人……。大概の者は湿布薬と煎《せん》じ薬を与える程度だが、中には返り討ちに遭ったのだろう。額に大きな瘤《こぶ》を拵《こしら》えた女房もおり、真葛は自らの腰痛も忘れて手当てに奔走《ほんそう》した。

「これこれ、お二方。さほど必死になることはありますまい。大膳職《だいぜんしき》から望粥が届いておりますぞ。真葛どのも、温かいうちにお上がり召され」

周囲の騒がしさをよそに、一人だけのんびり火鉢に当たっていた岡朔定が、長い髭《ひげ》を揺らして手招きした。

彼の専門は児科。禁裏には話し相手を探しに来ているような好々爺《こうこうや》である。

「ありがとうございます。ではこの女嬬《めのわらわ》どのの手当てが終わりましたら、頂戴いたします」

半泣きの女嬬（小間用を務める少女）の足に手早く晒《さらし》を巻く真葛に、朔定はにこにこと目を細めた。

「藤林どのはよい妹御を持たれましたなあ。かつて大和《やまと》に京《みやこ》があった頃は、宮中には幾人もの女医が詰めていたとやら。されど今日では、医師といえばほとんどが男。世の半分が女子《おなご》である以上、もう少し女医が増えてもよろしゅうござろうになあ」

「いいえ、わたくしが出来るのはお医師の真似事《まねごと》程度。お褒《ほ》めいただくほどではありません。ですが朔定先生の末娘さまは確か、御薗流の針灸《しんきゅう》術を学んでおられたのでは」

「あんなもの、半年で音を上げ、とっくに嫁に行ってしまいましたわい。まったく女子とは、気まぐれでいけませぬ。あ、いや、真葛どのは例外でござるが」

奈良時代の女医は、宮廷の女性を診察させるべく、頭の良い婢《はしため》を選び、医学知識を授けたもの。ほんの数十年で形骸化《けいがいか》してしまったものの、官による女医育成という点、これは史上稀《まれ》に見る画期的な制度であった。

「とはいえ昨今、一向に女医が増えぬのは、我ら男の側にも問題があるのでござろう。何しろ医術を志《こころざ》す女子がいたとしても、それを門下に入れる医師は稀でございますからのう。仮に弟子に加えていただけても、そこは厳しい男の世界。よほどの覚悟を据《す》えてかからねば、すぐにはじき出されてしまいますわい」

朔定は湯気を上げる粥をうまそうにすすって続けた。

「主上は延喜天暦《えんぎてんりゃく》の昔の栄華を取り戻さんと、日々奮闘しておられまする。さすればいずれ、女医の制が復活する日も来るかもしれませぬ。女子のほうが分かるもの。医学がすさまじい進化を遂げる今日、これまでのように男じゃ女じゃと申していては、我らは置いてけぼりを食らいましょうなあ」

この数十年、日本の医学界は飛躍的な発展を遂げていた。

宝暦四年（一七五四）、古医方の医師・山脇東洋は、京都・六角牢屋敷で国内初の人体解剖《かいぼう》を実施。それまでの五臓六腑説を打破し、全国の医師に衝撃を与えた。加えて安永三年（一七七四）には、小浜《おばま》藩医の杉田玄白《すぎたげんぱく》、中津藩医の前野良沢《まえのりょうたく》らがオランダの解剖学書『ターヘル・アナトミア』の邦訳に成功。日本の医学は漢方から蘭学へと大きく舵《かじ》を切り、より実証主義的な知識が希求されつつあった。

医学界の頑《かたく》なな男尊女卑は、古来からの漢方医学と表裏一体。岡朔定の言い分は至《し》極《ごく》もっともであった。

だが真葛自身は、自分が医師に向いているとは考えていない。二十三になった今ではむしろ、薬草を育て、医師たちを陰で支えることこそが使命と思うようになっていた。

とはいえ朔定に、あからさまにそう告げるわけにもいかない。なんとなく肩身の狭い思いで、粥の椀《わん》を手にしたときである。

「大丈夫です。痛くありませんから、放っておいてください」

「ですがお竹。念のためちゃんと、御典医さまに診《み》ていただきなさい。まったく、伏見宮さまもひどいことをなさるのだから」

初老の女房がやかましくがなり立てながら、十七、八歳の娘を引っ張ってきた。局《つぼね》の下働きを弁ずる御末《おすえ》であろう。目鼻のきりっと整った、聡明そうな娘であった。

「おお、安芸局《あきのつぼね》さま。さように血相を変えて、いかがなさいました」

「岡先生、聞いてくださいませ。伏見宮さまときたら、このようにひどい真似を――」

見れば御末の腰は、粥でべったり汚れている。そんな彼女をここまで連れてきた女房もまた、あちらこちらに冷めた粥をこびりつかせていた。

「典侍《てんじ》さまの宮では暮れのうちから、粥杖は行わぬと決めていたのです。それを存じておられながら、わざわざうちの御末に悪戯《いたずら》をしかけられるとは。主上に申し上げ、よくよく叱責《しっせき》していただかねばなりません」

女房の舌は留まるところを知らない。まさに頭から湯気を立てんばかりの怒りようであった。

「だいたい伏見宮さまは昨冬、お父君を亡くされたばかり。その喪《も》も明けぬうちにかようなお振る舞いをなさるとは、まったくお心が知れませぬ」

伏見宮――すなわち三品《さんぽん》・伏見宮貞敬《さだゆき》親王は二十八歳。先帝・後桃園崩御の際、当今とともに次期天皇候補に挙げられ、選に漏《も》れた人物である。

それでいて年の近い兼仁を怨《うら》みもせず、気まま暮らしを愉《たの》しむ彼は、宮城屈指の変わり者として有名であった。

公家の嗜《たしな》みは和歌管絃、せいぜい故実漢籍《こじつかんせき》が関の山。だが貞敬は弓を得意とし、毎年秋冬には丹波の山奥まで出かけ、狩りに明け暮れる。それでいて筆を取らせればその雄渾《ゆうこん》さは天下に並びなく、名だたる大寺が競って扁額《へんがく》の揮毫《きごう》を請うほどであった。

「ははあ、読めましたぞ。今年の粥杖の盛り上がりよう。あれは伏見宮さまが、皆を煽《あお》っておられるのですな」

「さようでございます。それに興じるほうも興じるほうですが、三品の高みにおられるお方が、自ら粥まみれの杓子を振り回されるとは。まったく世も末でございますわ」

帝の寵妃《ちょうひ》の一人、典侍・勧修寺《かじゅうじ》婧子《ただこ》に仕える安芸局は、忌々《いまいま》しげに吐き捨てた。

当今は多くの妃を持ちながらなぜか男児に恵まれず、無事に成長を遂げているのは、婧子が産んだ御年四歳の寛宮《ゆたのみや》（後の仁孝天皇）のみ。それだけにまだ風の冷たいこの季節、婧子は大事を取って、女房たちの粥杖打ち参加を禁じた。だが伏見宮は主上の使いだと偽り、数人の従者を率いて、宮に乱入したのであった。

「とにかく安芸局どの、その御末どのの手当てをしましょう。真葛どの、すみませんがお願いいたしまする」

いつ止《や》むとも知れぬ饒舌《じょうぜつ》に辟易《へきえき》したのだろう。朔定は強引に安芸局をさえぎった。

しかしお竹と呼ばれた御末は、びくっと身をすくめ、

「い、いいえ、手当てなど要りません。大丈夫です」

と強い口調で首を横に振った。年に似合わぬ、妙に頑なな態度であった。

「まあまあ、そう嫌がるではない。この娘御は年こそ若いが、医術の腕前はわしらにひけを取らぬぞ。何しろ、鷹ヶ峰御薬園を預かる藤林どのの妹御じゃからのう」

「いいえ、どなたでありましょうと、診ていただくには及びません。腰を打たれたとき、ちょっと足を滑らせて転んだだけ。ご心配は無用でございます」

言うが早いか、お竹はぱっと身を翻《ひるがえ》し、詰所を飛び出してしまった。確かに怪我人とは思えぬ敏捷《びんしょう》さである。

「こ、これ、お竹。御典医さまに何たるご無礼をするのです。——ええい、申し訳ありませぬ、岡先生」

安芸局はおろおろと頭を下げ、お竹を追って走り去った。

御末といっても、彼女たちはいずれも出自の正しい町方の娘。決して、礼儀を心得ぬ下賤《げせん》ではない。だが意固地とも思われるお竹の態度に気を取られる暇もなく、狭い詰所には患者が続々と担ぎこまれてくる。とっくに正午を過ぎたはずだが、いったいいつになれば、粥杖打ちは終わるのだろう。

室内には、煎じ薬の匂いが濃く垂れ込めている。新たな晒《さらし》を切りながら、真葛はまだ傷みの残る腰をそっと撫《な》でた。

ふと見れば、真向かいで膏薬《こうやく》を練っていた賀川満定が何やら考え込む顔で、お竹が走り去った方角を睨《にら》み据えている。いつも穏和な彼には珍しい、ひどく強張《こわば》った顔つきであった。

「いかがなさいました、賀川先生」

声をかけられ、満定は狼狽《ろうばい》したように視線を戻した。

「いいえ、何でもありませぬ。ちょっと考え事をしていただけです」

そのとき血相を変えた下部《しもべ》が二人、あたふたと詰所に駆け込んできた。彼らから二、三言話を聞くや、匡の顔がさっと青ざめた。

「真葛、真葛。ちょっと来てくれ。厨《くりや》の水仕女《みずしめ》が鍋をひっくり返し、腰から下に大《おお》火傷《やけど》を負ったそうじゃ」

「はい、わかりました」

真葛は薬籠を抱えて立ち上がった。どうやら今日は長い一日になりそうであった。

うららかな春の日が傾き、詰所の西縁が茜《あかね》に染まると、運ばれてくる怪我人はぱったりと絶えた。

「やれやれ、ようやく終わったようじゃな」

御典医たちがほっと顔を見合わせ、帰り支度を始める。そんな中で匡だけが白い上っ張りを脱がぬのは、今宵《こよい》が宿直《とのい》のためであった。

「戻りは明日の昼になる。真葛は先に戻っておれ」

「わかりました。帰りに亀甲屋に寄ってもよろしゅうございますか」

「おお、そうだな。ついでに今日用いた分の生薬も、頼んでおいてもらおうか」

結局今日はわずか半日で、用意していた桂皮・樸樕を全て使い切ってしまった。念のため、それらも買っておかねばなるまい。

刻々と朱の色を濃くする町並みを、一路薬種街に向かう。松飾りの取れた店々はいずれも賑《にぎ》わい、心なしかまだどこかに新春の華やぎを漂わせていた。

「これは真葛さま。今日はどちらからのお戻りでございますか」

店先に駕籠《かご》が止まったのを、目ざとく見つけたのだろう。真葛が降り立つよりも早く、定次郎が小腰を屈《かが》めて出迎えた。

「はい、義兄上の手伝いで、ご禁裏にうかがった帰りです」

「ああ、今日は小正月十五日。粥杖打ちでございますな。それやったらさぞ仰山《ぎょうさん》、打ち身の薬を使わはったんですやろ」

「よく分かりましたね、定次郎」

「いいえ。実はつい先ほど、賀川満定先生のお使いが来はりまして。茯苓《ぶくりょう》やら芍薬《しゃくやく》やらを買《こ》うていかはったばかりなんどす」

「なるほど、そうでしたか」

同じ症例でも、用いる薬は医師によって異なる。茯苓と芍薬ということは、満定は今日、桂枝茯苓丸《けいしぶくりょうがん》を使っていたのだろう。鬱血《うっけつ》を散らすこの薬は、強い鎮痛効果がある。なるほど参考にさせていただこう、と真葛は胸の中でつぶやいた。

「それにしても今年は、えらい騒ぎだったようどすなあ。たまたま近くを通ったお客はんが、半町も離れた町筋まで、騒ぎ声が聞こえてきたと言うてはりました」

「まったく、あれはやりすぎです。わたくしも出仕した途端、したたか腰を打たれました」

なんとまあ、と定次郎はぽかんと口を開けた。

「真葛さままで狙うとは、ご禁裏の方々は案外、悪戯好きなんどすな。それやったら、ちょうど到来ものの蜂蜜がございます。打ち身には、冷えが一番の敵。あれで生姜湯《しょうがとう》を作らせまひょ」

「旦那《だんな》さま、ええんどすか。あれは大旦那さまがお帰りのたび、少しずつ大事に大事に召し上がってはる品でっせ」

小声で文句をつける吾市には取り合わず、定次郎は奥に手を鳴らした。

「おおい、ちょっと、誰かいいへんのかいな。まったく、しかたのないこっちゃ」

「定次郎、そんなに気を遣わないでください」

「なあに、父は正月早々、生薬の買い付けに発ち、まず二月《ふたつき》は戻ってきいしまへん。私は甘いものは嫌いどすさかい、真葛さまに召し上がっていただいたほうが助かります」

小女《こおんな》に生姜湯の支度を言い付け、定次郎は「そやけど」と真葛に向き直った。

「今年もまたしばらくしたら、女官衆や御末が大勢、お暇をいただいてくるんどっしゃろなあ。まあ宿下がりをしはった女子はんは、普段の憂《う》さ晴らしとばかり、ようけ買い物をしてくれはります。そやさかい、呉服屋や小間物屋は喜びますやろけど」

「どういう意味です、定次郎」

「おや、真葛さまは粥杖打ちのその後は、ご存知ないんどすか」

しまった、と言いたげな狼狽が彼の頰《ほお》に走った。だが真葛の好奇心を刺激した以上、下手な隠し事は無駄と分かっているのだろう。定次郎は居住《いず》まいを正し、声をひそめた。

「ええどすか。私がお話ししたとは、匡さまには言わんといておくれやす。そんなことが知れたら、うちは御薬園に出入り禁止になってしまいます」

「わかっております。それでどうして粥杖打ちが派手に行われると、女官衆が宿下がりをするのです」

問いかけながらも、真葛はなんとなく、定次郎が言わんとすることが予想できた。

御所勤めは華やかだが、女官たちには籠《かご》の鳥の生活……。ましてや町方から行儀見習いに出た御末たちからすれば、行儀と慣習に縛られた、息の詰まるような世界である。

加えて禁裏での奉公には、多くの制約がある。宮内の出来事を外に漏《も》らさぬ目的もあって、年に二度の宿下がりですら、容易に与えられぬのが当然であった。

ましてやいくら覚悟を決めていたとはいえ、御末たちはまだ若い娘。一年、二年の間には里心もつき、万事格式ばった御所に嫌気がさしてくる。そんな彼女たちが唯一、大手を振って暇を取れる口実が粥杖だと、定次郎は語った。

「粥杖で打たれた女子は男児を孕むとの俗説は、真葛さまもご存知ですやろ。だから粥杖の後は毎年決まって、上は主上に仕える女房さまから下は御末まで、何人もの女子はんたちが、子が出来たと言って宿下がりをするんどす」

無論、彼女たちは粥杖を口実にしているだけで、本当に妊娠したわけではない。禁裏の側もそれを承知しながら臨時の宿下がりを許すのが、宮内の約束事であった。

つまり粥杖は御所の女子の気晴らしであるとともに、宿下がりの絶好の機会。その大半は、数日を親元で過ごし思う存分羽を伸ばした後、「妊娠は誤りだったようです」と言って禁裏に戻る。

しかし中にはそのまま務めを辞める者もいるため、毎年二月は禁裏の女たちが入れ替わる時期だとも、彼は付け加えた。

「なるほど、ご禁裏とは実に興味深いところですね」

御所勤めの堅苦しさは、養父の信太夫や匡から嫌と言うほど聞かされている。陋《ろう》習《しゅう》に縛り付けられた日々から逃れる唯一の手段が、これまた慣習に基づく年中行事とは。

このご時世、粥杖による妊娠を信じる者など一人としておるまい。それを大真面目な顔で取り沙汰する可笑《おか》しさに、真葛は苦笑を禁じ得なかった。

「まあご禁裏さまともなると、そんな建前が必要なんどっしゃろ。私らからすれば、なんともご苦労な話どす」

生姜湯の振る舞いに与《あずか》り、真葛は亀甲屋を辞した。だが薄闇に包まれ始めた鷹ヶ峰に戻ると、薬草園の端になにやら人だかりがしている。見れば数人の荒子たちが松明《たいまつ》を掲《かか》げ、風防ぎの杉の根方でわいわい騒いでいた。

太い下枝に梯子がかけられ、二人の荒子がそれを押さえている。暮れなずむ空を不安げに見上げる中には、不安に顔を曇らせた辰之助も含まれていた。

「いったい、なんの騒ぎです。ひょっとしてまだ凧が取れぬのですか」

「あ、真葛さま。杏山さま、真葛さまがお戻りになられました」

吉左の声に、頭上の枝がばさばさと鳴った。見上げれば太い幹を伝って、一人の男がするすると梢の高みから降りてくる。

「まあ、杏山さま。なにをしておいででございます」

着流し姿の杏山は、身軽な動きで梯子を降り、下駄をつっかけた。悪戯を咎《とが》められた悪童のような苦笑が、端整な片頰に浮かんでいた。

「いや、真葛どのをお訪ねしたところ、荒子たちがあの凧を取ろうと必死になっていたので、つい。ですが厄介《やっかい》なところに引っかかりましたな。あのような細枝の先では、到底人間では外せませせぬぞ」

からんだ糸を取ろうというのだろう。荒子たちの中には長い物干し竿を携えている者もいる。だが彼らがどれだけ腐心しても、凧は相変わらず長い尾を曳《ひ》いて、梢に引っかかったままであった。

辺りは刻々と暗くなり、松明の焰《ほのお》が荒子たちの顔に深い陰影を刻んでいる。杏山はあちこちに杉の枯れ枝をくっつけたまま、辰之助の前にしゃがみこんだ。

「もう諦《あきら》めなされ。凧はまた、それがしが求めて参りますゆえ」

「で、ですが――」

「ですが？」

「あのまま枝に引っかかっていては、いずれ父上に知られてしまいます。そうしたら――」

半泣きになった辰之助の肩を、杏山は軽く叩いた。

「分かりました。ではあの凧は、拙者が辰之助どのの代わりに揚げたことにしましょう。なれば父君も、さしてひどくは叱られますまい。それでよろしいかな」

「は、はい」

「ではもう泣くのはおやめなされ。辰之助どのは武士の子。容易に涙を見せるものではございませぬ」

辰之助を連れて母屋に引き上げ、真葛は大急ぎで杏山に熱い茶を勧めた。そうでなくとも、洛北の鷹ヶ峰はまだ気温が低い。風邪など引かせては一大事と案じたが、彼は、

「これしきのことで体調を崩しては、蘭山先生に叱られまする」

と破顔し、その懸念《けねん》を一蹴《いっしゅう》した。

「なにしろ先生と来たら、真冬でも袷《あわせ》一枚で、雪深い山中に分け入って採薬に励まれるのです。若いそれがしが、負けるわけには参りませぬ」

「蘭山先生はその後、お元気でおられるのでしょうか」

「実は今朝方、江戸より文が届きました。三月の半ばより、房州及び総州にて薬物の採取を行われるご予定とのことでございます」

蘭山は七十を超えた高齢にもかかわらず、江戸出府以降、精力的な採薬の旅を繰り返していた。昨年夏には、四ヶ月がかりで紀伊・木曾を巡行。京都にも立ち寄り、真

葛や匡を伴って愛宕山《あたごやま》登山を果たしていた。

「では杏山さまもまた、江戸に戻られるのですか」

「はい。二月の半ばには、京を発たねばなりません。そこでご相談なのですが――」

杏山はわずかに背筋を伸ばした。

「真葛どの、よろしければそれがしとともに、先生のご一行に加わられませぬか。これは先生直々のお誘いでもございます」

一瞬、真葛はわが耳を疑った。その態度をどう受け止めたのか、杏山はうろたえたような早口で続けた。

「こたびの旅は幕命によるもの。加賀藩医の内山覚中《かくちゅう》どのなど、総勢十五、六名が参加致します。真葛どのの薬草の知識は、蘭山先生もよくご存知。足掛け三月《みつき》はかかりましょうが、必ずや双方にとって、意義ある旅となりましょう」

京を離れ、江戸に出る――。それはあまりに思いがけぬ誘いであった。

長崎遊学に向かう父・元岡玄巳《もとおかげんい》と別れ、この鷹ヶ峰に預けられたのは三歳の冬。以来、真葛は京を出たことがない。旅といえばそれは西海道で消息を絶った父のそれを指し、よもや自分が旅をしようとは考えもしなかった。

わが国の本草学の大家・小野蘭山に随行する。これほどの好機がまたとあろうか。

匡が長旅を許してくれるかの懸念はあれど、真葛は胸の高鳴りを止められなかった。
「いきなりの話ゆえ、今すぐお返事をとは申しませぬ。匡どのともよくご相談くださ
れ」
杏山は冷めかけた茶をがぶりと飲んだ。
「されどこういきなり帰府を命じられては、たまったものではございませぬ。それが
しとて京には、片付けねばならぬ用もございます。明日からはそれらのため、奔走せ
ねばなりませぬ」
「この間お戻りになられたばかりなのに、慌《あわ》ただしい話でございますね」
「まったく最近では江戸や京にいるより、路次に身を置くほうが多い気が致します
る」
京では杏山と並ぶ蘭山の高弟・山本亡羊《ぼうよう》が、師の不在を守っている。杏山は本草学
隆盛を第一と考える師の命を受け、これまでも幾度となく江戸と京都の間を奔走して
いた。
「ところで真葛どのは、五条の佐野屋なる書肆《しょし》をご存知ですか」
「名前は存じております。確か数年前、御薗先生の『九鍼要経』四巻を出版した書肆
ですね」

この当時の本屋は、販売とともに出版も兼業していた。特に京都は、元禄期に書林仲間と呼ばれる同業者組合が成立し、江戸以上に出版が活発な地であった。

「さようでございます。実は蘭山先生は近々、江戸医学館での講義を『本草綱目啓《けい》蒙《もう》』なる書物にまとめて、出版なさいます。江戸では高峯堂、上方では佐野屋がそれを扱うこととなり、今回の上洛は佐野屋に先生の草稿を届けるついでもありました」

「そうでしたか。刊行の暁《あかつき》は是非、わたくしも読ませていただきます」

「いえ、房総にご同行なさるのなら、江戸に発つ前にあらましだけでもご一読いただくほうがよろしいかと。一度、佐野屋にて草稿をお目にかけましょう」

「それはありがとうございます。ですが杳山さまもご出立を控え、なにかとお忙しゅうございましょう。もし差し支えなければ、わたくしが一人で佐野屋に参ります」

書肆にとって、託された草稿は命よりも大事な品。おいそれと外に出すわけがない。こちらが佐野屋に赴《おもむ》くのは、当然であった。

「そうですか。では主《あるじ》の源三郎にはそれがしから、真葛どののことを伝えておきます。『本草綱目啓蒙』は本文だけでも相当な量。ざっと目を通すだけでも、数日はかかりましょう」

そろそろお暇を、と立ち上がり、杏山は思い出したようにつけ加えた。

「それがしが身を寄せている亡羊の家は、佐野屋とは目と鼻の先。佐野屋へお出かけの際はぜひ、お立ち寄りください」

儒医の息子である山本亡羊は、蘭山出府後、油小路五条の自邸に家塾を開講。医業のかたわら、儒学・本草学を講義し、まだ二十六歳の若さで多くの弟子を育てていた。

だが真葛が案じた通り、匡は彼女の参府に大反対であった。

「蘭山先生や杏山どのを信頼せぬわけではない。むしろ先生の採薬の旅となれば、わしがお供したいぐらいじゃ。されどそなたは女子。かような遠出をさせ、万が一、身に何かあればどういたす。義父上《ちちうえ》やそなたの父御《ててご》に、わしは申し開きができぬわい」

父・玄巳が京を発ったのは、二十年前の冬。あからさまに言葉には出さねど、彼がもはやこの世にいないだろうことは、誰もが覚悟をつけている。匡はだからこそなお、危険な旅をさせられぬと言いたげであった。

「ですがそんなことを言っていては、わたくしは終生、京を出られませぬ。鎌倉執権どのが政《まつりごと》を執《と》っていた古しえ、阿仏尼《あぶつに》と言われる尼公は、訴訟沙汰のために単身、京から鎌倉へ下られたとか。かような例に比べれば、こたびの旅になんの危険がございましょう」

「あの阿仏尼どのは、所領を巡る紛争解決のため、鎌倉に参られたのじゃ。物欲は人を強くする。欲と道連れであれば、どのような難路も怖くはあるまいて。だいたいそなたが江戸に下ってしもうたら、薬園の管理は誰が致すのじゃ」

言い募る真葛を、匡は鋭い声で叱責《しっせき》した。

「荒子どもがいくら奮闘したとて、広大な薬園の隅々までは把握できぬ。鷹ヶ峰の御薬園はそなたがおってこそ、四季豊かな恵みをもたらしてくれるのじゃ。その責任を忘れるではない」

そうまで言われては、反論のしようがない。しかたなく杏山に断りの手紙を送ると、彼はすぐさま、

「お許しが出なかったのは残念です。ですがそれとは関係なく、佐野屋には是非足をお運びください。あの書物は必ずや、真葛どのの役に立つはずです」

と丁寧《ていねい》な返信を寄越した。

同行できぬと知ってなお、『本草綱目啓蒙』を読めと勧めるのは、杏山の思いやりであろう。それがかえって申し訳なく、薬園の梅がたけなわとなっても、真葛はなかなか五条に足を向けられなかった。

さすがにこのままではならぬ、と心を決めたのは、月が如月《きさらぎ》に改まった翌日。杏山

への餞別《せんべつ》を携えて鷹ヶ峰を出れば、五条堀川端の佐野屋の前に幾つかの人影があった。

「何でございましょう、真葛さま」

供をしていた荒子の太郎介が首をひねった。

瀟洒《しょうしゃ》な店先には一挺の乗物が据えられ、身形のよい従者が二人、人待ち顔で控えている。どうやら身分のある者が、佐野屋を訪《おとな》っているらしい。

「あれが伏見宮家さまのお使いなんやって。なんでも家令《かれい》さま自ら、佐野屋までお越しらしいわ」

「へえっ、そうなるとやっぱり、噂は本当なんやろか」

「それがまだわからへんさかい、直々に改めに来はったんやろ」

道行く者たちが、こそこそと囁《ささや》き合っている。好奇の色をむき出しにした目つきに、真葛ははたと足を止めた。

「どうやら取り込み中のようですね」

それにしても伏見宮家からの使いとは、いったい何事だろう。

しばらく様子をうかがったが、客が立ち去る気配はない。そうこうする間に、店先に足を止める者はどんどん増える一方である。

「しかたがありません。先に杏山さまをお訪ねいたしましょう」

だが杳山は折悪《おりあ》しく他出中であった。代わりに主である山本亡羊がのっそりと現れ、尖《とが》った顎《あご》をしゃくるように頭を下げた。

「せっかくお越しいただいたのに、申し訳ありません。杳山は昨夜から、淀に出かけておりましてな。夕刻には戻ると思うのですが」

「いいえ、突然お邪魔したわたくしが悪いのです。これは義兄からの餞別の品でございます。お手数ですが、杳山さまにお渡しください」

「承知つかまつりました。しかとお預かりいたしまする」

ところで、と亡羊は一重瞼《ひとえまぶた》の目を重たげにしばたたいた。

「佐野屋にはもう寄られましたか。あれほど大部の書物となれば、ざっと目を通されるだけでも日数がかかりましょう」

「いいえ、それが来客で取り込んでいる様子だったので、先にこちらにうかがった次第です」

真葛の返答に、彼はああ、とうなずいた。色艶のない顔は表情が乏《とぼ》しく、口調もそっけないが、別に機嫌が悪いのではない。万事どこか投げやりに見える挙措《きょそ》は、亡羊の損な特徴であった。

「伏見宮家のお使いは今日もお越しなのですか。やれやれ、佐野屋も気苦労の多いことだ」

「佐野屋に何か起きたのですか？」

「粥杖ですよ」

「え？」

聞き間違えかと目をしばたたく真葛に、亡羊はゆっくりと繰り返した。

「粥杖です。あの店の娘御は少し前から、禁裏にご奉公に上がっていたのですが、数日前、粥杖打ちで子を孕んだといって宿下がりしてきたのです。ただあろうことか当人は本当に身籠《みごも》っている上、腹の子の父は伏見宮さまと申しておるそうで」

そう言い立てるからには、佐野屋の娘は貞敬親王に腰を打たれた道理である。まさか、という思いが胸にこみ上げてきた。

「ひょっとして亡羊さま、その娘御はお竹どのと言われませんか」

「ご存知なのですか、真葛どの」

珍しく驚きを露わにして、亡羊がのけぞった。

「いいえ、粥杖打ちの日にたまたま典薬寮で見かけただけです。伏見宮家の家令どのはそれでわざわざ、事の真偽を改めに来られているのですか」

「はい。ただ噂によれば、腹の子はすでに三月ほど。だいたい粥杖打ちが本当に子をもたらすわけがなく、お竹の申し立ては真っ赤な嘘に決っております」

さりながら彼女は頑《がん》として、自分は粥杖で身籠ったのだと譲らなかった。

「粥杖打ちによる懐妊は、それ自体が奇瑞《きずい》。孕んだ子がすでに大きく育っていても、なんの不思議がありましょう」

父親である佐野屋源三郎はもちろん、伏見宮家の老家令から幾度となく糾問《きゅうもん》されても、お竹は同じ答えを繰り返した。

「宮さまに子を引き取っていただきたいわけではありませぬ。ですが腹の子が父無し子とそしられるのは、あまりに哀れ。わたしはその一念から、この子を貞敬さまのお胤《たね》と申しているだけです」

なるほど佐野屋の店内《みせうち》は裕福で、子の一人や二人ぐらい、容易に育てられる。それだけになおのこと、貞敬を父親と名指しするお竹に、人々の興味は集中した。

噂とは面白ければ面白いほど、広まるのが早い。すでにお竹の一件を知らぬ者は近隣におらず、額に汗をかきながら毎日佐野屋を訪れる家令の姿に、袖引き目を留める者は増える一方。またあまりに毅然《きぜん》とした彼女の態度に、彼女の言葉は真実やもと信じる者すら現れつつあった。

「実はお竹と申す娘はかつて、医術を学びたいと言って、わが門を叩いたことがあるのです。されどわが家は、女子の弟子は取らぬ決まり。肩を落として去る姿からは、さほど突飛な娘と思えませなんだが」

「粥杖で子が出来るとは、わたくしも信じられません。ですがそんなことを主張し、いったい何の得があるのでしょう」

「さて、それがしには女子の考えることはよく理解できませぬ。最初は、あわよくば親王さまから大枚の養育費を巻き上げる腹かと疑いました。されど本人が金など要らぬと申しておるとすると、ますます訳が分かりませぬな」

亡羊はひょろりとした背を丸めて、腕を組んだ。

四半刻ほどで彼の家を辞すと、佐野屋の店先に乗物はなく、野次馬たちも消えている。

「はい、元岡さま。確かに延島さまからおうかがいしております」

実直そうな番頭は、真葛を佐野屋の奥に導いた。数日来の騒動のためか、深い皺《しわ》を刻んだ顔にどす黒い疲労を浮かべた老番頭であった。

「本来ならば主の源三郎がお迎えするところですが、ただいま少々取り込んでおりまして」

しきりに恐縮しながら、彼は分厚い草稿を机に積み上げた。

女中が熱い茶に干菓子を添えて運んできたが、その頬もひどく強張っている。

店はしんと静まり返り、咳払《せきばら》いひとつ聞こえてこない。この家のどこかに、お竹は身を潜めているはずだ。どうにかして、彼女と話をできないだろうか。蘭山の草稿を前にしながらも、真葛の頭の中はその一点で占められていた。

どこからともなく、遅い梅の香りが漂ってくる。濃厚なその香りに誘われたように、鶯《うぐいす》が妙に巧者な囀《さえず》りを立てた。


お竹の妊娠の一件は、あっというまに洛中洛外に広まった。

真葛が亡羊から話を聞いた数日後、伏見宮貞敬親王が、

「古くからの伝承とは、案外真実を含んでいるもの。ひょっとしたらまことに、かような奇瑞が起こったのかもしれぬ。わしにやましい所はないが、粥杖打ちを盛り立てた身としては、知らぬ顔も出来ぬわなあ」

と、金三十両の祝い金を佐野屋に下賜《かし》したことも、噂の流行に拍車をかけていた。

「やはりその女子の子の父は、伏見宮さまなのではないか」

「いやいや、親王さまともあろうお方が、一介の御末に情けをかけるわけがあるまい。おそらく子供は、どこぞの男と密通の末に出来たもの。伏見宮さまは薄々事情を察し

ながら、女子を憐《あわ》れまれ、話を合わせられたのじゃ」

「確かにそうかもしれぬ。三十両の金子《きんす》など、宮さまからすれば、さしたる金ではあるまいからのう」

これらの取り沙汰に、匡は苦りきった顔を隠さなかった。

「男と交わらぬまま子を成した話は、古来、幾例かある。されどわしが知る限り、それらはすべて作り話。これを機に、父無し子を産んでも粥杖のせいにすればいいとの風潮が表れねばよいが。それで真葛、その後、佐野屋でお竹を見かけることはないのか」

真葛は首を横に振った。あれ以来、一日おきに佐野屋に通っているが、お竹の姿はおろか、その気配を感じることすらない。番頭や女中に尋ねようにも、奉公人たちの表情はみな凍りついたように硬く、到底話を聞き出せる雰囲気ではなかったのである。

「夫を持たぬまま産むのは女子の勝手。それをとやかく申すわけではない。されど無関係な伏見宮さまを名指しし、あくまで子供は粥杖ゆえと申すのは、まことに解せぬのう」

「義兄上はやはり、伏見宮さまは無関係と思われるのですか」

「うむ。貞敬さまはあれで存外、真面目なお方。ご自分が扇動《せんどう》した粥杖騒動が発端と知り、あっさり金を出されたのであった。されどお竹とやらは何故かような嘘をついてまで、男の名を隠すのか。わしにはそれが理解できぬわい」

不審の眼差しの中、たった一人、偽《いつわ》りを口にし続けるお竹の姿は、言い知れぬ哀れさすら伴っている。真葛はやり切れぬ思いで、小さく息をついた。

翌日、真葛は薬草園の仕事を正午で切り上げ、単身、佐野屋に向かった。荒子たちは最近、春の植え付けに忙しい。供がいないのをよいことに、繁華な五条大路を早足で歩いていると、向こうから見覚えのある人影がやって来た。産医の賀川満定であった。

往診の戻りだろうか。普段、必ず若い弟子を伴っている彼は、今日は珍しく実直そうな老爺《ろうや》に薬籠を持たせている。きょろきょろと四方を見回し、どこか落ち着かぬ気配であった。

「これは、賀川先生。どちらに参られるのでございます」

「おや、真葛どの――」

ちょうどよかった、と満定はわずかに声を低めた。

「この界隈《かいわい》に佐野屋と申す書肆があるはずなのですが、ご存知ありませぬか。わたくしは上京《かみぎょう》の生まれゆえ、この辺にはとんと疎《うと》いのです」

「佐野屋なら、わたくしも今から向かうところです。ご一緒いたしましょう」

まだ汗ばむ季節ではなかろうに、満定は広い額に浮かんだ汗をしきりに拭《ぬぐ》っている。その仕草は、真葛が常々知る彼とは別人のようなせわしなさであった。

小正月の日の光景が、ふと脳裏を過《よ》ぎった。お竹が詰所に連れてこられた直後の、満定の強張った顔が思い出されてくる。そうだ、彼はあの時、彼女が去った廊下の果てをじっと見詰めていた。もしや彼は以前から、お竹を知っていたのではあるまいか。

「賀川先生は佐野屋に、どんな御用なのでございます。最近、あの店からなにか面白い医学書でも出ましたかしら」

無邪気を装って尋ねた途端、満定はびくっと肩を揺らした。あまりに正直すぎる反応であった。

「い、いいえ。そういうわけではございません。粥杖の日の騒動は、真葛どのもご存知でおられましょう。あの折、伏見宮さまに打たれた女子は、佐野屋の娘。それが粥杖によって身籠ったそうで、最近は禁裏でもその噂で持ちきりなのです」

産科医としては、かような稀有《けう》な例を見過ごしてはおけぬ。ぜひ一度診察せねばと思い立ったのだと、彼は大汗を浮かべながら語った。

ひょっとして、満定がお竹の相手なのだろうか。いや、彼は恐妻家で知られており、よもや他の女子に手を出す勇気があるとは考え難い。だとすればなぜ彼はわざわざ、お竹を見舞おうとしているのだ。

枯れた葉をつけたままの柳を眺めながら、堀川の小橋を渡る。橋板がかたかたと鳴る音が、まだ冷たい川面に響いた。

前もって知らせを受けていたのだろう。佐野屋の老番頭は、満定を慇懃《いんぎん》に奥に導いた。

真葛が通された部屋には、いつも通り、蘭山の草稿が積み上げられている。お竹の件が気がかりな上、内容の難解さもあって、まだ半分も目を通せてはいない。杏山に内心詫《わ》びながら、書見台の前に坐ったときである。

「お、お竹どの、落ち着いてくだされッ」

奥の間の方で、満定の悲鳴が響いた。どすっと何かが倒れる音、そしてばたばたという足音がそれに続いた。

「いかがなさいました、賀川先生」

慌てて廊下に出た途端、華やかな小袖姿の娘が正面からぶつかってきた。勝気そうな顔立ちには、見覚えがある。お竹であった。

「ま、真葛どの。その娘御を捕まえてくだされッ」

突き当たりの部屋から這《は》い出して来た満定が、絞り出すように叫んだ。頭でも打ったのだろうか。こめかみから廊下に点々と、赤いものが滴《したた》っている。しかしそれに気付いた時には、お竹は真葛を突き飛ばし、足袋裸足《はだし》のまま縁先に走り出ていた。山茶花《さざんか》と梅が植えられた瀟洒な中庭には、裏路地に続く木戸が設けられている。

「お待ちくだされ、お竹どの。もう一度よくお考えなされよッ」

お竹は木戸をはね開け、振り返りもせず外へと駆け出した。騒ぎを聞きつけた番頭たちが、店表からどやどやと走ってくる。

満定は呆然と木戸を見つめ、その場にがっくりと膝《ひざ》をついた。彼の背後の障子が半ば開かれ、乱れた布団が延べられている。小さな湯呑《ゆの》みが枕頭に転がり、どす黒い煎《せん》薬《やく》が畳に小さな池を作っていた。

満定の怪我は幸い、ほんのかすり傷であった。

されど噂の渦中の娘が、禁裏御典医に怪我を負わせて出奔《しゅっぽん》したのである。佐野屋源三郎はすぐさま町役に一部始終を告げ、内々に娘を探すよう頼み込んだ。

だがいくら隠そうとしても、ただならぬ気配は自然と他所に漏れるものである。

「どうしたこっちゃ。先ほどからなんや佐野屋はんの店内が、慌ただしいやないか」

「もしかして、例の娘はんが産気づいたんやろか。そういえばさっき、お医師らしきお方が入っていかはったけど」

「阿呆、粥杖はつい先月。いくらなんでも、子が生まれるには早すぎるやろ」

不審の眼差しに耐えかねたのだろう。源三郎はまだ日が高いにもかかわらず、店を閉め、板戸を閉ざしてしまった。

番頭や手代たちが裏口から次々と、心当たりを探しに走っていく。

そんな騒ぎをよそに、満定は廊下の端に坐り込んだまま、こぼれた煎薬を自失したように見つめ続けている。お竹との間にどんなやり取りがあったのかを尋ねても、顔を青ざめさせ、貝のように口を閉ざしたままであった。

そのとき、店の板戸がどんどんと叩かれ、杏山と亡羊が血相を変えて飛び込んできた。止めようとする町役たちの手を振り切って、強引に奥に上がり込んだ。

「真葛どの、これはいったい、何の騒ぎでございます」

「いま近所の衆から、佐野屋の娘御が逐電《ちくでん》なさったと聞きましたが――」

亡羊の言葉が不自然に途切れた。室内にたれ込めた薬の匂いに鼻をうごめかせ、乾き始めた煎薬を指ですくい取って舐《な》める。その途端、深い翳《かげ》を刻んだ頬がぴくりと痙《けい》攣《れん》した。

「これは桂枝茯苓丸、流産を招く堕胎薬《だたい》ではありませぬか」

「なんですと。どういうことでございます。もしかして、満定先生がお竹の腹の子の親なのですか」

「ち、違いまする。それがしではありませぬ。子の父は、わたくしの弟子の有川源廣《げんこう》でございます。それがしはただ、あの娘を楽にしてやろうと――」

二人の詰問に、満定は頭を抱え、悲鳴に似た声を上げた。

桂枝茯苓丸は桂皮、芍薬、茯苓などから調じる薬。鎮痛剤として用いられる他、堕胎作用も有する。粥杖のあの日、満定が茯苓と芍薬を買いに来たと亀甲屋定次郎が語ったことが思い出されてきた。

有川源廣なる男を真葛は知らないが、そういえば満定が常々連れ歩いていた弟子が、そんな名ではなかったろうか。年は三十手前、精悍な顔立ちの人物だった覚えがある。

それまで張りつめていた心の箍《たが》が外れたのだろう。満定は血走った眼を上げ、真葛たちをゆっくりと眺め渡した。

「有川は壬生《みぶ》村の神職の息子でございます。ひょっとしたらお竹どのは、奴の家におるやもしれませぬ」

驚き顔を見合わせる三人には構わず、ただ、と彼は続けた。

「有川自身は、もはやそこにはおりませぬ。お竹どののもそれはようご存知でおられましょうが」

「どういうことですか、満定先生」

おずおず尋ねる真葛に、彼は疲れ切った笑みを向けた。

満定の話を源三郎に知らせるのだろう。廊下の端からこちらをうかがっていた女中が、泳ぐような足取りで店表へ駆けて行った。

「有川は昨年の末、わたくしの手文庫から金を盗んで、姿をくらませました。今どこでどうしているやら、わたくしが知りたいほどでございます」

――有川源廣は満定の弟子の中で、一、二を争う英才であった。満定は彼を信頼し、薬籠持ちを兼ねて、禁裏への供も命じていた。しかし英邁《えいまい》な彼は同時に、非常な野心家でもあった。

御典医の座は主立った医家で占められ、いくら腕が優れているとはいえ、一介の見習い医師にはもぐり込む手段《てだて》なぞない。残された唯一の方法は、帝やその寵妃、公卿たちの恩顧《おんこ》を蒙《こうむ》り、特別の任用を受けること。賀川家の一門弟で生涯を終える気のなかった源廣は、彼らに近づこうと躍起《やっき》になった。

「ご禁裏の女性《にょしょう》がたの中で、最も羽振りがいいのは、寛宮さまの母君であられる典侍婧子さま。そのため有川は典侍さまに取り入ろうと、わたくしの目を盗んであの手この手を尽くしました」

その一つとして源廣がお竹を籠絡《ろうらく》したのは、ごく自然の成り行き。しかし同時にお竹の側にもまた、源廣を受け入れる理由があった。それが全ての不幸の原因だった、と満定は嘆いた。

「お竹どのの母君は病弱で、娘御が五歳の秋、病で亡くなられたそうでございます。そのためでしょうか。お竹どのは幼い頃から、医学を学ぼうと心に決めておられたそうでございます。ですが父御は、女子に学問などもってのほか。ましてや女医を目指すなど、思い違いも甚《はなは》だしいと怒るばかり。されど御末として禁裏に上がった後も、お竹どのは医学への思いを依然として、胸に抱き続けておられたようでございます」

亡羊があっと声を上げて立ちすくんだ。

かつてお竹が彼の門を叩いたことを思い出したのだろう。やせぎすの頬が強張り、見る見るうちに蒼白に変じた。

「お竹どのは禁裏でも、あれこれ口実を作り、典薬寮を訪ねて来られました。わたくしがそれに気付いたのは、半年ほど前。最初は珍しい御末がいるとしか思いませなんだ。ですがある折、話を聞けば、女医になりたいとの言葉。正直、わたくしは仰天いたしました」

あと二、三年で自分は禁裏奉公を辞める。そのときにはぜひ賀川門下に入れて欲しいと請うお竹に、満定は驚き呆れた。由緒正しい医家に生まれ育った彼には、女医という存在自体がそもそもありうべからざるものと感じられたのである。

「真葛どののような例外はおられましょうが、女子はおおむねむら気なもの。門下に入ったとて、長続きするとは思えませぬ。それに女医にかかろうとする気まぐれ者が、京にいったいどれだけおりましょうか」

満定はお竹の願いに取り合わなかった。源廣はそんな彼女に巧みに近づき、門弟に加えてもらえるよう口添えをしてやろうと、甘言を弄《ろう》したのだという。

だがそれほどまでして接触を図ったにもかかわらず、勧修寺婧子は源廣を重用しなかった。むしろ分を弁《わきま》えぬ彼を厭《いと》い、安芸局を通じ、弟子を厳しく管理するよう、満定に告げすらした。

「有川の野心を知らされたわたくしは、奴を厳しく叱責しました。するとあ奴はしおらしく手をつき、実は自分はお竹どのと深間になり、腹に子まで成してしまった。典侍さまにお引き立てを願ったのは、お竹どのと所帯を持ちたいがため。どうか許していただきたいと、涙ながらに詫びたのでございます」

思いがけぬ告白に、満定は戸惑うとともに、小さな違和感を覚えた。源廣は患者からの人気も高い、苦味走った偉丈夫。女遊びも盛んで、今すぐ所帯を構えるなど似つかわしくないと感じたのである。

そしてその予感は正しかった。数日後、源廣は満定の私室から金を盗んで逃亡。他の弟子たちによれば、彼は上京に深い仲の後家がおり、おそらくはその女子ともども行方をくらませたのであろうとのことであった。

右腕とも頼んでいた弟子の背信。加えて、その後家とやらが賀川家の元患者であったことも、満定を打ちのめした。いったい自分は弟子のなにを見ていたのだろうと、暗澹《あんたん》たる気分であった。

「ですが何より気の毒なのは、置き去りにされたお竹どの。暮れも迫ったある日、わたくしはこっそり彼女を呼んで、事の次第を述べました」

満定の予想に反し、お竹は涙一粒見せなかった。すうっと顔を青ざめさせただけで、わかりました、と硬い声でうなずいた。

「年内にも禁裏を退き、腹の子を始末します。ご心配には及びません。お竹どのはそう、きっぱり言われました。だからこそわたくしはすっかり安堵《あんど》して、新年を迎えたのですが――」

粥杖の日、詰所に連れて来られた彼女を見て、満定は腰が抜けるほど驚愕した。そして診察を拒否したそのさまに、お竹には最初から堕胎する気などなかったと気づいたのである。

「かような騒動の原因はすべて、有川を重用したわたくしにあります。腹の子を一人で育てんとする姿勢は立派なれど、世の中はかように甘くはありませぬ。だからこそそれがしはお竹どのを説得し、腹の子を堕《お》ろそうと――」

「それは違いまする」

亡羊がいきなり、強い声で割って入った。

「賀川先生の過ちは、有川とやらを信頼した点ではありませぬ。真実の失態は、お竹どのの学問への志を軽視したこと。その点で言えば、それがしも同罪でござる」

そうだ。もし源三郎が、亡羊が、満定が、お竹の向学心に理解を示していれば。そうすれば彼女は源廣などに近づかなかったはずだ。

禁裏御典医の藤林信太夫に引き取られ、物心ついたときから薬草に囲まれていた真葛と異なり、お竹は一介の書肆の娘。そんな彼女が学問を志したとき、頼りになるのは身近な男たちしかいなかった。そしてそれがお竹の人生を、大きく狂わせたのだ。

そこまで考え、真葛はふと己《おのれ》の身を顧みた。自分が今まで医術に携わって来られたのは、様々な偶然が積み重なった末のこと。もし父が自分を藤林家に託さなかったなら、信太夫があれほど懐の広い人物でなかったなら、この身はいったいどうなっていただろう。

お竹の姿は他人事《ひとごと》ではない。もしかしたらそうなっていたかも知れぬもう一人の自分、それが彼女なのだ。

「男とは愚かなもの。学問を志す女子がいたとて、大抵は一時《いちじ》の戯言《ざれごと》と決めつけてしまいまする。かような女子が甘い言葉をささやく男を頼り、苦しい目を見るのは自明の理。そこに思い至らなかったことこそが、我々の真実の罪でござる」

お竹が腹の子を一人で産もうと決めたのは、男に絶望したからに違いない。彼らは女子を低く扱い、一人では何も出来ぬと決めてかかる。だからこそ彼女は男に頼らず、子を産み、育てる道を選んだのだ。

堕胎を強いた満定を、責めるわけにはいかない。彼は男なりの倫理でもって、お竹を救おうとした。だが彼女はそれをはね除けてもなお、苦しい道を歩み出したのだ。

「見つかりました。見つかりました、旦那さま」

このとき、手代の一人が大声でわめき立てながら戻ってきた。顔をくしゃくしゃにして、庭先から源三郎を呼んだ。

「壬生村の外れにある稲荷社の縁側に、しょんぼり腰かけてはりました。辻駕籠《つじかご》にお乗せしましたさかい、おっつけ戻られるはずでございます」

「そ、それはほんまか。ほんまやろな」

「へえ、間違いあらしまへん」

藤林家の懸人《かかりうど》として、なんの不自由もなく学問を授けられた自分。少なくとも、薬草の知識に関しては、男にひけをとらぬ自負のある自分。

しかしそれでも義兄の匡などは、真葛が危険な目に遭わぬようにと、始終目を配り続けている。いや、思い返せば真葛自身もまた、己が女子として扱われることを当然と考えていなかったろうか。そう、だからこそ本草学への興味を抱きながらも、蘭山の旅への同行をあっさり諦めたのだ。

このとき、これではならぬ、そんな思いが全身を鷲摑《わしづか》んだ。お竹のためにも、そして彼女のような者をこれ以上増やさぬためにも、自分はこのままではならぬ。

「賀川先生、お竹どのが身二つになられたら、今度こそ門弟の列に加えて差し上げなされ。さもなくばこの山本亡羊が、弟子としてもらい受けまする」

「あい分かりました。それがわたくしが本当に行うべき、責務なのでございますな」

(義兄上は怒られるでしょう、されど——)

旅には、何を用意すればいいのだろう。蘭山の旅が幕命によるものならば、女手形は杳山に頼めばいいのか。いや、そんなことをする必要はない。自分で京都所司代に赴き、申請すればよい話だ。

遠くから、駕籠かきたちの声が響いてくる。次第に近づいてくるそれを聞きながら、真葛は膝《ひざ》の上で固く手を組んだ。

うららかな春の日差しが、狭い庭を白々と照らし付けている。鶯《うぐいす》が二羽、軒先をかすめ、澄んだ空に高く舞い上がった。

解　説

細谷正充

今年（二〇一五年）、伊藤若冲《いとうじゃくちゅう》を中心に京の絵師たちを描いた、澤田瞳子の『若冲』が、第百五十三回直木賞の候補になった。作者のファンならば、候補に選ばれたことを当然と受け止めたことだろう。いや、もっと早くに候補になっていても可笑《おか》しくないと憤慨しているかもしれない。なぜなら作者は、デビュー作から現在の最新作まで、その著書のすべてが面白いという、驚異の十割打者なのだから。

澤田瞳子は、一九七七年、京都府に生まれる。母親は、歴史・時代小説家の澤田ふじ子。同志社大学文学部文化史学専攻卒業、同大学院博士課程前期修了。専門は奈良仏教史である。二〇〇四年十一月に徳間文庫から刊行した『大江戸猫三昧』から始まり、『犬道楽江戸草紙』『酔うて候』と、時代小説アンソロジーの編者を務める。このときの徳間文庫には編者の紹介がなかった。しかし「編者解説」を読むと、あまりにも歴史と文学に詳しいため、いったい澤田瞳子とは何者であろうかと首を捻《ひね》ったものである。

二〇〇八年には「虹の末期《まつご》」が、第二回小説宝石新人賞の最終選考に残るが、惜しくも受賞は逸《いっ》した。「小説宝石」二〇〇八年六月号に掲載された選評に、粗筋も付されていたが、それを見ると「孝謙天皇の下で、権力争いをする藤原仲麻呂の家人は不思議な予言と出会う」とある。また、選者である角田光代と奥田英朗は選評で、

「途中で仙人みたいなおじいさんが出て来て不思議な予言をする、あの場面はものすごくよくて、芥川龍之介みたいと思いました」（角田）

「角田さんが言ったみたいに老人が予言をするところはいいシーンだったと思います」（奥田）

と、老人が予言をする場面を褒めながら、小説としての拙《つたな》さを指摘していた。作品そのものが読めないので確実なことはいえないが、受賞にはあと一歩及ばない内容だったのであろう。

だが、わずかな期間で作者は、急速な伸暢を遂げる。二〇一〇年九月、徳間書店から書き下ろし長篇『孤鷹の天』を上梓し、作家デビューを果たしたのだ。六百頁オーバーという、新人のデビュー作としては破格の厚さ。そして現在ではあまり取り上げられない、奈良時代を舞台にした歴史小説は、しかし抜群の面白さで、一気に読ませる力があった。翌一一年に同作で、第十七回中山義秀文学賞を受賞したことからも、作品の評価の高さが分かるというものだ。ここから作者の快進撃が始まる。二〇一二年三月刊行の第二長篇『満つる月の如し　仏師・定朝』で第三十二回新田次郎文学賞を受賞。二〇一三年三月刊行の第三長篇『日輪の賦』は文学賞と縁がなかったものの、前二作に負けず劣らずの優れた歴史小説であった。硬質かつ重厚な筆致で描かれる奈良時代や平安時代に魅了される読者が、どんどん増えていったのである。

しかしだ。作者の歴史小説が優れていればいるほど、二〇一三年五月に徳間書店より上梓された『ふたり女房　京都鷹ヶ峰御薬園日録』に不安を覚えた。なにしろ、従来の長篇とは違った連作シリーズである。しかも舞台が、奈良時代や平安時代から離れた江戸時代だ。さらにいえば硬派な歴史小説が得意な作家が、必ずしも軟派（言葉は悪いが硬派の対として使う。歴史小説に比べて軟らかな作風くらいに思っていただきたい）な時代小説も得意とは限らない。でも、不安は杞憂《きゆう》であった。たしかに歴史小説とはタッチが違うが、シリーズ物の時代小説として、実に読みごたえがあったのだ。

ここに至って、ようやく悟った。澤田作品は日本刀なのだ。世界中にある鉄製の斬撃武器の中でも、独自の強度を誇る日本刀。その秘密は、鍛造法にある。軟らかい鉄を硬い鉄で包み込む、造り込みという技法が使われているのだ。これにより、折れず曲がらずといわれる、日本刀の切れ味が生まれているのである。硬軟併《あわ》せて、物語世界を創っている澤田作品は、だから日本刀といいたくなる、優れた強度を獲得しているのだ。

さて、前置きはこれくらいにして、そろそろ本書を見ていこう。物語の舞台は、京の洛北にある鷹ヶ峰御薬園だ。江戸の小石川御薬園・長崎の十膳《じゅうぜん》師郷《しごう》御薬園と並ぶ、幕府直轄の薬草園である。時代小説の舞台としては珍しい（シリーズ物では初めてではなかろうか）が、そこはそれ、京都で生まれ育ち、一度も他の地域で生活したことのないという作者である。エッセイ集『京都はんなり暮し』を読めば分かるように、京の土地と歴史について誠に詳しい。その知識があったればこその、ユニークな舞台セレクトであった。

その鷹ヶ峰御薬園で暮らしているのが、ヒロインの元岡真葛《もとおかまくず》だ。本書の冒頭に記されているので詳細は繰り返さないが、三歳のときから御薬園預《あずかり》の藤林《ふじばやし》家の懸人《かかりうど》となっている。幼い頃から御薬園を駆けまわり、二十一歳の今では、卓越した調薬と薬草栽培の腕の持ち主だ。また、医者としての技量も高く、少数の患者も抱えているのである。

第一話「人待ちの冬」（「問題小説」二〇一一年十二月号）では、そんな真葛が、評判の悪い薬種屋「成田屋」を巡る騒動にかかわることになる。不審な話が持ち込まれたのを切っかけに、「成田屋」の秘密を探り、ある事実に到達した真葛。御薬園に出入りする薬種屋「亀甲屋」の若旦那で、真葛を意識している定次郎まで巻き込んで、「成田屋」に駆けつけるのだが……。

時代小説のシリーズ物には、ミステリー・タッチのものが少なくないが、本書もそのひとつである。作者は、手際よく主人公のプロフィールを紹介しながら、シリーズの開幕に相応《ふさわ》しい大きな事件を持ってきた。そして事件にかかわった真葛の行動と感情を通じて、ヒロインの魅力を立ち上げているのである。シリーズの導入役を見事に果たした秀作だ。

続く「春愁悲仏」（「読楽」二〇一二年五月号）は、当代きっての本草学者・小野蘭山《おのらんざん》の愛弟子の延島杏山《のべしまようざん》が登場。真葛とは旧知の間柄である。どうやら真葛は杏山のことが気になるらしく、定次郎としては面白くない。そんな三人が、数少ない真葛の患者まで乗り替えた、怪しい民間療法の真実に迫っていく。薬効あらたかな観音像の意外な正体と、その裏に隠された過去の事件が読みごたえあり。さらに一連の出来事を通じて、医者と患者の問題などに踏み込んでいるところも、注目ポイントである。

ページの関係もあるので、以後の作品には簡単に触れておこう。第三話「為朝さま御宿」（「読楽」二〇一二年八月号）は、三条西《さんじょうにし》家の子供の疱瘡《ほうそう》を切っかけに、藤林家の先代の主も関係した意外な事実が暴かれる。第四話「ふたり女房」（単行本書き下ろし）は、二人の妻を持つ男の騒動を通じて、傍からは計り知れない夫婦の綾《あや》が描かれている。本書の中で、もっともユーモラスな物語だ。第五話「初雪の坂」（「読楽」二〇一二年十一月号）は、御薬園の薬の盗難を発端に、藤林家の名誉を傷つけかねない事件が起こる。ミステリーとして楽しめる一篇だが、謎解きの先に見えた、ある少年の厳しい人生には粛然とさせられるのである。

　そして第六話「粥杖打ち《かゆづえ》」(「読楽」二〇一三年二月号)は、宮内で行われる〝粥杖打ち〟から始まった、ひとりの女性の妊娠騒ぎが綴《つづ》られている。粥杖打ちという行事は本書で初めて知ったが、こうしたユニークな歴史ネタを入れてくるのも、澤田作品のいいところだ。その一方で、再び登場した延島杏山が真葛を、小野蘭山が行う薬物採取の旅に誘う。大いに心揺れる真葛だが、妊娠騒動の裏にある真実を知って、己の生き方を決めるのであった。

　幼くして父母を失った(父親は消息不明)真葛だが、しかし鷹ヶ峰御薬園での暮らしは、満たされたものであった。荒子《あらしこ》(園丁)たちと共に御薬園の仕事をしている手足は日焼けしており、化粧っ気ひとつない。でも、凛然《りんぜん》たる風情《ふぜい》で周囲を魅了する。大人たちに見守られ、すくすくと成長した彼女は、何かあるとすぐに突っ走ってしまうが、聡明で可愛らしい女性である。そんな真葛の魅力的なキャラクターを、作者は各作品によって十全に引き出した。真葛を取り巻く脇役陣も楽しく、これが初めてのシリーズ物とは思えないほどの完成度である。

　しかも全体を通じて、医者や医学の抱える諸問題にメスが入れられている。医者の倫理や患者の感情など、現代でも共通する問題が多く、いろいろ考えさせられる。また、「粥杖打ち」で掘り下げられる女医の問題は、すでに過去のものだ。しかし、そこにある女性の社会進出の困難は、現在でも形を変えて各所に存在している。二百年以上の時間を飛び越え、いつの時代にも変わらぬ人と社会を活写する。これが当たり前のようにできているからこそ、本書は平成を生きる読者の心に響くのだ。

なお、二〇一五年十一月には、シリーズ第二弾となる『師走の扶持　京都鷹ヶ峰御薬園日録』が刊行されている。すぐさま手を出すもよし。他の澤田作品を読みながら、文庫化を待つもよし。驚異の十割打者の生み出す世界を、存分に堪能してもらいたいものである。

二〇一五年十二月

この作品は2013年5月徳間書店より刊行されました。
なお、本作品はフィクションであり実在の個人・団体などとは一切関係がありません。

徳間文庫

ふたり女房《にょうぼう》

京都鷹ヶ峰御薬園日録

2016年1月15日 初刷
2022年2月5日 4刷

著者 澤《さわ》田《だ》瞳《とう》子《こ》
発行者 小宮英行
発行所 株式会社徳間書店
東京都品川区上大崎三−一−一 〒141−8202
目黒セントラルスクエア
電話 編集〇三(五四〇三)四三四九
販売〇四九(二九三)五五二一
振替 〇〇一四〇−〇−四四三九二
印刷
製本 大日本印刷株式会社

ISBN978-4-19-894057-7 (乱丁、落丁本はお取りかえいたします)

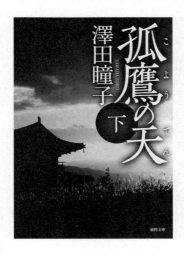